中文社会科学引文索引（CSSC

诗探索

吴思敬　主编

Poetry

Exploration

**2023 年
第一辑**

首都师范大学出版社
CAPITAL NORMAL UNIVERSITY PRESS

图书在版编目(CIP)数据

诗探索．2023年．第一辑/吴思敬主编．—北京：首都师范大学出版社，2023.10

ISBN 978-7-5656-7770-0

Ⅰ.①诗⋯　Ⅱ.①吴⋯　Ⅲ.①诗歌－世界－丛刊②诗歌理论－文集　Ⅳ.①I106.2-55②I052-53

中国国家版本馆 CIP 数据核字(2023)第 187565 号

SHI TANSUO 2023 NIAN DI-YI JI

诗探索　2023年　第一辑

吴思敬　主编

责任编辑　马　岩

首都师范大学出版社出版发行

地　址　北京西三环北路 105 号
邮　编　100048
电　话　68418523(总编室)　68982468(发行部)
网　址　http：//cnupn. cnu. edu. cn
印　刷　中煤（北京）印务有限公司
经　销　全国新华书店
版　次　2023 年 10 月第 1 版
印　次　2023 年 10 月第 1 次印刷
开　本　710mm×1000mm　1/16
印　张　13.25
字　数　181 千
定　价　49.80 元

主办单位

首都师范大学中国诗歌研究中心
北京大学中国诗歌研究院
中国当代文学研究会

《诗探索》编辑委员会

主任：谢　冕　杨匡汉　吴思敬
委员（以汉语拼音为序）：
　　　　陈　亮　陈旭光　高立平　林　莽　刘福春
　　　　马富丽　苏历铭　孙晓娅　王光明　王士强
　　　　吴思敬　谢　冕　杨匡汉　张桃洲　邹　进
主编：吴思敬

通信地址：北京市西三环北路 83 号首都师范大学
　　　　　中国诗歌研究中心《诗探索》编辑部
邮政编码：100089
电子信箱：poetry-cn@163.com
主编助理：王士强

目录

MULU

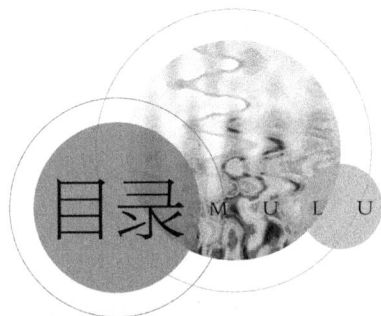

诗歌叙述学研究

纪念辛笛诞辰 110 周年

谈骁诗歌创作研讨会论文选辑

一首诗的发现

1

新诗文本细读

姿态与尺度

外国诗论译丛

诗歌叙述学
研究

时间、空间叙述的位移性结构

——中国抒情诗叙述模式发展流变之考察

李建平

陈世骧先生认为中国文学的荣耀不在史诗而在抒情，抒情乃是中国文学的道统，《诗经》、《楚辞》、乐府、赋、唐诗、宋词构成了中国文学绵延不绝的抒情流脉，即使戏剧和小说抒情韵味仍然声势逼人，渗透其中。孔子论诗强调"言志"，"言志"即表达内心的渴望、意念抑或抱负，这显然是重表现而不是再现，这大概也就从源头规约了中国文学的抒情基调。①

正因如此，中国诗学理论基本是抒情理论，中国抒情诗学源远流长。但是，即使是抒情诗，其中仍然蕴含着叙述的草蛇灰线。闻一多先生从字源学的意义上对抒情和叙述的关系有过精彩论述。他认为中国诗歌实乃"歌"与"诗"的合流，"诗"本主叙事，"歌"则主抒情，后"歌"与"诗"合流，随着历史的发展，"情"的成分逐渐膨胀，"事"的色彩逐渐淡化，"事"日渐暗淡，便不能称为"事"，只能称为"境"了。② 闻一多的论述指出了古典诗歌中抒情和叙述关系发展的脉络。确实如此，抒情大多"缘事而发"，必然缘于事件或事件的片段，事件信息的传达渗透其中。李白诗歌《山中与幽人对酌》："两人对酌山花开，一杯一杯复一杯。我醉欲眠卿且去，明朝有意抱琴来。"显然这是一首抒情诗，抒发了诗人散淡隐逸的避世情怀，但又是对一个事件的叙述，诗人与友人登上高山，在香气四溢的花丛中举杯对酌，酒兴酣畅，醉意袭人，昏昏欲睡。与一般叙事类文体不同的是，诗歌中的事件信息依赖于情感联系而不是因果联系。当然有些抒情诗事件的信息可能更为晦暗不明，如一些纯粹写景的诗歌，其中

---

① 陈世骧：《中国的抒情传统》，《陈世骧文存》，辽宁教育出版社1998年版，第1—4页。
② 闻一多：《歌与诗》，《神话与诗》，上海人民出版社2005年版，第148—157页。

"事"已不显，只呈境界——景物，但景物实乃"人心营构之象"①，象中寓情，但情感源于"人世之接构"②，景物背后事件的影子依稀朦胧。

抒情诗中隐含的事件或事件的片段，无法脱离相应的叙述方式，即使纯粹写景的诗歌，景物的组接方式仍然关涉叙述方式，叙述方式反过来自然制约着抒情诗的风貌、品质，因此抒情诗的叙述乃至叙述方式的探赜成为抒情诗学研究的应有之义。

高楠在《中国古代艺术的文化学阐释》中认为抒情诗中传达某一事件属于本体意义的叙述，传达事件的具体表述方法属于方法意义的叙述。③ 我们认为即使纯粹写景的意象诗歌，意象的形构也可纳入诗歌的表述方法范畴，属于方法意义的叙述。对于抒情诗来说，这种叙述可能更为常见、更具普泛性。本文主要探究中国抒情诗中方法意义的叙述。

时间叙述和空间叙述是两种基本的叙述方式。时间叙述强调线性、逻辑和因果关系，抒情诗中事件线索明显的诗歌一般以时间叙述为主。时间叙述也是较为古老的一种叙述方式，进入现代社会之后，时间叙述与启蒙现代性相结合，被赋予一种未来的指向，奠定了乐观的历史基调。空间叙述离不开时间叙述，它实质上是特殊的时间状态——时间的断裂、颠倒乃至冻结形成的瞬时并置，没有了事件的线性、逻辑和因果，事件晦暗不明，空间凸显，境界浮现。

按照语言学的理解，语言的结构运行关系包括组合关系和聚合关系。组合关系依照时间先后展开，具有线性特征；聚合关系则是由联想关系形成的语言成分的聚合，各成分之间无主次、无先后，具有非线性的空间特征。在日常语言中，聚合关系受组合关系支配，空间被压缩呈扁平状态，时间的线性语法呈主导之势。在诗性语言中，聚合关系日渐膨胀，组合关系日渐萎缩，一旦聚合关系膨胀至摆脱组合关系制约时，空间的非线性叙述则浮现出来。

中国诗歌叙述模式的发展变迁呈现出时间叙述和空间叙述的位移式结构。

---

① (清)章学诚撰，叶瑛校注：《文史通义校注》，中华书局 1985 年版，第 18 页。
② (清)章学诚撰，叶瑛校注：《文史通义校注》，中华书局 1985 年版，第 19 页。
③ 高楠：《中国古代艺术的文化学阐释》，辽宁人民出版社 1998 年版，第 415 页。

一

中国最早的诗歌《弹歌》《击壤歌》就是典型的时间叙述形态，这类诗歌是对原始社会生产和生活方式的记录，思维方式呈直线、单向、单维特点，符合先民的思维方式和率性自然的表达习性。《诗经》中的作品大多为口头传唱之作，传唱和复述使之形成了复沓结构，其中很多诗歌有清晰的事件或事件的片段叙述。如《芣苢》中"采之"—"有之"—"掇之"—"捋之"—"袺之"—"襭之"展示了完整的采撷过程，属于对劳动生活的记录。一部分诗歌事件虚化，呈现时空交错的形态。如《蒹葭》中"为霜"—"未晞"—"未已"指明了清晰的时间流程，"溯洄从之"—"溯游从之"是动作的过程，与《芣苢》相比，事件更为弱化，尽管看起来时空交错，但时间叙述仍然占支配地位。从诗歌语言学角度看，语言运行水平的高低取决于由组合轴还是聚合轴主导。空间的聚合轴投射缺少语义的发散、延溢，不能产生能量增值效应。

《楚辞》也大多呈现时间叙述形态。《湘夫人》描写神的爱情，湘君降临北渚，极目骋望，期待与佳人相约，最后却因无缘见面深感惆怅与迷茫。赋是《楚辞》中体现最为明显的一种文体，罗列细节，反复铺陈，浓墨重彩，使湘君的惆怅形象化。《湘夫人》中湘君筑室水中央，用奇花异草香木构筑修饰的厅堂色彩缤纷、香味浓烈。《渔父》在叙述方式上与《湘夫人》有异曲同工之妙。挚虞认为"故有赋焉，所以假象尽辞，敷陈其志"。赋的特点是"铺采摛文，体物写志"，这一敷陈事物、事象的功能使《楚辞》可以运行在时间逻辑之上。

在乐府诗等古体诗中，时间叙述也是常见的叙述样态。如李白的乐府诗《乌夜啼》："黄云城边乌欲栖，归飞哑哑枝上啼。机中织锦秦川女，碧纱如烟隔窗语。停梭怅然忆远人，独宿孤房泪如雨。"诗歌开始时进行情境渲染，兼具比兴意味，接着叙述秦川织女怅然思念远方的丈夫，孤房垂泪，这是片段性的场景叙事，通过叙事抒情。此外，还有一种稍微复杂的时间叙述形式。卢纶的《塞下曲》："月黑雁飞高，单于夜遁逃。欲将轻骑逐，大雪满弓刀"中的"大雪满弓刀"是在时间线性叙述中的一个截停、一个意象转换、一个特定意象的放大，单于之逃与大雪映刀具潜在因果又有曲线对比意味，当然仍以时间线索为主导。

不过我们要指出的是，《诗经》的复沓结构中一再出现的言辞有隔断时间脉络的趋向，并导致时间叙述的耗散，使之呈现出向空间结构延展的态势。因为一再重复意味着并置，并置则意味着空间的敞开。《楚辞》中赋的反复特征也使之具有类似的意味。乐府诗多呈时间叙述形态，但《乌夜啼》中的比兴明显有着聚合式重复意味，"织女"和"乌鸦"具有超远的异质性，但在垂泪和啼叫之间获得聚合，二者属于能指的主次性重复，中心能指"织女"支配次要能指"乌鸦"，而"乌鸦"则强化了织女的愁思。与《诗经》一样，重复耗散线性，弱化了时间性，强化了空间性。《塞下曲》最后的截停则有放大凸显空间、隔断时间的意味。

近体诗中前面几联基本呈空间叙述性质，尾联则一般呈现为时间顺序，表现为联系性、推断性语言，是对全诗的收束。从总体来看，近体诗中空间叙述压倒时间叙述，表现为空间叙述形态。恩斯特·卡西尔在《语言与神话》中把语言分为意象语言和推断语言两类，近体诗中意象语言压倒推断语言，在架构上大多是意象的跨时空跳跃形成的非线性结构，依靠空间意象的推进来建构诗歌。杜甫的《登高》一诗有四对流水对、四重意象，依照"高—低—听—见—空间—时间—内心—眼前"的顺序，最后浩茫的宇宙落在小小的酒杯之中。李颀的《送魏万之京》则按照"听—见—听—见—见—听—见"结构全诗，最后归于慨叹，整体构成回环的移位对比结构。具体说来，格律诗的空间构成方式是多面向的，从前后方位来看，有过去伸向未来式，如柳宗元《登柳州城楼寄漳汀封连四州》；有前后逆转式，如李商隐《夜雨寄北》；有并列重叠式，如崔涂《春夕》等。从透视角度看，有焦点透视，如刘禹锡《西塞山怀古》；有散点透视，如韩愈《石鼓歌》等。

在句式上近体诗同样体现空间构型特征，如"鸡声茅店月，人迹板桥霜"，全然省略动词、虚词，名词直接以空间跳跃式组接，以此延缓线性发展，达到凸显空间目的。这种句式一般多出现于对仗句式中，对仗的特点决定了这一类诗句必然出现句式并置现象。"感时花溅泪，恨别鸟惊心"看似是古典诗学中常用的化静态为动态手法，呈现叙述性意味，实质是通过句式语法的多重杂糅，阻断线性发展。"香稻啄余鹦鹉粒，碧梧栖老凤凰枝"式的倒装也有类似的效果。当然省略动词、虚词、名词，直接以空间跳跃式组接是经常采用的方法，也是最能凸显空间叙述意味的。高友工、梅祖麟在《唐诗的魅力——诗语的结构主义批评》中指出唐诗经常使用"歧义""错置""不连贯"来打破语言的线性逻辑，实质就是突出其空间建构，说的也就是这一点。[①] 此外，近体诗中人称的省略造成其诗歌叙述的散点视角，连接性虚词的缺失使诗歌呈现出纯然的感觉世界，诗歌视觉意象的交叉、错置、重叠，这一切也削弱了其叙述性，而通过空间意象跳跃来架构诗歌。

这些诗歌构型不是按照时间先后，而是通过断续节奏、并置意象和独立语法所构成的大幅度空间跳跃的非线性组接，完全舍弃陈述的联络环节，呈现出既孤立又联合的奇妙的结合。

从接受美学的角度来看，这种既孤立又联合的结合方式势必留下许多未定点和空白，王维诗歌《欹湖》中"吹箫凌极浦，日暮送夫君。湖上一回首，青山卷白云。"结尾两句似接未接，送别之情似模糊又清晰，似含混又明朗，给读者强烈的审美期待。这是虚中生实、"无"中生"有"带来的空间的放大、延伸。

近体诗的空间叙述所形成的既孤立又联合的意象跳跃使其不同于古体诗清晰明确，所以有学者认为在诵读古体诗时可以捕捉到明确的意象，诵读近体诗则只能获得意象的片段，无法在瞬间把意象连贯起来。[②]

英国批评家瑞恰慈指出："当我们用突然的、惊人的方式把两个完全不同的东西放在一起时，最重要的事是用意识努力把这两者结合起来，正因为缺乏清晰陈述的中间环节，我们读诗时就必须放进一个关系，这就是诗的力量的主要来源。"[③]瑞恰慈主要关注的是读者

---

① ［美］高友工、梅祖麟：《唐诗的魅力——诗语的结构主义批评》，李世耀译，上海古籍出版社 1989 年版，第 45 页。

② 陈振濂：《空间诗学导论》，上海文艺出版社 1989 年版，第 245—246 页。

③ Ivor Armstrong Richards, *The Philosophy of Rhetoric*, New York: Oxford University Press, 1965, p. 4.

一面，但从另一角度来看，瑞恰慈所谓的"关系"实指跳跃性很强的抒情诗的构型原则，这种构型原则实是空间构型原则。他认为这种既孤立又联合的构型正是诗的力量所在。中国格律诗词就具有这种既孤立又联合的力量。

空间叙述模式是中国古代诗歌中的主导模式，这种叙述模式的确立与诗人创作时特殊的心理状态有关。刘勰在《文心雕龙》中说"文之思也，其神远矣。故寂然凝虑，思接千载；悄焉动容，视通万里；吟咏之间，吐纳珠玉之声；眉睫之前，卷舒风云之色；其思想之致乎！故思理为妙，神与物游。"①诗歌创作尤为如此。在诗歌创作过程中，诗人的想象力、灵感异常活跃，起伏奔涌，万斛而出，腾挪跳跃，令人目眩神迷。诗歌的结构和篇幅决定了其"缘事而发"的事件叙述只能是概要铺陈、事件片段连缀、引譬连类，"即通过铺陈它事它景而使人联想到所述的情志哲理"②，所以诗歌中的叙述大多只是事件的一鳞半爪，甚至弱化为特定的场景、意象。这种弱化的场景、意象伴随着思维的跳跃呈现非逻辑性、非线性建构特征，这也就决定了诗性思维的空间建构特征。当然这并不意味着线性思维的完全退场，线性思维如完全退场文学创作就失去了制约性，但线性思维是潜在地起作用的，从外观来看，文学还是呈现空间建构。

中国传统的"象思维"也决定了中国古代诗歌的主流叙述方式必然采用空间叙述。

中国古代先哲很早就意识到言语达意的有限性。庄子认为："语之所贵者意也，意有所随。意之所随者，不可以言传也。"③言语无法传达所要表现的意识内涵，言语与达意之间存在永恒的悖论。如何解决这一困境，庄子提出运用"寓言"、"重言"、"卮言"和"谬悠之说，荒唐之言，无端崖之辞"④来暗示、传达无法表现之意。孔子与庄子具有同样的认识，孔子认为："书不尽言，言不尽意""圣人立象以尽意"，这开了中国古代以"象"来显现深奥幽微的不尽之意的先河。嗣后，刘勰在《文心雕龙》中所谓"独照之匠，窥意象而运斤"，

① 周振甫译注：《文心雕龙选译》，中华书局1980年版，第130页。
② 高楠：《中国古代艺术的文化学阐释》，辽宁人民出版社1998年版，第422页。
③ 庄子：《庄子·天道》，郭庆藩辑，《庄子集释》，中华书局1961年版，第488页。
④ 庄子：《庄子·寓言》，郭庆藩辑，《庄子集释》，中华书局1961年版，第947页。

皎然在《诗式》中说"取象曰比，取义曰兴，义即象下之意"，皆继承和发展了诗学中的象意论，形成了中国诗学重意会、重意境的传统。

"立象见意"、重意会重意境必然走向以景言情，进而超越具体意象走向意象群，诗歌美学也就从景象过渡到境界。境界是一个意象关系的世界，在这个世界中，意象交相辉映，所指隐匿，能指发散敞开。

空间叙述也与汉语的意合性特点有关。不同于西方语言需要符合一定的语法规则，汉语则完全凭借意合，不需要时态、词形的变化。同时，近体诗的句法特点决定了其意象简洁疏朗，不纠缠于细节，意象与现实对象的黏着度大大减弱。这样，诗中的名词便易于凸显出来获得独立性，同时又能使意象更具隐喻性和朦胧性，使得只有汉语诗歌中才会真正产生空间叙述形态的意象诗歌。英文诗歌"由于特定指称和罗列细节的形式普遍存在，……特别是它显示出突出的趋于对象本身的倾向"[①]。除以庞德为代表的意象派诗歌外，传统英文诗歌基本是时间叙述形态。

此外，中国传统农业社会慢节奏的生活方式使人极易无视时间的线性维度价值，在这里"顷刻"可以体味"万端"，山静日长被放大，时间的密度代替了人生的长度，密度加大，空间感自然凸显。

朱光潜在《诗论》中指出中国古诗的发展可以分为三个阶段：情绪征服意象——征服完成——意象崛起、自成境界。[②] 朱光潜指出的前两个阶段大致相当于我们上述的时间叙述阶段，"意象崛起、自成境界"则相当于我们上述的空间叙述阶段。不过朱光潜没有指出前两个阶段实际已经蕴含了后来空间建构的雏形，因为情绪强烈，所以直抒胸臆，一泻而下，线条清晰。意象崛起、自成境界就要讲究意象的构型。意象构型实质就是空间建构，空间意象驱动结构诗歌。按照卡西尔的话说，"艺术确实是表现的，但是如果没有构型，它就不可能表现。"[③] 缺少构型，沉溺的感情易受本能的驱动而少理性的制约，艺术就难达到臻美的境地。近体诗的结构原则就是构型——意

---

① [美]高友工、梅祖麟：《唐诗的魅力——诗语的结构主义批评》，李世耀译，上海古籍出版社 1989 年版，第 72 页。

② 朱光潜：《朱光潜全集》第三卷，安徽教育出版社 1987 年版，第 71 页。

③ [德]恩斯特·卡西尔：《人论》，甘阳译，上海译文出版社 1985 年版，第 180 页。

象的构型，这是一个具有自足框架的语言的宇宙。因为意象的构型，也使诗歌得以"立象以尽意"，言日常语言所不能言；同时，诗歌还获得了一种暗示性，获得一种意外之旨，获得文学审美所必需的含蓄蕴藉的属性，获得一种"一粒沙里看出一个世界"的有限蕴无限的艺术境界。

莱辛在《拉奥孔》中有一段进行诗画比较的著名论断："时间上的先后承续属于诗人的领域，而空间则属于画家的领域"。①"绘画用空间中的形体和颜色，而诗却用在时间中发出的声音。"②莱辛所说的诗指的是史诗（叙事诗），这样的说法无疑是正确的，但对于中国格律诗则显得不够准确。一方面，只要是用语言文字表现出来就必然是时间顺序，语言文字的媒介属性决定了莱辛的话是正确的；但另一方面，从结构来看，"时间上的先后承续属于诗人的领域"对近体诗则属无效论断，近体诗更多是并列时序、空间建构。

卡西尔说："艺术家不仅必须感受事物的内在意义和他们的道德生命，他还必须给他的感情以外形。……在艺术品中，正是这些形式的结构、平衡和秩序感染了我们。"③中国格律诗正是在空间建构中获得了结构、平衡和秩序。

中国诗歌在宋代又呈现出走向时间叙述的趋向。所谓宋人"以文为诗"正是指出了其诗歌格调的散文化。"文"偏重叙事、说理，偏重散文句法。叙事、散文句法意味着时间叙述成为主轴，因为其遵从的是线性叙述逻辑。

一般认为"以文为诗"滥觞于杜甫的《北征》《自京赴奉先县咏怀五百字》等诗歌，嗣后中唐的韩愈进一步发展了这种思辨的形象性与章法的散文化手法，写出了《山石》等散文意味浓厚的诗歌，至宋代苏轼、黄庭坚进一步发扬了此种诗风。"以文为诗"的诗歌很多属古体诗，当然律诗中也存在"以文为诗"的现象，宋诗尤为明显，中晚唐律诗中意象密集、平行并置的现象至此开始变化。苏轼《和子由渑池怀古》等诗中，"到处""那复""无由"等抽象性的语词开始大量出现，

---

① ［德］莱辛：《拉奥孔》，朱光潜译，人民文学出版社 1979 年版，第 97 页。
② ［德］莱辛：《拉奥孔》，朱光潜译，人民文学出版社 1979 年版，第 83 页。
③ ［德］恩斯特·卡西尔：《人论》，甘阳译，上海译文出版社 1985 年版，第 196 页。

视觉意象淡化，文句意脉通畅，语言疏朗和顺。造成此种变化的主要原因是人们的诗歌观念变了，更加突出诗歌的宣教功能，重视诗歌的意义传达，而要宣教、传达，则要注重"你""我"的沟通与理解，纯然无我的视觉意象自然开始后退，文从字顺、更易理解、更易接受的语言方式自然凸显，朦胧玄远的高蹈之风自然被日常性的对谈之风所取代。

相较于诗，词的叙事性更为突出。词是由隋唐燕乐与曲子词演变而来，本是饮筵席间的歌舞艺术。夏承焘先生认为令词出于酒令，是宴会上的即兴创作，具有强烈的现场感和感事性特征。另外，词为艳科，初创时期多为代言，男子作闺音，男性词人往往模仿女性声口，虚构故事情节。此外，唐五代以来叙事文学的发展也潜移默化地影响了词，使之叙事因素大为增加。张泌《浣溪沙》（"晚逐香车入凤城"）写轻狂少年追逐香车女郎，青春气息浓郁；孙光宪《浣溪沙》写官员狎妓，场面描写栩栩如生，上述诸词皆带有本体性叙述意味。当然与前述《诗经》、《楚辞》、古体诗中叙述方式类似，词之叙述也只能通过包孕性的刹那片段进行连缀叙述，从而造成结构的跳跃和内容的留白，一些长调慢词则发展了赋之叙述手法，铺陈渲染，情景兼融，在叙述的框架内言志抒情。宋人李之仪《跋吴思道小词》指出：词"至柳耆卿，始铺叙展衍，备足无馀，形容盛明，千载如逢当日"。① 词之叙述方式有单线连珠式结构，也有正反对比、时间错综的复线乃至螺旋式结构。叶嘉莹将柳词与周邦彦词进行比较，指出其叙述方式的异同："柳词之叙写是平面性的，而周词之叙写则是立体性的；柳词之笔法是诗歌与散文的结合，而周词之笔法则似乎是诗歌与传奇故事的结合。"②平面性即单线连珠式结构，立体性即复线乃至螺旋式结构。当然，无论平面性抑或复线乃至螺旋式结构皆属时间叙述，时间是叙述的主轴。

诗歌作为审美艺术，无论时间叙述或空间叙述都是对现实的提炼和淡化，皆要拉开与日常现实的距离。"夫诗贵意象透莹，不喜事

① （宋）李之仪：《姑溪居士全集》卷四十，中华书局 1985 年版，第 310 页。
② 叶嘉莹：《唐宋词名家论稿》，河北教育出版社 2000 年版，第 165 页。

实黏着，古谓水中之月，镜中之影，可以目睹，难以实求是也。"①但时间叙述与空间叙述在与现实的黏着度上显然是不同的，空间叙述中人、事高度弱化，语言聚合关系的无限可能性被敞开，能指被阻止向所指滑动，更多是意象组接的"境"的呈现，更具有纯净剔透的品质，显得超迈、玄远、现代。时间叙述"依据的是组合轴对聚合轴的预先编码，它的选择往往是惯常的、约定俗成的、自动的、无意识的"，"聚合轴向组合轴投射很少依据或不依据等值原则"②，因此时间叙述更接近日常人、事，更具有现实关怀性和历史性，显得日常、俚俗、原始。正因如此，当词向雅化方向发展时往往伴随着向空间叙述转移的趋向。北宋贺铸的《青玉案》较早显示了这种倾向，"试问闲愁都几许？一川烟草，满城风絮。梅子黄时雨。""闲愁"的三层衍义，显示了诗歌中语言聚合关系的无限可能，能指的厚度大大增加，空间性大大拓展。宋代张炎推崇姜夔的词，如"野云孤飞，去留无迹"③，主要是因为其词中创造了一个个浸润着生命的感伤之境，一处独特的"人格风景"。西方的伽达默尔则把这种艺术构型称之为"视界的融合"，所谓"视界的融合"恰恰强调了其空间构型。显然姜夔的词与之前所述的张泌《浣溪沙》等词相比，空间叙述意味大大增强。王国维推崇太白词句"西风残照，汉家陵阙"，认为其"寥寥八字，遂关千古登临之口"④，恰恰说明其更重视词之空间叙述方式的呈现。

其实从诗歌美学范畴来看，空间叙述较之时间叙述更富诗性意义。按照俄国形式主义文论家的观点，散文主要呈现为转喻模式，遵从语言的线性法则，这实际上体现了时间语法，是一种时间叙述。诗歌则主要呈现为隐喻模式，语言聚合轴向组合轴投射，依据相似性原则引发读者在垂直向度上展开联想，诗歌中的词句经读者在垂直向度上的联想而发生语义互渗、扭曲和衍异，能指向所指发散，从而形成象征、暗示和意象叠加，呈现出复义的空间语法、空间叙

---

① （明）王廷相：《王廷相集》第二册，王孝鱼点校，中华书局 1989 年版，第 502 页。
② 李心释：《聚合、等值与张力：诗歌的空间语法》，《甘肃社会科学》2017 年第 5 期。
③ （宋）张炎：《词源》，唐圭璋编《词话丛编》第一册，中华书局 1986 年版，第 259 页。
④ 况周颐、王国维：《蕙风词话·人间词话》，人民文学出版社 1960 年版，第 194 页。

述的形态。中国传统的象思维及汉语言的意合性特征使汉语诗歌较之西方诗歌更具有先天的空间叙述语法特征，正是这种空间语法使诗歌语言摆脱了日常语言的惯性弊端，具有芒刺的警醒功能，将读者从日常语言的"麻醉"中唤醒，给读者以艺术的震撼。

二

站在历史的风陵渡口，青年胡适筚路蓝缕，开创现代新诗。胡适提出："诗要'合乎语言的自然'""话怎么说，诗就怎么写""要须作诗如作文"。① 日常语言一般呈现水平的语言链结构，这意味着胡适的诗歌更多遵循相邻性原则，即转喻模式。《尝试集》中《上山》《一念》《人力车夫》《老鸦》皆是日常叙述性语言，序列成为优先关切。从叙述语法角度来看，胡适创立现代新诗是变空间叙述为时间叙述，变诗性结构为散文结构，运用"非诗化"的方式来建立现代新诗，这是历史的悖论，也是历史的吊诡。

细致考察胡适其诗、其论，他创立现代新诗主要是在中西两个向度上兼收并蓄，汲取中西诗学的营养建立现代新诗。

一是翻译英诗，自创英诗。首先，英语的音节构成决定了英文诗诗行难以整饬，汉语音节和汉字对应，诗行易于整饬。英诗直译为汉诗诗行必定难以整饬。其次，英文诗歌往往罗列细节、铺陈渲染，句中关系代词、指示词、定冠词的运用使英文诗歌天然带有时间叙述意味。此外，英文传统诗歌重逻辑、重写实，西人外露的情感表达决定了抒情诗大多为直抒胸臆的呼告形式，这样易于形成转喻式的水平的链条式结构。胡适自作英诗乃至译英为汉，能够打破格律诗词的固定结构，有助于形成新的诗歌运思思维模式。

二是跳过中国诗歌传统的主流——近体诗，向古体诗和词曲寻找革新的资源。前文已有论述，与近体诗不同，古体诗和词曲大多呈现出时间叙述的意味，而时间叙述比空间叙述更接近日常人生，更具俚俗意味，更接近胡适的"话怎么说，诗就怎么写"，更接近其平民主义的文学主张。正因如此，胡适说"吾国诗句之长短韵之变化不出数途。又每句必顿住，故甚不能达曲直之意，传宛转顿挫之神。

---

① 胡适：《胡适文集》，北京大学出版社 1998 年版，第 142 页。

至词则不然。"①《尝试集》中许多诗歌实乃词曲的"放大",词曲蜕变的痕迹非常明显。

此外，"以文为诗"的宋诗也是胡适创立新诗的另一重要古代资源。宋诗语句疏朗流畅、淡化视觉意象的对谈之风对胡适也具有较大影响，《蝴蝶》《"赫贞旦"答叔永》中视觉实词意象被虚词所连接，心理活动、现象过程得到了清晰的呈现，散文化、口语化、直线排列。采用时间叙述是《尝试集》中许多诗歌的明显特点。

这三种方式皆有助于诗歌形成散文式的时间叙述范型，也就有助于打破古典诗词格律的形式束缚，有助于形成胡适所述的"话怎么说，诗就怎么写"的自由体诗，但毋庸讳言其确是以弱化诗性为代价的。

作为中国新诗歌运动的奠基人，郭沫若的《女神》一方面打上了屈骚诗学的烙印，同时又吸收了西方浪漫主义、表现主义和生命哲学的艺术营养。与胡适类似，郭沫若也是在中西诗学的交叉点上发展了中国现代新诗。

屈子之诗在中国诗学传统中可以说是一个异数。中国传统文化强调实用理性，强调情感的调适和中庸，强调情感的节制和含蓄，即使"言志""缘情"，也是"乐而不淫，哀而不伤"，文学很少有个体自由心灵的无羁袒露和感性欲望的恣意迸发。但屈原诗歌抒情方式显然更强调个性和自我，更富有强烈的激情和不羁的想象，情感抒发酣畅淋漓、痛快无拘。李泽厚认为：屈骚的"主人翁却是这样一位执着、顽强、忧伤、怨艾、愤世嫉俗、不容于时的真理的追求者"，他"把最为生动鲜艳、只有在原始神话中才能出现的那种无羁而多义的浪漫想象，与最为炽热深沉、只有在理性觉醒时刻才能有的个体人格和情操，最完满地溶化成了有机整体"。②

郭沫若对屈原可谓情有独钟，其性格也与屈原有诸多相似之处，其诗、其剧回响着屈原的巫术灵感与原始迷狂。郭沫若也创作了很多以屈原为题材的作品，他还曾翻译屈原诗歌为白话诗，并且把屈

---

① 胡适：《胡适日记全编2(1915—1917)》，曹伯言整理，安徽教育出版社2001年版，第165页。

② 李泽厚：《美学三书》，天津社会科学院出版社2003年版，第62页。

原引为精神同道和文学思想的同道。在《屈原简述》中郭沫若指出："他把宇宙中的森罗万象都看成是有生命的所在，而且都可以用来替他服务。"①确实如此，屈原身上被深深地打上了楚人"泛神论"的烙印，郭沫若的这段论述既是论屈骚，也是在谈自己的诗歌创作。从这一点出发，我们发现郭沫若诗歌与屈原诗歌具有类似的运思方式。

具有强大主体意识的诗人展开不羁的想象，上天入地，统摄森罗万象的宇宙，或者发出层层推进式的"天问"，或者以自身为基点，思维的触须伸向东南西北，展开对庞大的天文地理的无尽想象。在这种想象中，自然和主体相融相混，自然的律动即是诗人生命的律动，自然的躁动狂放即是诗人生命的躁动狂放，情绪的自然消长构成了诗歌的基本体式。这样的诗歌不追求细节的精细，不追求情感的圆融，反而似乎有点粗疏和唐突，但我们却觉得诗歌别有一种坚实的生命感、一种坚固的整体感、一种强大的情感说服力与震撼力。从《凤凰涅槃》《笔立山头展望》等诗中我们又一次听到了屈原精神的回响。

此外，郭沫若诗歌与屈原诗歌在运思上大都借女性作为表达情感的手段，带有浓厚的故事色彩。不同的是屈骚往往向女性抒发仰慕、爱恋之情，郭沫若《女神》则借女性来呈现男性主人公丰富复杂的内心世界。《湘累》等诗中如果没有女性的规劝、安慰、拯救，男性主人公的内心世界则无法敞开。毋宁说这些女性是男主人公的另一个自我，两者对话是主人公内心的自我搏斗。

情绪的自然消长毫无疑问是线性的，是潮汐式的层层推进，尽管其间看似有回环，但改变不了整体的线性推进的图式。这种诗体从源头来看，实质是原始诗歌同一句话反复句式的扩展、层级的推进。如"凄凉的一只船，要漂流到哪儿去？/我是不会再见我的亲人了！/凄凉的一只船，要漂流到哪儿去？"《晨安》稍显复杂，但其基本模式是一致的。至于第二种运思方式的诗歌，其故事色彩浓烈、人物形象鲜明，线性叙述特征不言自明。

胡适和郭沫若的诗歌皆是通过散文化、线性化来打破格律诗词的束缚，不同的是胡适蝉蜕尚未成蝶，郭沫若则通过主情式的情绪

---

① 郭沫若：《郭沫若全集 文学编》第五卷，人民文学出版社 1984 年版，第 254 页。

的自然消长和诗剧的方式建立了真正意义上的中国现代新诗。在中国新诗发展史上，他们厥功至伟。

线性化的散文式叙述有助于打破格律诗词的束缚，但其弊端却也如影随形，时间叙述的直白、俚俗乃至直线式的情感的泛滥都使诗歌远离含蓄、节制、幽微的意蕴。此后，新月派、象征派异军突起，中国现代新诗进入诗艺建设时期。

新月派、象征派、现代派在艺术上表现为由早期新诗的线性散文式叙述方式向意象空间叙述方式转变的趋向，且逐步加强。一些诗歌在句法上继承近体诗的"不连续句法"，尽量减少修饰性的名词定语，通过名词并置来凸显空间叙述特征，图像呈现成为他们诗歌艺术构成的重要手段。徐志摩、闻一多的一些诗歌呈现出空间叙述的风格，如徐志摩的《沪杭车中》：

> 匆匆匆！催催催！
> 一卷烟，一片山，几点云影，
> 一道水，一条桥，一支橹声，
> 一林松，一丛竹，红叶纷纷：
> ……

由数量词定语构成的名词性词组并置使得诗歌有着脱离普泛状态的模糊性向清晰的个体具体性转变的趋势，"图像呈现"的空间叙述特征明显。

徐志摩诗歌的意象空间叙述大多迹近于近体诗的意象空间叙述，这也是他们"恢复'对于旧文学底信仰'"的体现。近体诗的意象一般是经过长时间考验的意象，往往给人一种似曾相识之感。正因如此，近体诗的意象皆是一种浅层象征，意象喻指明确，缺少内在的丰富性和暗示性，缺少哲理韵味。从时间角度来看，近体诗中的意象是在稍纵即逝的一刹那呈现一幅完整的景象，但这个刹那既是过去，也是将来，同时也是一个特定的现在，传达的是一种恒常的普遍性的人生经验，这种普遍性的人生经验是和农业社会形成的文化心理相联系的。传统农业社会进行的是一种循环的、周而复始的生产，一切都程序化、规范化了，后人只需遵从这种形式、规范即可。在诗歌创作中也就形成了"套板"思维，意象和典故大量被袭用，夕阳、落花、芳草、孤月、秋蝉等成为约定性的意象，悲秋、伤春、临水、送别等成为约定性的主题，那种特定的个体特殊性、现场性模糊了，一种普泛的人生经验被传达。农业社会"天人不二"的文化心理形成了物我交感、情景交融的意境美学。志士豪情、逸士风神，折射于自然山水之中，一刹那的景象映照性情人格，形成浑融完整的空间。这个空间是统一的、和谐的、有机的、理性的，人在其中诗意和谐地栖居。

徐志摩的诗歌象征是一种浅层象征，意象喻指明确，丰富性和暗示性不够，从根源上说，徐志摩的诗歌与中国传统诗歌感性化传统有着非常深的渊源，这也阻止了徐志摩诗歌境界的进一步发展。闻一多的诗歌总体来看也有着类似徐志摩诗歌的特质，当然《死水》由于其"化丑为美"的意象特征，更使人想起他与波特莱尔式诗风的联系。

从叙述方式来看，徐志摩的诗歌延续了中国传统诗歌情景交融、锤炼诗眼、追求音乐性的风格，通过这种方式来完成语言的诗化。

象征派诗人李金发的"不连续句法"体现得更为明显，这也就是人们常说的诗歌结构上的跳跃性句法。标点符号的使用，名词、动词、形容词乃至短语跨行间隔的并置排列，极大地拓展了诗歌的空间叙述语法。如《月夜》：

吁，这平原，
细流，
秃树，

短墙，
无恙的天涯，
芦苇，

罪恶之良友，

徐步而来，

与我四肢作伴。

……

　　现代汉语的口语特征决定了现代诗歌中的空间建构主要不是意象并置式，句内阻断意脉联络，而是打破诗句之间的逻辑连贯性，阻断意脉的流畅感，句内流畅，句间不通，使诗歌重新变得迷离惝恍、高迈玄远，读者可以感知其氛围、情调，却又难以言传。李金发的《题自写像》、穆木天的《苍白的钟声》皆是此种构型。

　　与徐志摩诗歌的浅层意象不同，李金发的象征主义诗歌将情感寄托于"客观对应物"，其"远取譬"的意象艺术使诗歌意象具有元象征的意味，达到了"A"既不是"A"也不是"B"的意象艺术新高度。《诗人凝视》中的"中伤的野鹤"、《完全》中的"黑夜"、《温柔》中"失路的小鹿"等"客观对应物"皆给读者一种梦幻感、暗示性和神秘性，幽微的心曲通过象征的意象传达出来。他的许多诗歌打破时间和空间逻辑，以内在的心灵活动罗列意象，达到了马拉美所说的："诗人的任务便是将'纯粹观念'永恒的世界在自己心灵上所引起的梦幻、暗示和神秘性，构成象征的意象，暗示和展现自己的心灵。"[①]

　　当然，从诗歌的外在形态看，李金发的许多诗歌也带有时间叙述意味，其人称代词主语式句式，介词、连词乃至状语等的运用皆传达了一种线性逻辑。但毫无疑问，李金发的诗歌聚合轴已经突破了组合轴的拘囿，空间性垂直向度上的联想是刺激读者思维神经的第一芒刺，空间意象的交融、互渗、叠合、衍异是其诗歌的独特艺术魅力之所在。当然，李金发诗歌的意象空间给人一种支离破碎之感，境界不够浑然天成，同时其用力过猛、过于趋新，也给人以晦涩、怪诞之感。

　　嗣后30年代以戴望舒为代表的现代诗派、40年代以穆旦为代表的九叶诗派进一步呈现出空间叙述的特征。戴望舒在《诗论零札》中说："竹头木屑，牛溲马勃，运用得法，可成为诗，否则仍是一堆弃

────────────

　　① ［法］马拉美：《关于文学的发展》，伍蠡甫等编《西方文论选》（下卷），上海译文出版社1979年版，第262页。

之不足惜的废物。罗绮锦绣，贝玉金珠，运用得法，亦可成为诗，否则还是一些徒炫眼目的不成器的杂碎。诗的存在在于它的组织。在这里，竹头木屑，牛溲马勃，和罗绮锦绣，贝玉金珠，其价值是同等的。"①这里的"竹头木屑""牛溲马勃""罗绮锦绣""贝玉金珠"皆是意象，戴望舒认为空间跳跃、意象罗列正是诗歌艺术魅力之所在，当然其诗歌大多仍然秉承句内通顺、句间不通的叙述语法。戴望舒的诗歌颇有晚唐五代词的流风余韵，从整体来看还是一种感觉和情绪的发掘，印象主义式的感官意象较多，和徐志摩类似，其诗歌回环的旋律仍是为了抒发缠绵不尽的情感。

九叶诗派的"新诗戏剧化""客观对应物"理论正是为了纠正当时诗坛"直接的叙述或说明"的诗歌弊端，实际也就是改线性叙述为空间的呈现。陈敬容的《力的前奏》："歌者蓄满了声音/在一瞬的震颤中凝神//舞者为一个姿势/拼聚了一生的呼吸//天空的云、地上的海洋/在大风暴来到之前/有着可怕的寂静//全人类的热情汇合交融/在痛苦的挣扎里守候/一个共同的黎明"在型构上颇似律诗，前面呈现空间叙述性质，结尾表现为联系性语法、推断性语言，是对全诗的收束。同样是句内通顺、句间不通，凸显的空间型构决定了诗歌的艺术魅力。正是其超越具象的深层含义，使诗歌达到了广袤深远、虚实相生的哲理层次，含蓄蕴藉、旨意深远。唐湜认为"真正的诗，却应该由浮动的音乐走向凝定的建筑，由光芒焕发的浪漫主义走向坚定凝重的古典主义。这是一切沉挚的诗人的道路，是 R·M·里尔克的道路，也是冯至的道路"。②"凝定的建筑"即追求空间呈现，对空间叙述的追求成为他们的一个努力方向。

九叶诗派诗歌的意象呈现具象性、雕塑性、结构组合的随意性，这决定了其空间型构的特征。同时，九叶诗派在意象空间上突破了早期新月派、现代派诗歌意象只是感觉、情绪的投射的感性化体验，开始向哲理性的层次掘进，是情、知、智的统一。杜运燮的《雾》已经"在感觉的指尖上摸到智性"，灌注着对社会现实的思考、感悟。

---

① 戴望舒：《戴望舒作品精选集》，山西人民出版社 2020 年版，第 43 页。

② 唐湜：《论意象的凝定》，《新意度集》，生活·读书·新知三联书店 1990 年版，第 15 页。

九叶诗派创作仍然是传统的瞬间直觉顿悟式的感知方式，但在情绪的涌动中却凸显出思辨的筋骨。理性与情感的相生相克，既是情感的节制也是情感的升华。同时其意象空间相对于李金发的象征诗歌来说，境界更加整体浑然，意象的散发、凝聚形成的物我交融的有机画面又有着主客契合古典式意境的风范。在意象的选择上，"九叶诗人"善于运用"远取譬"的艺术手法，如"店铺的门窗——那嗅寻着黄金的/城市的鼻子随着闭上了"(唐湜《骚动的城》)，"我像满载难民的破船/失了舵在柏油马路上"(杜运燮《月》)，"勃朗宁，毛瑟，三号手提式/或是爆进人肉去的左轮/它们能给我绝望后的快乐"(穆旦《五月》)，都市意象、现代意象、"远取譬"的手法更能承载现代复杂的人生经验的传达，同时使聚合轴的投射范围增大，诗歌也更具容量、暗示性和张力，更为朦胧晦涩，其智性化的意象使诗歌达到了智性与感性的深度聚合，这是一种崭新的深度象征模式。这一点也使他们超越了新月派、现代派。新月派、现代派诗歌意象与传统有着更多的联系，比如感物兴会、契合自然的意象，而九叶诗派崭新的都市意象给人带来全新的审美体验，深度象征模式显然更能传达现代人尖锐复杂的生活体验以及分裂、动荡、非理性的内在生命状态。回望传统又超越传统，在中国诗歌意象空间的建构上，九叶诗派达到了一个新的高度。

同时要指出的是，在20世纪三四十年代还有另外一条线索，即追求时间线性叙述的线索。20世纪30年代，"文艺大众化"追求浅近的白话口语；40年代，新民歌、朗诵诗、街头诗对本土化、口语化的倡导皆属这种范型。这也佐证了笔者前面的论述，时间叙述显得俚俗、大众，更接近日常语言，空间叙述则高蹈、超迈，更有艺术韵味。时间叙述和空间叙述也使三四十年代中国现代诗歌呈现"平民化"和"贵族化"的两条路径。当然，我们要指出的是，"平民化"的路径更多的不是追求艺术本体而是功利本体。

纵观中国诗歌叙述模式的发展演变，可以看到一条清晰的发展线索，即以空间叙述为主导，时间叙述和空间叙述交替的位移性结构。这是一个继承、革新与创造的辩证统一的发展过程，即辩证法"肯定、否定、否定之否定"规律在中国诗歌叙述模式发展中的反映。

三

法国著名语言学家本维尼斯特在其研究诗歌的手稿《波德莱尔》中认为，诗歌语言是一种"图符"语言，"以词语组成图像。这就是一切"，诗人必须将词语组成适当的图像，通过图像唤起情感，而这些图像是通过并置连接在一起的。本维尼斯特还分析了诗歌"图符"语言形成的发生学机制，他认为：诗人受情感驱动进行创作之时，情感在心中发枝散叶，形成系列图像，图像通过句法结构组织在一起，呈现并置状态，并置的图像间形成"应和"关系。简单地说，诗就是通过并置图像的应和来暗示某种情感。[①]"图符"语言、并置结构也强调诗歌的空间叙述特性。本维尼斯特论述的是西方现代主义诗歌，无论是中国传统诗歌主体，还是中国现代诗歌主体恰恰也都呈现出空间叙述特征。由时间叙述向空间叙述发展，这正是诗歌本体语言修辞特征的体现，是诗歌艺术发展的必然趋势，而发生期的时间叙述则是人类自然语言心理图示的一种呈现，后来历史中出现的时间叙述则作为一种变奏，作为另一种美学追求的反映，也自有其艺术存在的价值。从本体意义上说，空间叙述方式突出艺术本体，时间叙述方式突出意义本体。

（本文系安徽省高校人文社科重点研究项目"'文化自信'视野下的中国现代诗歌发生学研究"研究成果，项目批准号：SK2018A0548）

[作者单位：合肥师范学院中文系]

---

① 龚兆华：《本维尼斯特论诗歌语言与日常语言之别》，《当代修辞学》2016 年第 6 期。

纪念辛笛诞辰
110 周年

《夜读书记》：辛笛 40 年代诗风转变的思想佐证

王　芳

1948 年，辛笛先后出版两本书。如果说诗集《手掌集》是抗战胜利后辛笛捧出的艺术之花，那么书评散文集《夜读书记》则是经历国家多难现实及异域行走之后凝结出来的思想之花。一直以来，我们多把目光聚焦于《手掌集》[1]中的诗歌文本，以此来解析辛笛 20 世纪40 年代的诗风转变[2]，而细读《夜读书记》[3]时，我们发现这是诗歌以外辛笛关于社会、知识分子及诗歌艺术思考的一份文字记录。

《夜读书记》以辛笛 1946 年 11 月至 1947 年 5 月为《大公报》"出版界"专栏所写的六篇书评文章[4]为主体，但整本书的编辑却体现了辛笛的用心，在"后记"里辛笛自述：

> 这里的文字就写作时间说，前后有十二年。这不能算是很短的光阴，我个人在气质上变化很大，由青春性的易感走入了中年的朴直，因而我今日的文字也许是摆脱了不少自伤幽独的调子，……最初九年，我是先去欧洲读书，临末回来，因为避乱改习了做生意，如是我的思想和情感一直在深深的静默里埋藏。抗战胜利，银梦在死叶上复苏，

---

① 本文所引《手掌集》中诗句，出自王圣思编：《海上文学百家文库·辛笛卷》，上海文艺出版社 2010 年版。

② 《手掌集》在 1947 年底交付出版社，于 1948 年 1 月出版，而《夜读书记》出版于1948 年 12 月。因此辛笛写于 1947 年底及 1948 年的 10 首诗（均发表在《中国新诗》1948 年第 7 至第 9 集上）：《海上小诗》《甘地的葬仪》《尼亚加拉瀑布》《熊山一日游》《一念》《人生》《春天这就来》《风景》《山中所见——一棵树》《夕语》，拟列入本文考察范围，从时间上可以与《夜读书记》中文章体现的思想互相参证。

③ 本文所引《夜读书记》中文字，出自王辛笛著，缪克构编：《辛笛集》第四卷《夜读书记》，上海人民出版社 2012 年版。

④ 六篇书评为：《看图识字》（1946.11）、《展笑尝新》（1946.12）、《中国已非华夏》（1947.2）、《父与子》（1947.3）、《医药的故事》（1947.4）、《杂志与新精神》（1947.5）。

于是在工作的余闲，我重新拾起了文字生涯。

当中涉及三个重要时段：一是十二年前，即辛笛去国前夕（北平：1936年）；二是最初九年，指去国留学的三年（异域：1936—1939）及归国之后经历的抗战时期（上海：1939—1945），其间辛笛经历了其新诗创作第一个沉默期；三是抗战胜利后的三年（上海：1945—1948）。书中主要文章写于抗战胜利后，为什么要辑入十二年前的文字，辛笛意在让读者体会他30—40年代文字风格上的变化。日记体散文《春日草叶》可为辛笛30年代思想与情感及创作基调提供佐证；诗评《何其芳的"夜歌"》的收录可看作辛笛40年代诗风转变的自觉思考；《敬悼闻一多先生》可视为辛笛诗风转变的现实契机。本文将围绕辛笛三四十年代诗歌创作中关于"人类社会进步的思考"、"对现代民主社会的向往"和"知识分子何为"三大主题，结合《夜读书记》中《展笑尝新》《中国已非华夏》《父与子》《杂志与新精神》等主要文章及附录内容进行梳理和分析，以期深入把握辛笛40年代诗风转变背后的思想脉络与内蕴。

一、《春日草叶》里透露的信息

1935年辛笛自清华大学毕业后在北平艺文中学和贝满中学任教一年，其间居住在北平甘雨胡同6号。《春日草叶》是1936年他去国留学前夕所写的日记，后作为附录收入《夜读书记》。这年6月辛笛出版了第一本诗集《珠贝集》（和辛谷合出），编入《手掌集》时列为"珠贝篇"（篇目有增删）①，辑入1933年到1936年4月间写下的新诗。

上文"后记"中所提"自伤幽独的调子"确实代表了辛笛30年代诗歌创作的主旋律。正如《手掌集》"珠贝篇"前所引G.M.霍普金斯《春与秋：致一位幼童》中的诗句："玛格丽特，你是在悲伤/金色小树林叶落纷纷？""珠贝篇"中13首诗，关于自身孤独寂寞的有《印象》《怀思》《生涯》，感怀他人及人生孤独的有《弦梦》《航》；"自伤幽独的调子"也延续到"异域篇"创作阶段，《秋天的下午》《十月小唱》《月夜之

---

① 《手掌集》"珠贝篇"删去《有客》《夜乐》《花》和《碧》，增加《二月》和《垂死的城》。另《款步》改为《款步口占》。

内外》《再见，蓝马店》《门外》《杜鹃花和鸟》，这些诗字里行间总隐含着一个行走异域的诗人孤单的影子。

《春日草叶》中文字透露了"自伤幽独"的情绪，可作为辛笛这一阶段创作情绪及基调的文字佐证。如"卧在草地上看星，在雪地里游戏，于我是遥远的事了。没有悲哀，只觉沉默。"(2.23 日记)又如"下午，期待的人没来。天气晴和，一人去公园，不到十分钟走出来。看着白昼过去。"(3.15 日记)但在"自伤幽独"情绪之外，我们从《春日草叶》中还触摸到辛笛思想与情感的三条线索，它们成为日后辛笛诗风转变的伏笔。

其一是对友情的珍重和对生命的顾念。《春日草叶》里记录了他访友以及友人来访的经历。《辛笛传》也提及，"来得最多的还是大学的校友，孙晋三、高承志、唐宝心等，还有北京大学的杜南星"[①]。是的，辛笛 30 年代诗歌创作中的离别、寄意主题都与他珍重友情有关。如《夜别》(1933.12)落款是"泽南归前夜"，是他写给中学好友又大学同学高承志的。高承志曾用名高楚泽，因参加进步活动被捕入狱，被释放后不得不回南方老家暂住。辛笛一方面目睹了当时政治的黑暗，一方面体悟到好友彼时的心境，在他南归故里之际，写下了这首含蓄惆怅的离别诗。辛笛成名作《航》(1934.8)是他从天津坐海船去大连探望中学时代的好友黄彬所作。黄彬刻苦好学，但因家境贫困、父母病逝，高中毕业后即去大连谋生，以瘦弱的身躯挑起了抚养弟妹的生活重担。辛笛感怀同学的生活遭遇，怀着压抑怅惋的心情踏上旅途，写下苍茫暮色中他对人生的印象和感悟。1937 年远在爱丁堡的辛笛收到好友杜南星的诗——《寄远》，其中一些诗句正契合辛笛身在异国的感触，遂用南星诗中的诗句"缀"成《寄意——集 N 句》(1937.1)以示对友人思念的作答，诗题中"N"正是好友南星名字的首字母。不仅珍重友情，辛笛还顾念人世间一切残弱及贫寒的众生。日记中辛笛记录了他住在甘雨胡同 6 号时，听到街巷里少年叫卖声的感慨："每夜每夜，都听到街巷里一个少年的叫卖声，微颤而悠长；……总想持灯出门，照寻一下，究竟是个什么样凄凉的

---

① 王圣思：《智慧是用水写成的——辛笛传》，华东师范大学出版社 2003 年版，第 56 页。

少年，踱着这凄凉的夜，为着他的口粮。"(3.24 日记)这份顾念在诗歌《弦梦》(1933.7)、《冬夜》(1934.12)中也体现出来。而对于在欧战中失去生命的士兵，他抱有同样的叹息，他在《休战纪念日所见》中称他们为"可怜的泥土之子"(1936.11)。对友情的珍重及对个体生命的珍视体现了儒家人文精神对辛笛的深刻影响。梁漱溟认为儒家文化培养了中国人两大民族精神①，其中之一是"相与之情厚"。儒家文化重视人与人之间情感关系的建立，以"仁爱"为核心思想，培养了辛笛温柔敦厚的性格和悲悯众生的情怀。而以"相与之情厚"为特征的温柔敦厚和悲悯情怀恰好构成了辛笛人文思想的两大底蕴，日后与其人道主义思想接续。

其二是对于自我行动力不足的清醒认识。"自伤幽独"是辛笛个性与情绪的表现特征，这一个性在行动上体现为不够果断坚决。辛笛对此有着清醒的认识："很久之前，我就觉得自己是个罗亭式的人，如今罗亭的一代早经过去了，而我依然是我。久已失去了理智和情感的平衡，对于自己的信心也不复存在。如一个断了线的风筝在天际无根地飘扬着。"(3.18 日记)辛笛这一性格弱点亦有朋友 XZY（盛澄华）在来信中指认："朋友，心地放坚些！别做什么事都那么犹豫。"(2.27 日记)而留学爱丁堡是他果决走出的第一步。辛笛的自省意识同样有着来自儒家理性精神的影响。儒家文化倡导"吾日三省吾身"，认为作为个体要用心去省察自我道德修养，同时也要省察是否把道德意识付诸实践，化为有益于他人的行动。辛笛"省察"和"践行"的内容显然超出了儒家所局限的道德层面要求，而是在更为宽广的现实背景之下，与现代理性精神合流，最终构成他作为现代知识分子自省和社会实践思想的重要内容。

其三是作为知识分子个体在大时代中应如何作为的自问。如果细察，我们会发现《春日草叶》中辛笛"自伤幽独"的情绪是有着时代现实背景的。在 3 月 12 日这一天，他完整摘录"由清华转来的弟弟的信"：

---

① 梁漱溟：《中国文化要义》："就在儒家领导之下，二千多年间，中国人养成一种社会风尚，或民族精神，……这种精神，分析言之，约有两点：一为向上之心强，一为相与之情厚。"学林出版社 1987 年版，第 134 页。

……大家的心情是黯淡而凄凉，……充满了青年人的烦闷与悲痛。灰色笼罩了所有的人心。

人类的社会原应为幼小者们着想的，为后天的弱者留地步，而现代并不如此，这就是"为什么个人要牺牲自我，为什么要以他人的利益为前提，去奋斗去克服"的理由，这是我看完块肉余生后的感想。

哥哥，在大时代的动荡中，个人算什么呢？

辛笛"看完了，不想说什么话，是没有泪的沉默"，因为这也正是辛笛的"时代之问"。以"自省"为前提，达则兼济天下苍生，是儒家文化"经世致用"思想最终要达成的目标，所谓"读书者何也？读书以明理，明理以处事。先以自治其身心，随而应天下国家之用"[①]。辛笛自幼在私塾接受儒家文化教育，使他具有强烈的感时忧国精神和社会责任意识。

但不可否认的是，20 世纪初，历经近百年沧桑的中国社会开始步入现代历史进程。作为新一代青年，辛笛 1925 年开始就先后在天津新学书院和南开中学接受新式教育，其后 1931 年就读于清华大学外国语文系，接受了新文化运动"科学与民主"现代思想启蒙和熏陶。其时"九一八事变"爆发，全国群情激奋，时代氛围使书生无法安心读书。鲁迅先生在 1927 年曾说："在我自己，觉得中国现在是一个进向大时代的时代"，他所指的"大时代"等同于大动荡和大决战，他要求对时代重新估计，同时找到自己在时代中的历史位置。[②] 1935 年辛笛毕业之际，日本进一步强占华北，民族危机空前严重，是年底北平爆发"一二·九"运动。辛笛为国家命运担忧，从《FARE-WELL》(1935.7)诗中可知他是带着"愁苦"和渺茫的希望离开清华园的。在民族危亡的时代大背景下，辛笛工作一年后决意离开北平"静好的小居"，1936 年夏他写下具有现实意义的诗篇《垂死的城》，预示了"暴风雨前这一刻历史性的宁静"，他希望"是谁来点起古罗马的火

① ［美］张灏：《梁启超与中国思想的过渡(1890—1907)》，崔志海、葛夫平译，江苏人民出版社 1993 年版，第 15 页。

② 王晓明：《无法直面的人生——鲁迅传》，生活·读书·新知三联书店 2021 年版，第 281 页。

光/开怀笑一次烧死尼禄的笑"，诅咒侵略中国燃起战火的日寇必自焚。而他决定去做一个满怀"深心"的"行客"，做一个"独醒者"。这年夏天辛笛回天津，经由上海远赴英国爱丁堡大学深造英国文学，开启了解答他"时代之问"的求新知之旅。而辛笛异域行走所形成的国际视野与其作为现代知识分子的理性意识和人文思想，以及他作为中国知识分子的感时忧国精神和社会责任意识相结合，触发了他对人类社会进步，乃至中国社会发展前途的思考。

二、诗风转变背后三大主题及其思想脉络

经历了三年去国留学，及六年抗战时期文字的沉默，辛笛诗风日益趋于理性和现实，这一转变与 20 世纪现代诗潮息息相关。《手掌集》中"异域篇"前引艾略特《焚毁的诺顿》(《四首四重奏》)的一首诗，对于时间的重视和思考成为辛笛诗歌转向"沉思"理性的标志。"手掌篇"前引 W. H. 奥登《1929 年》诗句，其中"生活永远就是思维"指明辛笛沉思的方向是走向现实生活。循着上文《春日草叶》中辛笛的思想与情感线索，我们认为相比"珠贝篇"时期及"异域篇"早期"自伤幽独"个人情绪的抒发，辛笛"理性"和"现实"诗风转变主要依托于其诗歌主题所承载的思想内涵，由儒家文化发端并日趋成熟的现代人文思想以及由此生发的民主政治观念、现代知识分子的自我反省、社会责任意识以及社会践行意识，成为辛笛三四十年代诗歌创作三大主题线索背后的思想支撑，而《夜读书记》中的文字为我们提供了诗歌以外的文本佐证。

1. 关于人类社会进步的思考：从"相与之情厚"到"人道主义"思想

"关于人类社会进步的思考"是辛笛三四十年代创作的一条主题脉络。作为新一代知识分子，辛笛接受了新文化运动"民主与科学"思想启蒙，同时接受了西方现代文学的教育和文化熏陶，异域留学更开阔了视野。因此在思想上，辛笛"相与之情厚"的儒家人文情怀，自然地与西方人道主义思想接续，成为辛笛上述诗歌创作主题背后的思想根源。

人道主义思想起源于 14 到 16 世纪欧洲文艺复兴时期，在 17 到 18 世纪资产阶级革命中，启蒙运动思想家把人道主义原则具体化为

27

"自由、平等、博爱"三大口号，要求充分实现和发展人的天性权利，维护人作为个体"自由"权利的正当性；要求建立人类"理性"王国，满足人人"平等"的社会诉求；要求以"博爱"作为人与人相处的社会关系纽带。人道主义思想对于人类社会进步起了积极推动作用。

辛笛对于 20 世纪以来人类社会关系发展有着自己的判断。他在《父与子》文中比照屠格涅夫的小说《父与子》，认为沙俄时期反抗威权的青年与父亲一代的故事，正与动荡中的现代中国相似。辛笛认定 20 世纪人与人的关系已由"家"走进了"群"，进入群体的人际关系必须改变对立才能和平相处，因此传统家庭不平等的父子关系将会发展为现代社会父子之间相视如友的关系，平等是未来社会关系的发展方向。辛笛同时介绍了流行于 1935 年的美国小说《侍父生涯》以及由其改编的同名舞台剧，该剧倡导用人与人之间的人性爱来维系家庭关系，进而促进社会和平。辛笛又进一步介绍了评论此剧的题为《无父生涯》的文章，用以肯定民主自由的传统在现代社会的价值。在关于人类社会发展思考这一问题上，辛笛已然突破了儒家伦理思想和等级观念，接受了西方人道主义思想，他倡导人与人之间的平等，以"人性爱"或者说"人性善"作为社会关系纽带，肯定民主自由对于现代社会发展的意义。

追溯 1936 年秋，辛笛通过《休战纪念日所见》展开他对战争和现代文明的思考。战争让多少无辜的人死去，辛笛对他们表示了无限同情。但不止于同情，他发现在 20 世纪，人类科学技术的不断进步并没有使人性向着更加良善的方向发展，而是为了更多的物质利益去掠夺，直至发动战争，战争正是"人性恶"的集中体现，因此他断言"二十世纪的故事/便是车马驾着御者"，喻指人类被科学技术奴役的现象，指出这是人类文明的倒退。辛笛认为技术进步不是现代文明的唯一标志，人类的进步要以珍惜生命为底线，尊重人作为个体的独立价值，包括生命的权利。反对战争对于个人自由意志的奴役，其中闪耀的正是人道主义思想光辉。

1946 年秋，辛笛在《夜读书记》前言录入一首旧诗："伤心犹是读书人，清夜无尘绿影春。风絮当时谁证果，静言孤独永怀新。"紧接着的一段话中辛笛说：

世乱民贫，革命斫头，书生仿佛百无一用，但若真能守缺抱残，耐得住人间寂寞的情怀，仍自须有一种坚朗的信念，即是对于宇宙间新理想新事物和不变的永恒总常存一种饥渴的向往在。人类的进步，完全倚仗一盏真理的灯光指引；我们耽爱读书的人也正在同一的灯光下诵读我们的书。

40 年代中后期，已经具备了国际视野的"读书人"辛笛与 30 年代局限于"自伤幽独"青春期感伤时已然不同，面对"世乱民贫，革命斫头"的现实，尽管有"书生仿佛百无一用"之感慨，但他在孤独中"永怀新"之向往，心中亦抱有"坚朗的信念"，这是因为他对于"人类的进步"道路已经有了相对成熟的思考。

《展笑尝新》是介绍第二次世界大战后欧美新书出版的长篇书评，但同时渗透了辛笛对于战争、现代文明以及人类进步的思考。在介绍上海书肆英国新书少的原因时，辛笛再次把欧战史实拉回到眼前，说"盖此次战后，英国创痛巨深，元气伤耗，影响匪浅"。同时"溯忆一九四○年十二月廿九日伦敦市之大轰炸，……书籍存底损失至少在三百万册以上。其他各地屡遭德机轰炸，文物古籍毁失者不可胜计。"而同样身经战祸的辛笛感慨道："此在我惨罹战祸之国人定当赋予以十分深厚的同情也。"其感慨体现了辛笛对于战争戕害生命及人类文化的人道主义关怀和正义感。

文中对于二战之后飞速发展的国家——美国加以评论，辛笛说："以工业与科学言，美国的成就是立于世界的顶端的"；而"以一般文化言，它正是一个初过青春期走向成熟途径的国家"。辛笛借老剧作家奥涅尔之口批判美国历史上的掠夺性，"美国是历史上最大的失败，地广物博，得天独厚，可是专门浪费掉自己的灵魂去想占有外物，结局必至一无所有，圣经不云乎，一个人灵魂泯失，即令管领了全世界于他果有何用呢？"辛笛认为美国虽然握有最大产业和最新武器，但他并不完全认同美国的资本主义制度，认为这种以掠夺为本性的制度最终不会给世界带来和平，而会带来毁灭。法国文学大师雨果把"人性"和"善意"作为衡量人类社会进步的尺度，把如何对待弱者作为社会进步的标志。辛笛写于 1946 年夏的《文明摇尽了烛光？》是以诗的方式对于现代文明的思考，诗中以"原子"代表科技，"金钱"代表人的欲望，"饥馑"代表人类社会存在的现实，而尤其针对这些现象背后的"人性"进行质问和探源。辛笛意在说明促进社会文明发展的科学技术一旦被人类不义的金钱欲望所操纵，"人性向善"的光明丧失，社会饥馑将成为现实，人类文明之光也无从谈起。辛笛始终把"人性向善"作为现代文明社会人与人关系建立的标准，他不仅反对中国传统以礼教维系的等级社会价值观，而且反对西方机械文明对于人性权利的束缚，认为理想的现代社会应该是物质和精神的双重自由，他主张的是"自由、平等、博爱"人道主义思想指导下的民主自由社会价值观。

2. 对现代民主社会的向往：从感怀故国到为人民发声与现实批判

辛笛对于人类社会进步的思考是以 20 世纪中国出路为指归的，从感怀故国，到中国人世界身份确认，再到为人民发声，进而对现实进行批判是辛笛三四十年代创作最为突出的一条主题线索，其中蕴含了辛笛对于中国未来社会的向往、思考与选择。

中国现代知识分子均受过五四精神的深刻影响，辛笛亦不例外。新文化运动的初心乃在于谋求中国社会的现代化，正如辛笛在《杂志与新精神》文中摘引《新青年》宣言：

> 我们相信，世界各国政治上道德上经济上因袭的旧观念中，有许多阻碍进化而不合情理的部分。我们想求社会进化，不得不打破天经地义、自古如斯的成见，决计一面抛弃此等旧观念，一面综合前代贤哲和我们自己所想的创造上道德上经济上新观念，树立新时代的精神，适应新社会的环境。我们理想的新时代、新社会，是诚实的、进步的、积极的、自由的、平等的、创造的、美的、善的、和平的、相爱的、互助的、劳动而愉快的、全社会幸福的，希望那虚伪的、保守的、消极的、束缚的、阶级的、因袭的、丑的、恶的、战争的、轧轹不安的、懒惰而烦闷的、少数幸福的现象，渐渐减少，至于消灭。

新文化运动反对封建思想、道德和文化，提倡进步思想和文化，以"民主"和"科学"为两大基本口号，力图唤醒青年，使其受到西方民主和科学思想的洗礼，掀起思想解放的潮流。

正如辛笛所说："欢娱每兼忧戚"，当他"十年前"（1936 年）去国前夕看完《罗马衰亡史》时，心中所系正是自己祖国的前途和安危。1947 年辛笛介绍欧美论述中国译著，题为《中国已非华夏》，仅从题目论，"已非"划出了一条界线，即把曾经受过列强欺辱的"华夏"（代表古老中国），和战后欧美论述中国译著中的今日中国分开。文章中所指"十五六年前"正是 1931 年左右，是日本在中国东北挑起事端全面拉开侵华战争序幕之时。在当时及此前论述中国的译著中，辛笛认为著者或贬低中国为"白种人的负担"，或统计有关中国的资料作为他们鲸吞蚕食中国决策参考之用，或猎奇中国文化，而所存侮辱中国的文章则可用车载斗量计。总之，西方人对中国没有透彻的了解与同情，对中国的态度是鄙夷不屑的。而有过三年海外留学经历的辛笛对于"被侮辱与被损害的""华夏"在西方人及东洋人眼中的地位是有着切身体会的。辛笛 30 年代诗歌《狂想曲》（1937.5）末段六行具有强烈感染力的排比诗句，其灵感源于他年少时读周作人《雨天的书》里"日记与尺牍"文末译引"契诃夫与妹书"中的一段文字：

> 一八九〇年六月二十九日，在木位伏夫轮船上。//……我和一个契丹人同舱，名叫宋路理，他屡次告诉我，在契丹为了一点小事就要"头落地"。昨夜他吸鸦片烟醉了，睡梦中只是讲话，使我不能睡觉。……//明天我将到伯力了。那契丹人现在起首吟他扇上所写的诗了。①

辛笛读后感慨万分。契诃夫给妹妹信里提到的"契丹人"就是指中国人，多年后正是这段话引发了身居海外的辛笛对自己作为中国人世界身份的确认和思考：中国人被外国人歧视地贴上"东亚病夫"的标签，而这背后却是中国被世界列强殖民和掠夺后积贫积弱的历

---

① 王圣思：《智慧是用水写成的——辛笛传》，华东师范大学出版社 2003 年版，第81 页。

史，但中国终将走向现代。作为中国诗人的辛笛，对祖国富强的渴望和对民族前途的关切使他的内心注定是彻夜不得安宁的，因此身在海外的他时时表达故国之思。《巴黎旅意》(1937.4)中他说："我全不能为这异域的魅力移心/而忘怀于凄凉故国的关山月"；在《客心》(1937.4)中他写道："这远来的契丹人/又神往于自己的国土。/在同一的蓝天下/我的大城是怎样了?"表达他对于"西安事变"爆发后国内抗战局势有望改变的关注。

抗日战争对于辛笛那一代知识分子来说具有举足轻重的意义，1945 年抗战胜利重新燃起了每一位有自觉意识的中国人的信心，《中国已非华夏》蕴含了辛笛对于中国国民性的再认识。正如辛笛所说："封建积威下的中国已经在反抗行动中寻见了久经失去的灵魂"。他从欧美学者、记者、政治家以及社会工作者论述中国抗战的译著中看到了一个活的、有生气的中国，一个在蜕变成长中的中国。辛笛认为"他们发掘了中国民族伟大的人性"，宽容、安详、良善是古老中国人的灵魂，而"勇敢从事于桎梏的解放"让辛笛看到了中国的希望，为辛笛找回了作为中国人的民族自尊心。辛笛由此认识到"人民"的意义："人民终归是不朽的。抗战证明了中国民族可以更生"。如果说上文关于人类进步思考中的"人"还是抽象的，那么通过对中国国民性的再认识，辛笛心中的"人民"有了更为具体的意义。

把"人民"引入诗歌创作，辛笛是有着诗学自觉意识的。《何其芳的"夜歌"》是辛笛对于何其芳诗歌创作及思想流变的考察。何其芳曾经的诗歌风格和辛笛相近，但经历了十余年的抗战之后，何其芳的人生和艺术观念发生了变化。辛笛怀着喜悦的心情读《夜歌》，认为"其中充满了生命和劳作的歌唱，对人类爱和新理想的颂赞"。他这样评价何其芳："经了抗战……实际生活的火炼，他不再是一个流连光景的人。他大踏步地迈进了新的天地，勇敢地度着新的生活，而冷静地将腐朽神奇的世界遗留于后。"辛笛认为在时代的激流中，何其芳诗歌中抒写新的概念和人民的生活，正是他创作意欲转变的方向。

日后辛笛在《辛笛诗稿》自序中说："是啼血的布谷使我领悟到古中国凡鸟在大时代中的啼鸣，必须把人民的忧患溶化于个人的体验之中，写诗才能有它一定的意义。"①与 30 年代《杜鹃花与鸟》(1937.4)中的"杜鹃"（俗名"布谷"）不同，作于 1946 年的《布谷》是辛笛诗风内涵转变标志性的作品。"于今二十年后/我知道个人的爱情太渺小/……/你一声声是在诉说/人民的苦难无边/我们须奋起　须激斗/用我们自己的双手/来制造大众的幸福"。在"布谷"的叫声中他听到它召唤"怀有人民热情的人"、"灵魂警觉的"人，他"要以全生命来叫出人民的控诉"。辛笛以诗歌传达人民的心声，《夏夜的和平》(1946.6)一诗落款："休战期满晚读报载和平之望未绝的消息以后"。内战在即，辛笛正告当局"你用听筒去听好了/他们的心坎上到底是要和平还是风暴？"揭露当局"自私"的意志，扰乱和剥夺了"整日辛劳但图一饱的""人民大众的平安夜"。《阿 Q 答问》则表达已经觉醒的"被侮辱和被损害"的新生代"阿 Q"——人民大众开始有了反抗意识。

与此同时，1946 年 7 月诗人闻一多先生父子在昆明遭遇枪击，激起有正义感的国民的愤怒，则是激发辛笛以诗歌进行现实批判的事实动因。辛笛说："这冷酷的现实明白地反映了什么？我们可以知道时局已经临到了何等严重的程度，现状已经踏入了何等黑暗腐烂的地步！"辛笛撰写悼念文章——《敬悼闻一多先生》，揭露国民党当局扼杀新文化运动所倡导的民主自由思想，并为此作《"逻辑"》和《回答》两首诗。正如《辛笛传》中所指出的："正是时代、社会发展的逻辑引发他的思考。国民党政府不得人心，……他本人毕竟接受了新文化的启蒙和西方人道思想的熏陶，对政府的所作所为也无法容忍。……他必然关心政治，时代是躲避不了的。"②辛笛由此写下系列批判现实的诗歌：《夏日小诗》讽刺国民政府官员在抗战后趁接收地方之机发不义之财的丑陋现象，表达民众愿望——杀这类"市侩"为抗战死难的烈士献祭；《警句》揭示两千年来中国人"服官从政"的文化观念和做人哲学依旧未改；《海上小诗》感叹"在愁苦的人间"，诗人"写不出善颂善祷的诗"；名篇《风景》揭示国民党当局统治下的社会现实"都是病，不是风景！"。

---

① 辛笛：《辛笛诗稿·自序》，人民文学出版社 1983 年版，第 4 页。
② 王圣思：《智慧是用水写成的——辛笛传》，华东师范大学出版社 2003 年版，第 140 页。

　　而辛笛关于中国的未来发展在《中国已非华夏》文中有着更为详尽的思考和论述。他借用美国《时代》杂志前驻渝记者白修德(Theodore H. White)在《中国与未来》和《试行之策》文中的观点来规划中国未来,认为中国既要解决中古时代所遗留下来的如工业化、建设铁路交通、提倡普及教育、养成科学态度等种种问题,而同时中国的发展也要避免西方现代化进程中出现的"心与手不能相应,文化濒于脱节险境"的问题,也即上文所述科学技术发展奴役人精神发展的情况。辛笛提出一己之见,他认为用集中西文化之长的方法来治理中国太过于理想化,而持"中学为体,西学为用"的观点也是不切合中国实际的。辛笛认为中国不仅要学习西方先进的科学技术,更要借鉴西方先进的文化意识,他认同梁漱溟先生"政治的根本在文化"的观点,并完全赞成蔡尚思先生"文化是时代性不是民族性"和"文化是阶级性不是民族性"两大观点。辛笛坚持中国政治及文化的民主化方向,认识到文化随时代发展的重要性,主张文化应该超越民族狭隘性,而同时他也认识到文化带有阶级性特征,政治实际上是一部分人对另一部分人的统治,而中国当时的政治现实显然没有实现大多数民众的民主权利,因此辛笛选择站在"被侮辱和被损害"的"人民"立场,反对国民党当局扼杀民主思想的政治统治。从 1938 年在爱丁堡彻夜阅读埃德加·斯诺的《红星照耀中国》(1938)开始,到认同史沫特莱所写的《中国的战歌》(1943),再到 1946 年在上海思南路"周公馆"听周恩来向与会文艺界人士介绍当时的国际形势,痛斥国民党"假和谈、真内战"的阴谋,说明共产党要求和平但不惧怕内战的主张,辛笛对中国共产党的政治主张抱有希望,如他表达对于国共内战的看法:"现在即以内战而论,这一次的已和民国以来无数若干次的具有迥然不同的社会政治历史上的意义。"在《甘地的葬仪》一诗中,他说甘地"忍耐说服的精神/敌不过狂信者的枪",为了和平,必要的武力是必要的。他以"鹰"作为视角,认为"人类""今夜仍将进行土地分配的战争",认同土地分配的必要性。面对国民党当局践踏民主,同时发动内战的社会现实,辛笛站在"人民"的立场,以诗歌表达自己的爱憎,同时怀抱着理想写下《憔悴》,传递自己对于祖国的担忧和对未来的希望。

3. 知识分子何为：从"践行于社会"的自我反省到行动努力

如果说"关于人类社会进步的思考"和"对现代民主政治的向往"形成了辛笛对于人类进步及中国社会发展相对成熟的思想，那么"知识分子个体在大时代中应如何作为"，如何走出"罗亭"式知识分子自我局限，以足够的勇气正视自己、解剖自己和超越自己，完成由思想意识层面到行动本身的飞跃，辛笛"践行于社会"自我反省、责任意识和行动愿望成为他三四十年代诗歌创作又一突出主题。而他的自我反省和行动在诗歌内、外两条线上展开。

自 30 年代开始，辛笛就写下系列诗歌，展开自我反省，表达践行于社会的愿望。《休战纪念日所见》中，对在战争中无辜死去的人，辛笛自省："你惨白/是为了你有了过多的幸福"，他发出"我将沿江走去/向那暮霭沉沉的远天"的行动宣言。在《对照》（1937.4）里辛笛写道"在时间的跳板上/白手的人/灵魂/战栗了"，第一次表达他作为一名知识分子不能从事实际劳作，不能报效祖国的惭愧和警醒，而他实际上在爱丁堡留学期间就积极参加了中国留学生为抗战募捐等社会实践活动。《巴黎旅意》（1937.4）中他明确表示为了"凄凉故国"，他愿意"虔诚肃穆地工作"，表达他"是以积极入世的心/迎接着新世纪"的决心。《再见，蓝马店》（1937.4），在旅途中的辛笛联想到受到日本侵略者步步蚕食的祖国，他自比唐·吉诃德，认为自己满怀理想，对于"风车"巨人无所畏惧，但在现实的森林里，却受到"横生的藤蔓"的羁绊和令人不寒而栗的"魔鬼的笛声"的恐吓。这些都表达了他对于现实无力挽救的感受以及愤懑之情。

与 30 年代不同的是，40 年代中后期辛笛践行于社会的"自我反省"内容有了日益清晰的方向，那就是投身到社会现实生活中去。《识字以来》（1945）是辛笛抗战胜利后写下的第一首诗，袒露了他作为知识分子与中国现实结合时充满矛盾的心理。诗中描绘了一个不断求知但可悲的知识分子形象，他"空虚"的梦经不起现实的击打而破灭。他表达了自己在黑暗现实中勉力自持的不容易，同时也坦陈抓不住"崇高的中心"的困惑，但最后，他还是表示要继续追求知识，努力去靠近"崇高的中心"的愿望。《姿》（1946）是辛笛对知识分子群体的一次反思，他肯定了知识分子的社会价值，但同时也批评知识分子"是一支禁不起风的芦苇"。他认为只有思想和孤芳自赏是不够的，知识分子"没有土地是生活不下去的"，其中"土地"所指意味深长。辛笛意识到知识分子扎根于社会现实生活土壤才能实现他们的价值。代表作《手掌》(1946.6)是继《对照》之后，辛笛再一次反省和批判自己作为"白手"主人的缺点："你不会推车摇橹荷斧牵犁/永远吊在半醒的梦里/你从不能懂劳作后甜醋的愉快"，强烈批评作为知识分子的自己缺乏从事社会劳作的勇气和能力。《一念》(1948)中他自省在战争和通货膨胀的现实社会中，诗人不能满足于"只会写些眼睛的灾难"，决心"宁愿忘掉读书识字/埋头去做一名小工"，表达知识分子要做一点实际工作的强烈愿望。《夕语》(1948)中他再一次检讨自己作为知识分子的悲哀："说得太多，做得太少。"《人生》(1948)是辛笛对自己作为知识分子在时代中该如何作为的回答："我只想做一点我们应该做的事情/能做多少就是多少……"可见辛笛创作中的自我反思是向着真正践行于社会的方向努力的。

除诗歌创作，随着日益坚定的人民立场，辛笛践行于社会的行动越来越有针对性。《医药的故事》开篇，我们再一次看到辛笛的自省，他说："写文章的人在捉笔时，第一念是最容易想到'不朽'二字。思想踪迹，来去无证，仿佛一经白纸写满黑字，名山后世原来就都该有分的。"如果这是辛笛之前写文章的想法，那么此时辛笛又有了新想法。他认为"'不朽'只有广大的人民能当得起"，正是中国人民在抗日战争中的坚持和勇敢才最终迎得了胜利，因此辛笛愿意把"不朽"的称号赋予他们，并且愿意为他们做些什么。他认为"广大的人民""因为已经活过这许多年代，至今 20 世纪还是要坚强地进步地活下去"，而最能使他们受益的是通过"通俗"的知识书籍受教育。因此他通过介绍西方通俗有趣的关于医药方面的书籍，以激励国内专门学者能效仿此举，为中国的百姓普及医药知识。这是辛笛作为"五四"以来现代知识分子"启蒙"责任的担当与体现。

而社会民主政治思想的秉持，使辛笛在《杂志与新精神》文中责问国民党当局："五四至今已二十八年，试将'新青年'宣言中所云与目前的社会环境相较之下，敢问进步如何？"看不到社会进步，作为严肃知识分子的辛笛充满了一种强烈的责任感，他认为诗人不仅要担负起创作的责任，更要担负启蒙思想传播的功能。辛笛关注到文艺传播对象的变化，他借用盛澄华所说"文艺的对象不再是……少数阶级，而将是现社会中广大的读者"。而同时他认识到"20 世纪本来可称为杂志世纪，一般杂志对于日常生活与未来历史的重要性至为显著"。他认为"中国新文化运动，自文学革命至革命文学，乃至影响于社会全面生活的兴革变迁，杂志报章之功为不可没"。为此他肯定 1919 年一年至少出了四百种白话报（杂志）对于新文化运动倡导的新精神传播的功劳。辛笛自己通过读书求知来寻找人类进步的真理，因而他希望借价格相对低廉的杂志向广大读者传播时代精神。在当时现实社会中，辛笛不仅对在艰难时局中坚持出版的《观察》《文艺复兴》等刊物恪尽一份维护之心，而其本人在 1946 年 8 月与上海部分诗歌音乐工作者创办诗刊《民歌》，发表具有时代性、战斗性和平民化倾向的诗文。《民歌》杂志的创办是辛笛作为一名有正义感的知识分子投入社会担负己任的一次实践。

若从诗歌创作艺术成就来论，学者梁秉钧认为辛笛 40 年代"这时期的诗，在诗意象选取和诗的形式结构方面没有做出成功的尝试。如《文明摇尽了烛光？》《人生》《警句》，就只是一些议论的材料，发展不出诗自身的结构"[①]。但从思想的现代性探索及知识分子践行于社会的角度，我们看到作为一名现代知识分子，辛笛继承了中国儒家人文精神，又超越了儒家文化局限性，秉承"五四"时代新精神，把国家民族的现代化发展当作永恒的理想和追求，在他温柔敦厚的性格中有着温和的坚定，从他悲悯众生的情怀里更生长出人道主义和民主政治文化思想，难能可贵的是他以现代理性精神不断反省自我而同时勇于实践，站在人民的立场去寻找作为知识分子个体扎根于社会的坚实土壤。1949 年以后，为了参与新中国建设，同时也是为了完成自我蜕变，辛笛毅然转入轻工业单位，从事更为具体而实际的社会工作，这一选择与他 40 年代以来日益成熟的自我意识和社会思想有着必然的联系。辛笛最终以行动回答了当年的"时代之问"，即个人在大时代中要牺牲自我，要以国家的利益为目标，要去奋斗，

---

① 梁秉钧：《从辛笛诗看新诗的形式与语言》，吴思敬、王芳编《看一支芦苇——辛笛诗歌研究文集》，学苑出版社 2012 年版，第 187 页。

去克服自身的弱点，努力服务于社会。辛笛的思考与选择对于今天的知识分子仍然有着可借鉴的意义。

［作者单位：浙江工商大学国际教育学院］

"水手问起雨和星辰"

——记我和辛笛先生的交往

缪克构

从 1997 年大学毕业，到 2004 年初辛笛先生去世，有六七年的时间，我经常出入上海南京西路花园公寓。诗人辛笛先生就住在那里。我每次去看辛笛先生，一迈进公寓大门心境便澄明起来，仿佛外界的喧嚣和浮躁不再跟随。而每次从那里出来，繁华街市似乎也洗去了雾气和奢靡，散发着理性而清澈的光辉，这种光辉会在一段时间里相伴我的左右。

这也许正是书香的力量、诗歌的力量、一位温厚长者散发的智慧的力量。

辛笛先生作为"九叶诗人"中的长者，与其他"八叶"一起，是中国新诗发展到 20 世纪三四十年代不可或缺的一环，起到某种承前启后的作用。与诗坛上一些社团流派一开始就明确打出旗号，有组织、有宣言等有所不同，"九叶诗人"至 1981 年《九叶集》的问世才得名。但事实上，在 20 世纪 40 年代，"九叶诗派"的诗人们就在《中国新诗》《诗创造》办刊期间因为作品互相吸引，同声相应、同气相求，而自然形成了相似的美学风格和巨大的影响力。"九叶诗派"既尊重吸收我国固有的古典诗歌传统和"五四"新诗的影响，同时借鉴并消化西方现代诗的成功经验，始终根植于 20 世纪中国现实的土壤中，坚持现实主义的时代精神，为诗坛开创了一种新鲜的氛围与意境，注入了一股活力。

辛笛的诗作在意境追求、结构布局、用字遣词、节奏韵律方面得益于中国古典诗词传统，而在捕捉和表现瞬息印象、变幻情绪和微妙信息上又能吸取西方现代诗歌、绘画和音乐之长，以婉约、醇厚著称。

39

自少年时我就开始阅读和写作新诗；考入华东师大后，辛笛先生的小女儿王圣思是我的老师；毕业后，我供职的报社与先生寓居的南京路仅一条马路之隔，这些，都是我得以聆听辛笛先生教诲的机缘。2003 年，辛笛先生为我的第一本诗集作序，对新诗提出了殷切期望，对我勉励有加。2012 年，在辛笛先生诞辰百年之际，我在王圣思老师的帮助下编选完成了五卷本《辛笛集》，遥寄心香一瓣。今年是辛笛先生诞辰 110 周年，我用先生名作《航》中"风吹过来，水手问起雨和星辰"句，像一个诗歌水手一般，回忆与这位长者点点滴滴的交往，以表达无尽怀念之情。

"新诗易写难工"

有六七年时间，有时是午后三点，有时是晚饭后，我一次次走进辛笛先生的寓所，穿过走廊，进入厅中，总可以看见他坐在桌前等着我。他总是起身，跟我握手，请我坐下；走时，他又起身、握手、相送……他的身后是一长排装满各类中外书籍直到屋顶的书橱，身旁是一个放大镜、一支笔、一些报纸和书信。他的声音有些嘶哑，但仍保持着良好的记忆，思路十分清晰，谈及国家大事，忆及文朋诗友，皆能如数家珍。回忆起 50 多年前与诗友在上海创办《中国新诗》等刊物的情景，辛笛先生感叹光阴似箭，他说当时的情景都还历历在目，但一些志同道合的诗友已不在人世。

世纪之交，诗坛一方面论争纷繁，另一方面又口语诗泛滥，新诗一度陷入困境，令很多读者不解。为了回答读者的关切，我对先生专门做了一次访谈。

缪：新诗在今天似乎陷入了某种困境，对读者来说，成了一种不解的现象。很多人没有兴趣去接触新诗，生活也并不因此缺少什么。

辛笛：新诗在今天令很多人气闷甚至气馁，但若放开眼界，从历史的长河来观察，则今日所处的困境也有其客观原因的。试想新诗完全是五四新文化运动的产物之一，沿至今日，区区不过是 80 余年的历史，拿它与已拥有数千年的古典诗歌的成就相比，其辉煌与单薄岂可同日而语？单从 80 年历程来看，新诗诗坛也是人才辈出，成绩斐然可观。如果从现在起，再经过 100 年的历程，深信必将有更多的可畏后生超越前人。

缪：从诗人主观方面讲，应该做出怎样的努力？

辛笛：从主观上来讲，我们还必须加倍努力，压缩诗歌语言和节奏上的水分，才能逐步走出这个困境，这可从三方面着眼去苦下功夫。一是从时代感受着眼。一直贴近生活，接触社会，必能从感觉上捕捉到无数印象和心得而形诸诗歌创作。生活永远是创作的源泉，何况现代生活瞬息万变，如不紧紧追随把握，真情实感从何而来呢？二是从语言和节奏着眼。毫无疑问，汉语是诗的语言，也是世界上最美丽最丰富的语言，新诗原系由口语化及西化而来，但绝不能数典忘祖。如果希望新诗和古典诗歌媲美，则格律方面也仍需继承—开拓—创新。三是向古典诗歌、"五四"以来的好诗，以及优秀的外国诗歌学习。

缪："九叶诗派"其实是三四十年代一类诗人群体的代表，当时九位诗人由于对诗歌的共同爱好，对现代诗美的相似追求而走到一起，但其实还是有很多个体的特色。

辛笛：现在对"九叶诗派"的研究还在深入进行，这不但需要对这一流派进行广泛研究，还需要落实到对"九叶"个体的研究。因为"九叶"个体同样是丰富多彩、各有特点的，只有对每个"九叶"个体透彻研究，才能更好地把握对"九叶诗派"的整体认识，进而对新诗发展到 40 年代后期的状况有全面真切的了解。

缪：您的新诗创作，许多评论家认为主要有两个辉煌时期。一个是 20 世纪三四十年代的《异域篇》《手掌篇》时期；一个是从 80 年代重新开始的新诗创作，包括一直到现在仍在创作的诗歌作品。您怎么看这个观点？

辛笛：实际上我的创作分期是三个时期。产生这种情况是有客观原因的。一是《异域篇》时期，早年我在国外读书，在异域他乡做客，乡愁就比较多，因而就能写出一些比较好的诗；二是《手掌篇》时期，抗战胜利后激情澎湃，理念渐多，下笔不能自已，又写出一些好的诗歌；三是《春韭篇》时期，80 年代以后，时代有了变化，特别是"文革"以后，大家思想开放多了，就容易把诗写得好些。

缪：在新诗之外，您还写了大量的旧体诗歌。对于新诗与旧体诗，您有什么看法？

辛笛：我写诗是从学写旧体诗开始的，那时我大约五六岁。不过那时写的东西算不上是诗，只能算是学习。到 10 岁左右，我就可以把旧体诗写得比较好了。真正的白话诗，我是升入中学以后开始写的。我记得在 16 岁时第一次尝试写白话诗。

对于新诗与旧体诗，我的看法是，新诗易写难工，旧体诗难写易工，但这个时代是属于新诗的，因为语言、思想、感情都是自由的。青年一代是富于激情的，有的人认为写新诗最容易，提起笔来就是一首，但千万不可忘记：诗歌毕竟限于字数、节奏、韵律，不能不经过千锤百炼。感动自己，然后才能感动读者。

缪：我注意到先生的新诗，都是以短诗为主，这是为何？您对短诗和长诗有什么不同看法？

辛笛：我自 30 年代读大学时就形成自己的诗观，认为长诗不如短诗，叙事诗不如抒情诗，诗人把诗写得那么长，实在是浪费才华。当然，年长一些，对别人在长诗和叙事诗方面的探索也能理解。只是我至今仍觉得短诗对语言的提炼、意象的浓缩、结构的营造都提出了更高的要求，而且可以挤压掉新诗中过多的水分。

缪：您对年轻一代诗人寄予什么样的厚望？

辛笛：希望年轻一代诗人更多地阅读中外优秀的古典诗歌和现代诗歌，用自己的生命体验去融化这些传统，精心炼字炼句，注意谋篇布局，写出更多更好的诗歌来。

静静地听着小夜曲睡去

诗歌以外的生活也常常是我们交流的话题。辛笛先生爱看新闻，对新近发生的事件常常表示欣慰或叹息，对外面的世界他是熟悉和关心的，丝毫也不隐瞒他的看法。我也常听他讲到生活对创作的重要性，焦虑生活匮乏给自己创作带来的影响。其实，尽管越来越年迈，但辛笛先生依然笔耕不辍，他的旧体诗创作日臻化境，而创作的新诗也保持原有的情真、意融的风格，且日渐沉郁，令人不忍释手、久久回味。

我要出一本诗集，对十二年来发表的作品做了精选。辛笛先生听后十分高兴，并应允为我的《独自开放》写一篇序言。他认真翻阅了我的书稿，在序言中鼓励有加："克构有诗人的敏感和观察力……都市中人们熟视无睹的事物在克构那里不仅寻找到诗意，如《馈赠》《去年春天》等，而且更有了描述，揭示了哲理。""克构的诗篇幅都不长，这也是我所欣赏的。"

让我不曾预料的是，辛笛先生读完我的诗稿，欲提笔写序之时，他相伴 60 余年的爱人、翻译家徐文绮先生突然辞世。先生表面上看来仍还平静，但内心受到了极大的触动，他在几天的沉默中深情地写下《悼亡》一诗："钻石姻缘梦里过，如胶似漆更如歌。梁空月落人安在，忘水伤心叹奈何。"让我深感不安的是，他仍然记挂着要为我写那篇序言。辛笛先生很快就完成了序言，不仅对拙作做了精到的分析，而且论及了对新诗诗体的看法，对年轻一代诗人提出了希望。序言思维开阔，收合自如，堪称美文。

相伴一生的爱人去世以后，辛笛先生变得不爱言语，更久地陷入平静和沉默，仿佛从此少牵挂。当他的子女们为父母在福寿园做寿墓时，他开始为身后之事作了诗思：

> 墓碑上刻有我和老伴
> 和我们子女的名字
> 我们俩并不寂寞
> 在晨风中我们唱起与子偕老之歌
>
> ——《永远和时间同在》

这首诗常引起我无限遐思。在辛笛先生的旧体诗诗集《听水吟集》中，有一帧照片，是 50 年代初辛笛先生夫妇与四个子女在中山公园的合影。这张照片拍得真是极好，画面中辛笛夫妇面带自然的微笑，四个子女天真烂漫，或畅笑，或抿嘴笑，可爱至极。如此一家子真是令人十分羡慕啊！其实我每次去，都会感动于先生家中的那种温馨氛围，走廊、老家具、旧版书、简洁的客厅，常让我深感温暖。重友情、重亲情、重人情，使这个家庭充满了厚实、温润和甜蜜的氛围。辛笛先生的一生虽然受到过冲击，有过动荡，但在家庭生活方面，堪称幸福美满，少有人能企及。

2003 年底，辛笛先生病了，住进了中山医院。11 月 1 日，中国当代文学研究会和上海作协刚为先生开完"新诗创作七十年研讨会"，与会专家对他的创作给予了很高的评价，辛笛先生还亲临现场做了发言，不曾料此后不久先生便突然患病，竟从此一病不起。

我两次去医院看望辛笛先生，他都在平静地睡着，很安详。醒来后他看见我，点点头。王圣思老师从学校上完课后，常赶到医院陪伴。有一次她带来了先生喜欢吃的老半斋菜饭，护工喂他吃，王老师在旁边给他示范细嚼和下咽的动作，口型配合着手势，真是令人感动。先生吃了不少。王老师对先生说："你要好好养病，病好了我们就回家过年。"此前先生几次吵着要回家，可这会儿却像个安静而听话的孩子。护工笑着对王老师说："要大口喂他，他才能多吃，有时也吐出来。下午吃红枣炖白木耳，一颗枣核含在嘴中许久，突然射出，滚到了窗台，先生还很有力气呐！"护工哪里知道，她照顾的老人是个大诗人，到老都保持着一份童真。你看他 70 岁时还撒开双手骑自行车，80 岁时走路还踢着小石子、踩着窨井盖听那咣当作响的声音！

辛笛先生离开的那一天，是 2004 年 1 月 8 日，先是肺部大面积感染，然后是呼吸衰竭。他已经 92 岁了，阻挡不了生命自然的规律。让人在悲痛之余感到心安的是，他走得平静，没有什么痛苦，正如他在诗中所写：

走了，在我似乎并不可怕
卧在花丛里
静静地听着小夜曲睡去

　　　　　　　——《听着小夜曲离去》

《小夜曲》也在先生的追悼会上取代了哀乐。辛笛先生躺在鲜花丛中，真是十分平静和安详。

编选出版五卷本《辛笛集》

2012 年 12 月 2 日是辛笛先生的百年诞辰，上海人民出版社决定编辑出版一套辛笛先生的诗文集。在王圣思老师的帮助下，由我来具体执行五卷本《辛笛集》的编选任务。

作为中国现当代文学史上的重要诗人，辛笛先生具备深厚的中西学养，擅长现代诗、旧体诗和散文创作及翻译。诚如邵燕祥先生所言，"辛笛是左手写新诗，右手写'旧诗'（当然偶亦腾出手来写书评和诗论）；……他分别在现代诗和传统形式的诗歌这两个领域，坚持了对诗质诗美的共同追求。""在中国现代诗歌史上，像辛笛这样的诗人是可遇而不可求的。唯有这样的文化素养能成就这样的诗人，而在今后，并不是照方抓药就能够'培养'出王辛笛式的诗人来。"①

辛笛先生的新诗创作自 1928 年开始，以蕴藉婉约著称于世，充满对祖国故土的热爱、对人生时代的关注、对个人内心的审视、对诗歌艺术的探索。诗风凝练清新，典雅而有新意，在中国新诗史上形成了自己诗歌艺术的独特性，对国内外汉语现代诗创作产生了相当大的影响，尤其受到港台地区及海外华人读者、诗人的极大关念和热爱，甚至手抄、口诵他的《手掌集》，被他们归入"20 世纪 20 年代到 40 年代中国纯正诗流一贯发展的代表"。

辛笛先生在旧体诗上的造诣也为人称道，中国古典诗词的潜移默化贯穿于他一生的创作。由于新诗、旧体诗轮番写作，使他的现代诗往往具有旧体诗的含蓄曲折，而旧体诗也吸收了新诗的某些长处，通晓明快，用典适度，非常时期表达心绪隐晦委婉，情到深处，佳句胜出。

辛笛先生的散文创作除了早年试笔之作外，1946 年在上海《大公报》上曾开设"夜读书记"专栏，主要介绍英美书籍，后结集由上海出版公司出版《夜读书记》。他晚年对诗歌创作艺术予以总结，怀旧忆人的文章频频问世，也极具艺术性和史料价值。

先生生前出版的主要作品有诗集《珠贝集》（与弟弟辛谷合集，1936）、《手掌集》（1948）、《辛笛诗稿》（1983）、《印象·花束》

---

① 邵燕祥：《我读王辛笛》，《文学报》2003 年 11 月 14 日。

（1986）、《王辛笛诗集》（1989）、《听水吟集》（旧体诗诗集，2002）、《王辛笛短诗选》（中英对照，2002）及诗友合集《九叶集》（1981）、《八叶集》（1984）；散文集《夜读书记》（1948）、《嫏嬛偶拾》（1998）、《梦馀随笔》（2003）。主编《20 世纪中国新诗辞典》（1997），校对狄更斯长篇小说中译本《尼古拉斯·尼克尔贝》（1998）等。但他的作品只是零散出版，没有得到系统的整理，读者很难比较完整地读到他的诗歌和散文作品，这样的情况在文学大家中实属罕见。在辛笛先生百年诞辰到来之际，全面系统地梳理和编选其新旧体诗集以及散文随笔集，是一件十分有意义的事情。

经过近一年时间的准备、整理和编选，我们从新诗、旧体诗、书评散文、散文随笔四个方面，编选了五卷本《辛笛集》，收入辛笛先生一生最主要的新旧体诗歌，以及读书笔记、散文、随笔等作品，全面呈现他的文学成就和对中国现当代文学的贡献。

卷一《手掌集》沿用 1948 年星群出版公司出版的诗集原名，主体部分为原《手掌集》中的作品。这些经典作品含蓄凝练，既有中国古典诗词的隽永意味，又有西方现代诗艺的变幻跳跃。诗里没有浮面的东西，没有不耐咀嚼的糟粕，而是把感觉的真与艺术的真统一成至高至纯的境界。先生的笔调柔和清新，注重遣词使字，追求内在情感节奏的完美。附录"风景篇""青青者篇""变幻篇"中收入辛笛先生青少年时期之作与 40 年代后期之作，从不同的时空里可以感觉到先生灵魂的成长、颤巍与演变。

卷二《手掌二集》收入辛笛先生搁笔数十年之后重新抒写的现代诗篇，采用诗人 1979 年抄给香港诗友骆友梅女士的诗歌册中的《手掌二集》集名。此卷作品保持了先生早前现代诗创作的水平，而视野更为开阔。中国古典诗歌的优秀传统和西方现代主义诗歌的精髓，一直作为两翼伴随他的创作生涯。他的晚年之作淡泊明净、纯粹超然，有一种洗尽铅华的素朴与内敛，展示出他洞悉世界、参悟人生的睿智和达观。

卷三《听水吟》是旧体诗诗集，集名源自香港翰墨轩出版有限公司 2002 年出版的《听水吟集》。辛笛先生从小接受私塾教育，打下扎实的古典文学功底，在几乎不写新诗的日子里，他悄悄用旧体诗排遣郁闷，表达委婉，隐含悲抑自嘲之情。80 年代以后新旧体诗轮番写作，他的旧体诗佳作有的温润蕴藉，有的清新明快，用典适度，婉约通晓，意到深处，佳句多有，尤其是与钱锺书先生在"文革"期间的唱和更是文坛佳话。值得一提的是，此前出版的《槐聚诗存》和《听水吟集》中"钱（锺书）王（辛笛）唱和"的写作时间存在不确之处，编者根据辛笛先生当年的笔记，重新做了修订。先生的旧体诗诗作多达 600 余首，此卷收录近 200 首，其中标明"未入集"的诗作与附录中的俳句、和歌，均系首次结集。

卷四《夜读书记》沿用 1948 年上海出版公司出版的书评和散文集原名。此卷作品是饱读诗书的诗人在"清夜无尘"之际所撰，不少篇章曾发表在 40 年代后期的《大公报》"出版界"专栏上，介绍当时英美文坛最新书刊、剧坛及批评界新作，评介各类英语辞典及西方医药通俗作品等，他最为看重的是欧美著作中对中国的论述。附录收有早期日记体散文《春日草叶》。辛笛先生在"文革"后所写的同类文章辑为《夜读续记》。辛笛先生的书评及序言取材精审，说理清晰，娓娓道来，博学不炫，清新朴直。

卷五《长长短短集》是随笔散文集。辛笛先生在 1996 年结集出版《嫏嬛偶拾》时就曾想称作《杂拌儿集》或《长长短短集》。俞平伯先生曾用过《杂拌儿集》，《长长短短集》却未见有人用过，便拿来用作此卷集名。此卷收入从 20 世纪 70 年代末先生重新提笔后所写的散文随笔，涉及怀旧、寻梦、忆人、记事、谈诗、书话等等，内容丰赡多姿，情真意切，时有神来的诗情诗意之笔，文章灵动生辉。

五卷本《辛笛集》于 2012 年 10 月出版，我觉得自己完成了一项重要的事情。如果将这套五卷本《辛笛集》与《智慧是用水写成的——辛笛传》（王圣思著，华东师大出版社 2003 年版）、《记忆辛笛》（王圣思主编，宁夏人民出版社 2006 年版）、《何止为诗痴·辛笛》（王圣珊、王圣思著，东方出版中心 2010 年版）放在一起阅读，辛笛先生近百年的人生和 70 余年的创作生涯，可以说得到了完整的呈现，读者也可以从中一窥先生对中国文学的贡献了。

[作者单位：文汇报社]

47

辛笛致友人函 12 通^①

王圣思　整理

【整理者的话】

2022 年是我父亲辛笛先生诞辰 110 周年，为了纪念这个日子，我整理了他在 20 世纪 30 年代、70 年代和 80 年代致友人书信 12 通。其中致杜南星（林栖）5 通，致钱锺书 5 通，致叶维廉 1 通，致邵燕祥 1 通，从中可以看到他在不同时代的关注点及与友人的交往内容。

需要说明一下，我对书信的有关内容做了一些注释，供读者参考。

致杜南星（林栖）函 5 通^②

一

××：

PH 来了。他旅行到这城市来，这城市实在没有什么好的。他给你的信上，有着纽约，又有着伦敦的字样，你看了，全不必把它当真，那些话多半是写给主人看的。

我让 PH 带回一本书，我想你会有同等的欢喜——也许你早就喜欢上了它，但那又有什么关系呢。这书我有两部，这部是在市场闲逛的时候，故书堆中发现的。我太爱好这本书了，于是不假思索地又买下了它，难得这部和从丸善买来的一般的新旧。于今我很是喜欢，因为我终于找到了它最好的主人。

---

① 本文收录书信为王圣思据辛笛原信件内容提供，为保持书信原貌，未做修改。

② 这 5 通信函是父亲辛笛在 1936 年出国到爱丁堡大学进修前，写给诗人杜南星（笔名林栖）的，曾由林栖发表在 1939 年第 7 期《朔风》上。信末的"案"语系南星所作的注解。N 是南星的"南"字拼音第一个字母。最后一通落款 HT，是"辛笛"的威妥玛拼写首两字母。

你年片上的 DAISY，我很爱。

你的病全好了罢？

再谈。

辛笛　一、八

（林栖案：书指 Amiel 的 *Philine*^①）

二

××：

午间从车站回来，知道昨天大忠和你来过了。据隔院的女佣说，那位小学生还从窗纸间往里瞧一瞧，我理会孩子的心该又有了多少的怅意，你应当负一点责任，令一个孩子失望是天地间最残忍的事情，你说不是么？固然，我也该昨天回来。这次大忠来了，吃了闭门的滋味，下次希望他能吃到红烧鸡块。

我的日子过得很烦，这星期五十之九又须走向天津，我算是和火车度着日子。你说我当如何办？诗还没整理完全，卷子仍然一大堆。天，这是生命的行程么？

任你怎样猜，你也不会想起我是到了星期六下午才走的。清华是星期五去，而一耽误就是一天。在图书馆见到 PH，他在念统计，他说写信骂我们懒，是么？我究竟健忘得可怕，你的信放在案上，一忘就忘了带出城，但也请你不要焦心，因为在星期六我已托便送去了。

这两天够暖的，很是五月的夏意了。家里的两株蔷薇开得很好。一入家门的时候，我说一定要采撷一朵两朵，放在书中，纪念今年的春去；直到今天早晨上了车，才又想起这回事，但是只好听其自开自谢罢。

印诗的计划又略有小更动。我这人无用之至，永远是在想象里画圈圈。我现在想只印四百本，全印米色好纸，不过相片免了，一则省得人家看了牙疼，二则自家也少捱点辱骂，不是么？下星期六之前一定付排，你说如何？本星期五前若赶抄齐备，将派人送上，给你一阅；你题诗与否，当然要看你高兴，一切事勉强不得也。

---

① Amiel，瑞士人，亨利·弗雷德里克·阿米尔（Henri-Frederic Amiel 1821—1881）。他的著作 *Philine*（《菲林》）在故世后迟至 1933 年才出版。

　　我的屋子收拾得差不多，在窗下静静地写点东西，该是多少好的事；但是不久我又将远去了。我珍重在此逗留的日子。命定的仿佛是一生的怅惜。

　　是的，我忘问了，你的日子过得如何？近与 HY 有何胜况否？希望你的日记又添上一些新的纸叶了。祝福。

五月十一日深夜。

　　（林栖案：所印诗指《珠贝集》。）

三

××：

　　你的信昨天清早就来了，但是我略一搁，待到今天便有了在雨中写信的幸福。我应当感谢自己的懒惰。五时去平安看了 *Ecstasy*，是捷克的出品，作风手法，都很清新，太像一首象征诗了。Interval 时很有晚间再看一次的打算，谁知出戏院后，冷雨早落了下来。于是我只想急急地归来了，坐在窗下听雨打着不开花的桃树。你说，天气对于一个人的心够有多大的影响呢。

　　张公的信拜读过了。谢谢你的关系。对于销路，我并没有多少奢侈的存心，因为一个人能够安于寂寞地写一点自己的东西，也并不是一件不长进的事。杂志公司既然能担五十本的数目，这就很合我的心意，我拢总打算出售的不过三百本，天津北平多少也可销几本。你若有暇的话，能不能给我向开明问一问，我希望也可以送去五十。

　　我已改于星期六去天津了，所以又可偷闲一点下来。我想能后天看你去，但不知你的意见云何？我想，你正在开始排遣你那十万字的译文。我们一向浪漫惯了，不习于赋得；再说近来你的心情怕又不十分宁静罢，是不是？

　　前天寄 PH 一信，不见覆音。我觉得寂寞，因为这小小的信笺在我这两天是莫大的欢喜，而竟没有人与我同说一声好呢。

四

N：

　　难得你在夜色中来了，而且做了夜色中的客人。我这无理的主人，能有什么可解说的呢。你来了，你的嗓音为什么有点颤？又有了过量的忧愁了吗？我真为你担心，你能否告诉我一些呢。我明知十九小时之后，就可以来看你了，但我仍然要写这封信。是不是因了 HY 的果然冷寞么？告诉我，尽情的告诉我罢。

五月十四日。十时灯下。

又是 N：

你拿走了的那搭稿片，真没有什么值得你一看的，我一想起这几乎遗留下的印迹，可怜得想大哭一次；但人间毕竟是人间，人大了，痛哭都找不到合宜的场所。除了待抄的"黄昏"与待写的"白"之外，我想，可印的只有这一"星星"了。今夜你若在灯下读它，我当不胜其惭愧。怕它排解不了你的心怀而徒然将你的时间掷诸虚无。

（案："做了夜色中的客人"，因为那次我并没有到他的屋里去。）

<h2 align="center">五</h2>

N：

难得你清晨来，作了散行的谈话，不啻近日中空谷的足音也。我久久觉得这一点忧郁，已足使我无力远行为客。忧郁像一条青花色的蛇——但也是一个女子用的华缎的飘带——永缠着我的心，殆不可忘。

"自乡村来"的信中说："辛笛永远是有福的"。我觉得你是在说一个诚实的谎。你说谎，幸福于辛笛是没有分的。不过，有人说在幸福中的人总是希冀从别人那里得到一点回响，于是先说一说别人是很幸福。现在，我想，这简直是指××而言。N，你能说你不幸福么？

HY 今日来了没？我祝福你们有一个欢乐的相见。人生的欢乐无多，为何不在相见的时候欢乐一些呢？为你们祝福。

等一等，我要坐 BUS 去城外，悄悄地送一封信，然后悄悄地去了，远去了。

一切都烦劳了你，虽然你的疲累尚没有得到一个好的休息。我真是一个过于自纵的人了，天。

我若在城外遇见 PH，当告诉他：你来了。

HT
七月十四日午后

致钱锺书、杨绛 5 通①

一

默存、季康学长兄：

月中得惠翰，敬审一是，乃以小病未及奉报，言念隆情，曷胜
乡往。前寄拙作，本为行有余力则以学诗，就中每多琐琐，未忘积
习，叨在知末，用敢求教于大雅，殊不足为外人道也。兹再录尘一
律，聊以将意。秋气渐深，诸希珍葆为牵，专此敬请
俪祺

后学辛笛再上
内子附笔问安
73.10.31

赠答槐聚居士

清华当世羡翩翩，坡谷波澜胜概全；

老我能无三宿恋，从公愧负卅年缘。

花城邂逅游仙侣，歇浦留连欲曙天；

（巴黎）

绛帐本多佳弟子，且容隔代拜门前。

[划线内容一作"由来桃李盛"，一作"有心遣女"]

二

锺书、季康学长兄阁下：

前缄匆遽，未尽所怀，频年唫咏，只堪覆瓿，竟承慨兄题端，
宠之以诗，感幸何如，斯亦深获我心而言之矣。足下诚可人也。儿
子圣群在上海科学院工作，兹以公务遂有长春之旅，归途得间或将
遇道入都一行，计程当在十号之后，已嘱其投前晋谒，倘果能到府
拜候，尚望长者有以教之，诚恐一告唐突，故为先容如此。

---

① 此 5 通函系从父亲留有的书信稿中所得，其中有未落单款，也有未落写信日期，
后者用方括号注明。

尊著《谈艺录》《宋诗选注》寒斋珍秘有年，不意 68 年随同藏书八千卷上缴，每一念及，曷胜惋叹。尊处如有余书，敬乞便交圣群带回一份，惠假数月，藉谋进益。明春北游，届当奉赵无误。所请未免不情，故此迟迟未敢启齿耳。

镏龄果系戴兄，夙于足下深致仰止，十馀年前斗胆走访，事后亦曾为仆言之。光风霁月，感佩备至。68 年去粤北干校，在高山大岭中披荆斩棘，久亦安之。70 年回羊城，中山大学外语系随并入广东外国语学院，因亦转进。现任院党委职务，抓科研工作云云。毕竟党人认识提高较快，已属志气高上，振翮奋进矣。余不一一，专布敬颂

俪安

辛笛

文绮附笔致候

附寄槐聚居士一律，并次来韵：

鹪鹩栖息一枝安，私愿从今早去官。

澹泊容教忘悔吝，衰迟渐解逐波澜。

清狂裘马尘生忆，细酌杯盘兴未阑。

终是诗人言语好，恍同晤对把书看。

1973.11.7.

三

锺书、季康学长：

初以久久未奉手教为虑，乃于节前忽聆谷音，恍如隔世，实属大喜过望，本拟立即奉答，奈何其时适值岁尾年初，儿辈先后归来度假，舍间一时大乱，又争相求读墨宝，力窥堂奥，遂在纷扰之间竟将来札封皮失去，遍觅不得，甚感皇皇，诚以区区既知尊寓已有变动，未便再照旧址贸然投寄，唯恐万一误于洪乔，转辗多事，为此宁怀迟迟耿耿未得复！拙荆幸于日昨整理书物，终在抽斗背后寻到，安然无恙，可称复遇山阴道上也。兹特驰布数行，敢以补过，叨在故旧，务乞鉴原。森丈老病侵寻，已于前夏下世，至今忽忽几近两载，所幸寿近期颐，可称闻道而去了，无遗憾矣！远劳关注，

53

不胜心铭。承示尊著一节，近已杀青否，节词数是典雅迥胜畴昔，逮及本文博大精深可知，未识何时问世，届时托庇能预置一部否，近年洛阳纸贵，咄咄逼人，往往坊间未及拜见，业已为捷足者先攘夺而去矣。

仆况平善如常，清闲如故，抄附旧作绝句若干首，敬求郑正，并乞随时付丙，以免遇有强作解人者，故为索隐钩玄，驯至一无是处也。

平居学写绝句，得若干首，兹先抄附部分，特求郑正。诗歌小道，本以立志遣怀，但世多强作解人，致使深文周纳，遂至不堪闻问。因此，尚希裁阅后随时付丙可也。

【此信稿未见落款日期，根据外公徐森玉逝世于 1971 年，估计此信写于 1973 年年底。】

四

锺书、季康学长：

桥外春光桥下水，流去几许年声，而奄忽半载以来，未遑修笺肃问，纵令我说在心上已不知给你们写下了多少书信，也难尽释我之为妄人也！

伏念去秋和文绮姐妹结伴上访都门，造府谒候，不意席未暇暖，即为邻舍相识者呼去，本拟再度专诚奉谒，藉罄所怀，只以一行行色伀惚，终未如愿。兴言及此，怅惘何极。及至桂林羊城归来，襟袖间似犹携有山水清音桔柚香，满拟屡陈万一，冀供记室参考，一促双驾南去小游，而到舍下之日即拜奉手翰，示及范成大骖鸾故事，大惊学识淹博之过人，抑且先得我心而言之矣。稍仆媳妇产一男，举家欢庆大小无恙，然从此儿啼呜呜，稚笑灿朗，而家务亦复纷然矣。继则大公报陈凡由北南来，盛述高轩过访，高斋仰止，谈笑风生，迥胜畴昔，大著比较文学凡 120 万字业已付梓。接待陈兄之余，本拟驰书祝贺，行看士林从此又添瑰宝。不意思与时积，举笔难抒加益，以公私鞅掌，浑浑噩噩，一再稽迟。上月欣奉绛夫人名译一部，典雅清醇，墨香横溢，娓娓动人，俨然堂吉诃德桑丘主仆在纸上跳舞，风格之佳，译笔之熟无与伦比，直与塞万提斯同垂不朽，寒斋有此权威性的巨帙宛如芸芝吐秀，满室生春也。不才得此原赐，至感远近。此时允宜专函布谢关爱之切矣，而竟仍默然未报，何也？诚以每思作一长函，痛陈胸臆，辄未敢率尔而作，唐突贤者，殊不料每日蹉跎，遂终误事如此也。死罪死罪，叨在学末，敬乞海宥。译文出版社告我绛夫人的小癞子一书业已付排，不久亦可问世。风闻犹在从事狄更斯：董贝父子一书的移译，贤劳可想。锺书学长论比较文学如已出书，仍盼便中惠赐，以启茅塞。倘或出版社赠书有限，亦敢请代购置一部，如何？

五一节晤西禾词兄，道及已有专函向绛夫人致谢，是腼腆人先走一步，更增我愧怍无限也。

舍亲每有信来，辄殷殷叮嘱代问老师起居。拙况平善如恒，堪以告慰，唯际此形势喜人，老态步步进逼，精力常感不济，是一憾耳。有诗为证：

> 万人争唱大江东，路柳墙花照眼空。
>
> 忧患拒人千里外，江湖梦雨一灯中。
>
> 愧难报称怜王粲，老且能忙羡葛洪。
>
> 记室生涯诗里过，从今喜见四凶穷。

【信稿上没有日期，但《听水吟集》中该诗落款日期为 1977 年 8 月 17 日，有一字改动。】

五

锺书、季康学长：

不通笺候又复多日。叠闻居士驾往西欧讲学，现已返旆，遥想意大利旧游之地，景色宜人，旅途必多吟咏，兼悉西班牙国王已邀杨绛女史前往马德里一游，成行当不在远，曷胜景佩。

近莎翁译者方平兄在译文出版社工作，为参与外国文学名著翻译工作筹备会议事，已偕总编辑包文棣同志北来，预定日内趋府聆教，已托其带去碧萝春茶叶一听，聊表寸怀而已。

文绸本拟组织美国影视界人士秋后回国一行，并图再次趋候程门，唯昨得来札云正伴其女公子在港拍摄电视片《中华儿女》外景。

事毕后即遄返洛杉矶，祖国之行势将推后至来年，不胜怅然。

国庆节前市博物馆传言，系奉中央王冶秋同志的指示，已和文化局、市机关事务管理局组成森玉老丈追悼会筹备小组，当时曾嘱将森丈生前友好列一名单，以便届时分致通知并统一代办花圈。仆当即僭将贤伉俪列入，理合驰告左右，以邀光宠。不过，近中央和市文物负责同志如王冶秋、沈之瑜均忙于去西德访问，估计追悼会推迟举行。

仆况平善如恒，了无足述。唯三小女圣珊已由贵州调到金华任教，本拟去浙江师院任教（"文革"中由杭迁金华），乃因金华县坚持不放，现在只好在县文教局任英语教研员，好在离家较近，是一最大高兴之事。四小女圣思近又考入上海师大中文系，似此去井冈山插队落户经许十年，亦可逐步转入正常化矣。知关锦注，并以奉闻。

西禾前夜过访，谈起西谛飞失不觉已二十年，言之不觉惘然也。

中山大学戴镏龄兄上周深夜由穗来宿，承告雨僧师已于春间下世，杨荣国近以癌症病故，云云。月初闻诗人葆华逝去，人间又少一怪杰矣。

1978.10.15

致叶维廉 1 通

维廉先生：

去秋在北京开了一个多月的会，十一月下旬回沪后才看到你十月廿九日的来信，盖已在我的书窗下相候多日了。今年年初又承寄赠两本大作（诗集），先后已过了四个月，真是时间的桥下不知流了多少东流水也！除了喜悦、感谢和衷心抱歉之外，我还能说些什么呢！总想安心坐下来给你好好写一封信，一封长信，说说我过去是怎样写诗的，为什么又断断续续，这三十年来又是怎样度过的，以及对新诗的看法等等，可是好比是一场美丽的梦，怕鲁莽写来，会惊走了它，即便是轻易地写一点，总觉得要把梦摄到纸上来写，也会有几分真实是写不出来的，所以就此一再拖迟下来了。你的两本诗集，我非常爱读，深深感觉你的才华横溢，幻想缤纷而思路广阔，辞藻多丽而语言新鲜，前途真是无限美好。显然，你也在进行多种形式和格律的试验，有些是很大胆的，都是值得国内写诗的人借鉴的。我也想着给你这两本诗作写一两篇文字评介，无奈总是泡在开会来、开会去的生活里，而且往往和诗也毫不搭界（即是无关系之意），没有足够的整段时间来郑重推敲一遍，然后予以评介。不过，这一件事我总是要争取在最近期间能下笔完成，也可作为欢迎你到香港讲学以及来国内访问的一种友情表示吧。当然，其中还有不少抵付，我虽一再吟味，也还不能吃透，所谓"诗无达诂"吧，但热望有一天能有亲自听到作者自己的阐释的幸福！

至于我自己呢，这些年来写得很少，可说是惭愧得很。用清人龚定庵的两句诗来比喻："诗渐凡庸人可想，侧身天地我蹉跎"，庶几乎近矣。我久想写篇题作"诗、诗、诗"的文字，谈谈我自己写诗的甘苦，以及一些对新诗格律不成熟的想法和看法（我从"八方"第一辑，读到周策纵教授写的有关定体格律问题的文章，一方面佩服他的治学精湛，可是另方面我总觉得新诗格律的形成还要有一个漫长的过程。这也是没有法子的事。这个任务是命定地艰巨的。当然，多出几位像周先生这样的倡议者可能会多少缩短这个过程，但毕竟还是要靠"约定俗成"，大家来走，才能走成一条路啊。目前我还是偏向于要"自由中有格律，格律中有自由"，抒发不同样的感情也就必然要运用不同样的格律体制才行），已经想了一年，可是至今还未好好落笔，也是总怕一落言诠，便成笨伯！

回想在"文革"期间，我几乎丝毫没有一点想写新诗的念头，而对于写旧体诗，倒是有点入迷了。这倒不是由于我对于新诗自由化有点失望而向旧体诗后退了（当然，无可否认，我国旧体诗词的凝练、含蓄、婉约、易于上口成诵这些优点都是难以超越的），而毋宁是我对于当时的形势变幻莫测，因而鼓不起热情来写新诗。可以说，新诗由于不像旧体诗词有套式格律可以凭借，因而必须要有很高度的激情来写，才能写好。新诗固然不少是淡如白水，毫无诗味，但旧体诗词之所以常常会有陈词滥调，也正由于有了套式格律，遂藉此可以掩盖没有真情实感的空虚！"四人帮"打倒后，国内形势逐渐好转，大家思想上得到一定程度的解放，近一年来，我写新诗的兴致又来了，正是像我在一本旧作《夜读书记》后记中所说的，"银梦又

57

在死叶上复苏起来"，但是毕竟多年不写或写得很少，一支写新诗的笔总是有些生疏了，写来诗味总不够浓，自觉是一件憾事，看来还只能在写作实践中加以努力吧。

前几天古苍梧先生寄《八方》第二辑，我见到其中刊有你的一首诗，题作"春暖花开的时候"。你在诗中写了北京城，好像那正是你旧游之地，不知还是你梦游如此，真叫我高兴。在此我寄你一纸剪报，是三月七日《文汇报》上发表的一首诗《北京抒情》，请你指教。我写得太平实无奇了。

要说的事、要说的话有好几车，总不可能一下子都写完。但这是第一封信，请容许我先就此打住吧。西谚有云："Well begun is half done."一经开始，就上路了，让我们从此就通起信来吧。你说不是吗？

你的两本诗集，我也给北京、上海两地的诗友看了，有的表示很爱好这样的写法，但也有不少人认为有的地方跳动得太厉害，不连贯，有些离奇，也有些晦涩，难于联想，难于理解；不过总的说来，大家觉得很新鲜，有启发，可以开拓我们贫乏的思路，所以，尽管各人反应不同，但都抢着要看，这也可说明我们对于新的东西有一种饥渴感。你处如仍有多余存书，愿你能再把《花开的声音》《野花的故事》各寄一、二本来，因为，你寄我的两本已经给大家看得很旧了，我实在感觉十分可惜。我多么想珍藏起来，可是我又愿大家分享我的快乐，你说这不是一种矛盾吗？你如有中英文论诗著作，也望能见赐。

我想着今年再争取多写一些，能够把建国以来和解放前所作的一些诗选辑成集，集名拟题作"花与花焰"，拟写"诗、诗、诗"一文也有意是作为这本诗集的序文的。三十年来，我把主要的精力都用在工业战线上的工作，只有业余之暇才难得写一点，实在写得太少了。

问候你、慈美夫人、令媛蓁、令郎灼，祝

全家好

辛笛

80.3.23

致邵燕祥 1 通

燕祥同志：

两周前收到手札，欣审一是，当因盛夏炎威可畏，汗流浃背，除努力完成工作任务外，各处友好来函均未及立即置复，尊处遂亦迟迟作答，谅能鉴原也。

关于来函中所云拟将关于诗论（章明和晓鸣两位所写的大文）两篇，打印分发给大家看看，并承嘱寄在下一份，候至今日迄未收到，或系工作同志忙中有误；还有，曾寄去《网》和《雨和阳光》两诗，也未见退回，均请便中一查，想来事多人少，总难免发生疏忽，这也是意料中事，固无足怪，务望释住。

新诗坛气象一新，就中尤以新进青年作者朝气蓬勃，风格多姿，前途发展显未可量，此亦系《诗刊》诸公倡导之功为然。即会存在问题亦大有可论，然在党的三中全会精神指导下，小鱼终吹不起大浪，何况既然各方面均在秉承中央意旨，认真贯彻"双百"方针，与 57 年形势大不相同，可为新诗前途一贺！关于新诗的格律体和散文化；晦涩、含蓄、婉约的区分何在？等等，均大有谈头，仆拟稍俟秋凉，亦极愿一抒己见，求教于高明之士，否则爱诗、读诗、写诗、学诗的均噤若寒蝉，而听任其他大评论家侃侃而谈，则又如何能满足广大读者的企望邪！

承嘱输稿一节，自当努力为之，以副厚命。所恨手头存稿无多，日前写有两首已交《上海文学》九月号付排，一时尚难咄嗟即办耳。尚乞鉴誉为幸。

日前在《人民日报》上拜读《问大海》大作一首，吟味再四，深喜情文兼至，巡回往复，殆不能自已者；而构思手法均在平易中见有独到处，不乏清新浑厚之感；至于造句遣辞毫无晦涩难解之病；其充满时代精神的现实感，足为 80 年代新诗张目，堪供青年一代学诗楷模。此固绝非所谓"民歌"派或"现代"派所能望其项背者。然则当今之急务仍是新诗的创作实践为第一义，能有东西写出来，动人肺腑，也可对移风易俗起一些作用，否则空来空去，大谈理论一通，势必筑室道谋，久而无成，亦难期望会有什么实效可见也。足下诗思如泉涌至，极佩极佩，以视我之笔砚久疏，诗思日就贫瘠，形象思维渐趋枯窘，直有天壤之别矣。然值今盛世风华，亦惟有努力试步，或可勉进，以期无负于读者的期许而已。

　　余容再叙，即颂

唵健

辛笛

80.8.4

［整理者单位：华东师范大学］

谈骁诗歌创作

研讨会论文

选辑

【编者的话】

　　首都师范大学第十八届驻校诗人谈骁，1987 年出生于湖北恩施，土家族，湖北省文学院签约作家，现居武汉。谈骁长期坚持诗歌创作，成绩斐然，他通过对家乡的童年生活的追忆，重新发现了埋藏在寻常意象与生活琐事中隐含的诗情，透过那种淡淡道来的舒缓的诗句与那种遥远的温馨的感受，一种强烈的历史感油然而出。已出版诗集《以你之名》《涌向平静》《说时迟》，曾参加《诗刊》社第 33 届"青春诗会"，获第 18 届华文青年诗人奖。在谈骁即将结束在首都师范大学的驻校生活之际，首都师范大学中国诗歌研究中心在线上召开了"首都师范大学驻校诗人谈骁诗歌创作研讨会"。本辑特选发符力、张亚静、王永、张婧雯、张立群、崔博、蔡英明等人的论文以飨读者。

真实的价值　诚实的意义
——谈骁近期诗歌创作观察

符　力

　　青年诗人谈骁自认是一个彻底的经验主义者，随着俗世生活的继续和文艺认知的丰富与加深，他的诗歌创作将发生怎样的变化？这未可知，也不可限量。他坦言："唤起震惊的发现，更多地存在于我熟悉的日常风景里。"那就是说，题材、细节等因素之"熟悉"或"陌生"影响他的创作。这熟悉或陌生，可理解为是否有感觉，能否激发创作意愿。可想而知，他难以把精力放在很勉强的写作上，尽管比较勤奋，创作量也不会相当大。因此，读他的诗，能发现他很重视创作题材的"真实"、诗意的"真诚"和语言表达的"诚实"；读他的创作谈和访谈文章，也能看到他的相关解释或者论述。翻开他成为首师大第十八届驻校诗人之前出版的诗集《说时迟》，随处可见朴实动人的诗句："没有学会修饰，也不知何为转述，/我说的就是我听到的"(《口信》);"我的女儿/在我怀里慢慢动着,/我也跟随她慢慢动着,看起来像/一种抚慰,而不是无法抑制的颤抖。"(《成为父亲》);"飞鸟成群,/还如在山中那样叫着;而涌到嘴边的/那句方言,已找不到可以对应的情景。"(《大地之上》)。此外,谈骁还以随笔和评论的方式谈到了自己的创作思想及诗学观点:"唯有真诚,才让我们不至于坠入经验和语言的双重虚妄。"①他还说过:"这些真实的生活,真实的喜怒哀乐,仍在时时刻刻增添我对世界的信心,增添我对我所使用的词语的信心。"②显然,他虽年轻,与诗同行的时间并不很长,却已经对诗歌有了端正、清楚的认识,这也说明了他对诗歌语言表达之得失有可靠的衡量标准。从这一点来看,一方面可以理解为:谈骁的写作与他本人的思想、行为高度契合,本真、诚实是他为人的特质,也是他的文学追求,他不能接受不真实的自己和不真诚的表达。另一方面,可以认为他对读者心理看得很透彻:真实的内容、真诚的表达,才可信。因为可信才可能心有所动,因为有了共鸣,才有把作品传播给新读者的可能;因为有了持续不断的传播,才可能透过作品去辨认人类对优秀文学的理解和期待。

在本质上,写作就是把话说出来,至于把真话还是假话说出来,用什么方式、方法去说话,真心诚意还是虚伪造作地说话,以及把话说出什么效果来,那是另外的问题。作为一名青年诗人,谈骁本着朴素的心态通过诗歌去言说,去认识人与世界并传达真诚的诗意,既实现自己的文学创作意愿,又为当代诗歌花园增添新的风景,两全其美。这么美好的事情,对所有的当代诗人来说都是一样的。所以,谈骁按照自己的理解和追求好好把诗写下去,值得尊重与支持。那么,他近期的诗歌创作又有何变化呢?

首先,让我们来读读他的《去墓地报喜》。这首短诗抒写的,照样是诗人亲身经历的现实题材。堂妹结婚和伯公送丧这两件事发生在同一天,诗人是诗中的主体人物"你",他既"给街边的人散发喜烟",又"等他入土为安,/在墓地摆上一盒人间的喜糖",内心悲喜交集,却还能以实际行动来表达自己的情意。诗人对这个日常题材

---

① 谈骁:《一种背靠"虚妄"的写作》,《青年文学》2022年第6期。
② 谈骁:《一种背靠"虚妄"的写作》,《青年文学》2022年第6期。

非常熟悉，没有任何陌生感，因而，这首新作再次体现了他的简约、得当又流畅的叙述风格。这样的表达，收到了用平实语言传达丰富情味的效果。《我们在山里怎么喝水》同样是诗人依照生活经历和感想写下的，这首短诗的核心，体现了与人分享美好事物的淳朴民风和温暖情意，反映了诗人的创作思想在于肯定人心之纯良，以及对珍惜人间温情、保护自然资源的深切呼吁："山脚的河水我们趴下去喝，/……//山腰的泉水我们用牛蒡叶接了喝，//山顶没有河水，也没有泉水，/路边人家的水缸摆在门口。/过路人啊，你们来这里歇歇脚，/过路人啊，水缸边还有装剩水的桶，/请不要把喝不完的水白白倒掉。"《童年的光》也是一首既有真实经历又见真实感受和思想的诗，只是诗意着落于灰暗的底色上："我看到了光消失后眼中的空落，/车窗上仿佛被光蛀空的暗点，/以及环绕车窗的，漫长旅途的黑暗。"

接着，我们来读谈骁的另外几首诗。世事无常，生死难料，生活在技术发达、信息纷繁、人与人之间渐感疏离与淡漠的当代社会，若能做一个有心人、有情人，是多么可贵啊。这一点，正是《消失的人》这首诗的意蕴所在。诗里流露的恍惚感，真实而微妙："你认出了他，但不记得他的名字/……/你们像熟人一样点头。//走了很远，才想起他早已亡故。"《满山鸟鸣》体现的是对"身后的世界已在风雨中朽坏"的担忧，以及一个敏锐的诗人的孤独。《散钱》表露的是身处物欲无限膨胀的当今社会却仍能秉持淡薄与宁静："钱包已经变空，还有一张/100 元的。/……/出门买了一碗面，/还剩 98 元/……/钱包又变厚了，除了零钱，/当然还有一张 50 元的，/不用很快散去，这残缺的/完整，像半夜醒来的黑，/总是给我睡到天明的富足。"《很长时间》也是一首体现诗人人生哲思的诗篇，跟《散钱》不一样的是，这首诗的重点放在精神上，而不是物质上，可见诗人心智之成熟、思想之洞明："好在还有自然：河风、细雨和松林，/你倾诉的地方，也是你聆听的地方；/你睡着的地方，也是你醒来的地方；/作为词语安慰你的地方。"《留观》传达的是直面严峻现实的冷静与淡然："砍一棵树，/三十分钟不倒，就放过它吧；/写一首诗，三十分钟还没有/写出第一句，不妨换一个题目。"《交换》体现诗人对人生本质的理解——既要看到人生不可改变的局限与遗憾，又要积极经营人生，"交换各自的岁月，我的手不能伸到过去，/擦掉你脸上的泪水；孤独更醒目，/爱情不会把你变成你之外的任何一个人。/交换完在一起的甜蜜，还要交换/分别后的空缺。"当代中国，老百姓生活居住条件得到极大改善，诗人不会像杜甫那样遭逢战乱又贫困多病，那么，他又如何安排自己的物质生活并实现精神追求呢？谈骁参照杜甫的人生，给出朴实的，而不是虚无缥缈的答案："看不了太远……不用看太远，楼房的灯火换成闪耀的星空，/夜幕笼罩，你正将内心的群星一一辨认。"（《成为杜甫》）这首诗的构思比较精巧，有一气呵成的顺畅与紧凑，是一件完整的作品，诗意明朗，对读者有启发意义。在《不假外求》里，诗人从日常浇水养芦荟的经历入手，有感而发，诗意不虚，立得住。这首诗表达出诗人认清了"人生无可依傍"与"人生已足够残忍"的事实，却"还要跑，去冰天雪地里跑"的坚韧意志，并由此刻画了一个奋力前行的"孤勇者"形象。这样的表达，思想认识并不出新，语言表述略显浅白，但诗中展现的清醒的、涌动的精神力量，却足以触动读者的心灵。

在这一年里，谈骁跟所有当代诗人一样处在国内外环境比较复杂的时代背景下，他的诗歌新作体现了他有"从小地方出发"趋向新天地的自觉，而他选择的还是他熟悉的、有感觉的，抒写起来有信心和能力把握其成败的创作题材；他传达或表现的诗意，真实且真诚，读起来容易入心，极具感染力。值得注意的是，他的这11首诗，最核心的不是抒写城市生活经验之酸甜苦辣，也不是描绘乡村自然与人文之美丑，其所关乎的，是诗人的精神处境，绝大部分诗意都放在人生哲学的思考和生命意义的追求上。这可视为诗人近期诗歌创作的主要倾向，也是诗人从青年写作趋向中年写作的阶段性呈现之一。

从诗歌文本整体质量来看，谈骁的诗作堪称优秀，但他的语言技艺仍有不小的提升空间。例如，他写的关于女儿的新作《离开我，成为你》，仍以语感和情绪推动为主，语言散文化倾向明显，因此削弱了诗歌这种文学体裁应有的特质。这样的诗歌写作，在当下的"80后""90后"诗人中已成为一种现象，是诗人缺乏文体自觉的表现。这里面当然体现了年轻诗人对诗歌语言的理解和追求，却也反映了年轻诗人诗歌语言的随意和刻意。"叙事"泛滥，没有把握好"叙事"和"叙事性"在诗歌语言表达中的分寸，以致把诗歌写成了"分行散文"。关于诗歌与分行散文，田晓菲的看法值得注意："诗歌与分行的散文不同之处，应该在于它特殊的音韵与节奏，还有，就是克制带来的张力"，"诗歌应该有叙事性，但是不应该写成叙事。否则，大家都去写散文算了，何必用'写诗'的幌子来骗人骗己？"①又如，谈骁的《童年的光》全诗由五节构成，前两节交代了"童年的光"出现的空间位置：山中，也就是诗人熟悉的童年的生活环境。这两节起到了诗意发生的必要的交代作用，而在语言方式上，使用的是"判断"，是"认识"，是向读者传达"概念"，以致语言显得乏味、无力。对诗作的整体来说，这样的交代是缓慢、松散的。试想，把这两节删掉，对核心诗意的表现或传达来说，会导致多大的损失或破坏？而保留着又能带来什么帮助？与前两节不同的是，这首诗后三节的语言方式换成了"叙述""描述""叙事"，写得顺当、干净，诗的意涵和情味尽在其中，这样，吸引读者思索和品味的那种力量就因这样的语言效果而生发，这诗就不是平白而是比较隽永耐读的了。整体来看，这首诗能给人真实、诚实的印象，却不能掩饰语言表达的不完好，因此，至少需要打磨得紧凑、精悍一些。

在回答《巴黎评论》访谈时，圣卢西亚诗人德里克·沃尔科特说，作为一个诚实的诗人，"方圆二十英里就是他的写作的界限"。②由于语言不同，这个中文译本里的"诚实"和"界限"，未必完全吻合原文的表述。大致理解为诗人持有这个观点即可：诗人的写作不应该走到诚实的背面去，违背真心诚意去写作陌生的、没有感觉的、难以精准拿捏的东西，基本写不出好诗。

谈骁认同沃尔科特的说法，但他同时也认为那是一个极端的表述，在他的保留看法里，有他作为一位当代中国青年诗人对诗歌的见解和追求。

---

① 田晓菲：《大跃侧诗话》，《留白：秋水堂文化随笔》，广西师范大学出版社 2019 年版，第 107—108 页。

② 美国《巴黎评论》编辑部编：《巴黎评论·诗人访谈》，明迪等译，人民文学出版社 2019 年版，第 175 页。

　　正因为如此，上述这些诗作反映了他目前仍然在坚持诚实地抒写自己熟悉的题材，并传达他有真实感受的诗意。可见一位诗人即使很清醒、很上进，短期内也不容易抵达他的理想的诗歌之境。不过，从中也能看到诗人冷静、从容的前行姿态，并且能窥探到诗人对真实的价值、诚实的意义的理解：诗歌是文学体裁之一，诗歌题材的"真实"并不局限于作者的亲眼所见、亲耳所闻、亲身所感等；诗意的"真诚"和语言表达的"诚实"，也有很大的理解空间。毕竟，诗歌是关于人类生活的语言艺术，文学与现实生活的关系需要巧妙地拿捏，诗歌如果跟现实生活贴得太紧，就会导致"呼吸困难"；反之，则变成虚妄之物。

[作者单位：《诗刊》社]

谈骁："文字还能证明我的真诚"

张亚静　王　永

在第三届"宝珀理想国文学奖"的颁奖会上，诗人西川表达了对于文学创作者的希冀，即诗人对于自己当下的生活，"应该有一种足够的诚实"，① 否则诗人自身的创作活动便意味着对别人的一种重复。而作为后起之秀的谈骁，除诗人这个身份之外，同时也是出版社的诗歌编辑，每天要接触众多诗稿。对于他人的诗作，谈骁并没有加以刻意模仿、机械复制，重复别人的路径。相反，他从中跳脱出来，潜心求索自身进入诗歌的有效话语，并将这份诚实带入诗歌写作中。在《葬礼与诗》一文中，谈骁谈到，自己进入诗歌、处理诗歌的准则便是"修辞立其诚"，这也正是谈骁自身诗格的写照。本文试从四个方面解读"诚实"品格在诗人诗歌中的呈现。

一、"每一个细节都是诚实的"

在《口信》一诗中，诗人谈骁写道："没有学会修饰，也不知何为转述，/我说的就是我听到的。"谈骁从不追求烦冗的意象、先锋的形式，在他身上，仍然葆有古典汉语的传统，一种几近"拙笨"的诚实。

在一次采访中，谈骁提到，"诗是一种精确的艺术"②。翻阅谈骁的诗歌，"精确"二字在其诗中有着鲜明的体现。先来直观感受一下：

> 锦鸡飞回来了，歇在花栗树上；/灰背鸟飞回来了，歇在厚柏树上；/天黑了，白尾鹞子、斑鸠、喜鹊/都飞回来了，散落在密林深处。/……（《过夜树》）

---

① 随机波动 StochasticVolatility：《西川：冒着失败的危险写作，诚实地做一个当代人》，https://www. xiaoyuzhoufm. com/episode/5f9b966083c34e85dd8dccbe。

② 澎湃新闻：《专访　诗人谈骁："我总是迟到，我写下的一切都已逝去"》，https://baijiahao. baidu. com/s? id＝1710394122377992859&wfr＝spider&for＝pc。

晚上，贡格尔河水量很少，/苍鹭、白琵鹭守在河口，吃掉浅滩的雄鱼，/白天，贡格尔河水流旺盛，/银鸥守在河湾，吃掉剩下的雄鱼。（《华子鱼》）

七点三十，长江二桥/七点四十五，东湖中学/八点，公司门口/正常的情况下/江边的芦苇持续五到六秒。（《早班列车》）

"生活则是实在的，精确的"①，在一次采访中，谈骁曾谈到恩施方言对其写作的影响。恩施方言对于词汇的精确性与形象性要求较高，因此，恩施方言造就了诗人诚实、精确的表达习惯，也成为诗人笔下的诗歌范式。在诗人看来，能够辨别自然风物的习性、磨砺语言，是每个诗人都应该修习的功课。因此，在他的笔下，山川河流、花草树木都有着具体的名称：八分山、贺兰山、二高山；伍家河、巡司河、野芷湖；柳树、杉木、白杨。在《百年归山》诗末，诗人写道："村里有红白喜事，他去坐席，/遇到的都是熟悉的人，/他邀请他们参加他的葬礼"。友人提议将"熟悉的人"改为"陌生的人"，这种建议不无道理，且赋予了诗歌一种戏剧张力。谈骁起初接受了友人的建议，但很快意识到这是一种在"惊世之语"驱动下的艺术加工，出于诚实的考量，他又将诗改了回去。

评论家刘波曾提到诗人谈骁诚实的写作姿态，"他清楚自己只是负责发掘和呈现"②，因此更多的是在以诚实况味展现事物本身的自然之姿。在诗人的诗歌中，在场的主体更多作为一种旁观者和记录者的角色出现。诗人在《河流史》中写道："我最喜欢的三条河，/依次是伍家河、清江和长江。/伍家河在回龙观汇入清江，/清江在宜昌汇入长江。"诗人交代了文本所关涉三条河流的具体名称，依次是伍家河、清江、长江。紧接着，诗人不动声色地向我们介绍了三者在地理空间上的关联性。与诗人的叙述顺序相平行，三条河流以"回龙观""宜昌"两地为接续点，渐次贯通，这从视觉上呈现出一种画面衔接感。在诗人笔下，河流展示出了一种"任事物如其所是"的自然

---

① 谈骁：《从小地方出发》，《中国诗歌研究动态》2021年第1期。
② 刘波：《诗意正在返回日常的"人间"——2016年湖北诗歌综述》，《长江丛刊》2017年第22期。

状态，契合着文本不疾不徐的诚实叙述姿态。实际上，谈骁曾谈到诗歌的语言问题，无论是呈现或是遮蔽、神秘性或是及物性，都基于诗人自身的选择。然而，在诚实的驱动下，谈骁的选择则是"回到语言的呈现和及物"。①

二、"我服从于我经过的地方"

在《从小地方出发》一文中，谈骁提到了沃尔科特一个近乎极端的表述，一个诚实的诗人，"方圆二十英里就是他的写作的界限"②。诗人的诚实意味着其诗歌严格服膺于他的经验。谈骁有着多年的乡土生活经历，因此他的目光总是投向他所熟悉的区域。即使是在他"城市书写"的一些诗作中，谈骁也总是有意识地避开城市化、工业化叙述，转向心灵偏安一隅。

"诗人的天职就是还乡"，海德格尔这句话用在湖北诗人身上非常贴切。湖北作为农业大省，湖北诗人乡土经验丰厚、乡土诗传统绵长。这其中，不乏对于乡土田园牧歌乌托邦式的赞颂，也不乏在现代化对比之下对乡村闭塞、凋敝的批判之作。谈骁既不刻意粉饰，也不加以贬斥，而是以其诚实之姿，写出故乡山村的诗意与艰辛。

谈骁曾坦言山村生活经历对他的影响，"山塑造了我认识世界的眼光，也塑造了如今的我"③。诗人笔下的山川河流、一草一木，无一不具有教益。在《沉默但还沉默得不够》中，诗人谈骁聆听自然的教诲：窗外有"自然中可供学习的大海"，从植物中"你学习过结香"，通过陪伴一条狗长大又衰老的过程，知晓"独自完成它的死亡"。在《沙子简史》中，诗人领略到的又是另一般况味："所以那黄色是不同颜色的妥协吗？/一如久处让我们变得相似。/所以手中之沙仍然有粗糙之感，/再浑圆的身体也有棱角，/把它们打磨得如此之细的，/也让它们在分裂中维持了自身。"通过"妥协"，"黄沙"变得统一，但仔细揣摩，"黄沙"仍具有粗粝之感，仍未被磨平棱角。在融入集体

① 谈骁：《但求理解——写了近十年诗之后，我才开始写我的故乡》，《诗探索》2020年第 3 辑。
② 谈骁：《从小地方出发》，《中国诗歌研究动态》2021 年第 1 期。
③ 澎湃新闻：《专访 诗人谈骁："我总是迟到，我写下的一切都已逝去"》，https://baijiahao.baidu.com/s?id=1710394122377992859&wfr=spider&for=pc。

的表面下，仍保持着自身特质。"河道转弯的地方/藏着让一切变慢的细沙/这是伍家河温柔的部分"，在《河流从不催促过河的人》中，诗人又理解了河流中所蕴含的静水流深的力量。

谈骁的诗歌在介入城市时，其视点总是落在"边缘"处。在当下工业化、城市化时代，有的诗人顺流而上，作先锋潮流的"城市诗"，甚至会在现代化与乡土化的对比中，刻意厚此薄彼。工业化、现代化作为生活背景在诗歌中的表达不可避免，但谈骁仍然将重心放在了熟知的领域，诚实地处理个人经验。在《黄昏寂静》中，"我"在晚饭过后抱女儿到小区楼下散步，在黄昏的寂静中，"宠物狗乱窜"，在诗人眼中仿佛是牛羊的变形；"空调外机喷出热气"，也被诗人看作旧时四起的袅袅炊烟。在《早班列车》中，"我"每天清晨乘坐班车，沿着既定的路线，窗外——掠过"长江二桥""东湖中学""公司门口"，而尤其引起诗人注意的，是"江边的芦苇持续五到六秒"。在《蝴蝶》一诗中，在一个初春的午后，诗人在所居高楼的屋里"观察一株金鱼草"，正在这时，他看到一只蝴蝶飞至窗边。蝴蝶如同落叶一般轻飘飘，在窗边恋恋不舍，似乎是要寻找美好，于是诗人"把金鱼草推到了窗边"。同样地，在《露水》中，诗人清早起床，"想找个地方看看露水，去阳台找"。在谈骁笔下，公交车的窗边、高楼的阳台是他与世界接轨的缝隙，也是其心灵的偏安一隅。在《视野》一诗中，诗人写道："再外面是三环线，连通野芷湖和白沙洲；/最外面，就是野芷湖茫茫的湖水……/电话里的人说：'喂，喂，信号不好吗？'/我说：'你等一下，这里有一列火车正在经过。'"这未尝不可看作诗人谈骁诚实经验的自白书。在钢筋水泥中，诗人的诚实让其始终无法越过经验，其目光所至，"最终垒筑起田园遗迹甚至奇迹"。①

三、"内敛、持重、沉着，而又不乏张力"

在第五届"扬子江青年诗人奖"授奖词中，霍俊明评价谈骁诗歌"内敛、持重、沉着，而又不乏张力"，谈骁诗歌这种持正的美学呈现显然与诗人诚实的情感处理息息相关。对于"亲情"的书写，最怕

① 澎湃新闻：《〈说时迟〉：从生活的遗迹里，翻捡出生活的奇迹》，https://m.thepaper.cn/newsDetail_forward_14239138。

走向庸常，但谈骁的"亲情"不落窠臼，就在于他诚实的情感表达与处理。

"亲情"历来是一个文学创作绕不开的话题，也是谈骁诗作中多次出现的主题。同为湖北籍诗人，在张执浩的笔下，出现在诗中的家人形象都是"教他歌唱的人"，① 对其关怀备至，这是诗人张执浩自身的情感体验。谈骁也曾多次提到张执浩对其诗歌创作的影响，但与张执浩不同，谈骁寻找到了对话自身情感的方式和角度，从而诚实书写自身的情感体验。以《哥哥》为例：

> 当然，我们也会交谈，在人群中或者酒后／不热烈，也不够忘我，说的多半是童年／／那时每一件事都是大事／一个风筝飞起来了，一次过年父亲不在／／那时，亲密的空气围绕着你我／不需要说一句话，表达像是多余的／／就像现在，这些事情过后，沉默还是会来临／但你的女儿会看着我们，并发出"咯咯"的笑声。

诗歌的背景是"我"离乡多年，生活在别处的"哥哥"某一天突然造访。"我"本已习惯了"哥哥"异乡人、外来者的身份，"哥哥"再次闯入"我"的生活之后，"我"首先感到的是亲密的回归，但这种亲密伴随着"我"的无所适从。诗歌同时提到了两人在过去、现在交谈时的氛围，形成了一种微妙的对比。在过去，亲密的二人处在一种舒适的氛围之中，因此不需要说一句话，连表达都显得是多余的。而到了现在，亲密被唤醒，但在亲密过后，就只剩下了一种沉默。这种沉默布满全身，是难堪的，二人之间变得无话可说。在诗歌结尾，"哥哥"的女儿发出了"咯咯"的笑声，"咯咯"同"哥哥"谐音，一语双关，再次回归亲情的主题。

仔细翻阅谈骁的诗歌，就会发现"死亡"也是谈骁诗歌绕不开的一个话题。面对死亡，诗人们或是深感恐惧与无助，或是喟叹命运遭际。基于自身的情感体验，在诗歌中，谈骁对于"死亡"也进行了诚实的情感建构。在《享年》一诗中，诗人写道："一个朋友去世了／

---

① 谈骁：《张执浩的"往事诗学"》，http://www.chinawriter.com.cn/n1/2018/0926/c404030-30313658.html。

享年四十六岁/四十六年啊/每一年都是奖赏/每一天都是奖赏/我享年三十岁了/我在野芷湖边/感激地望着这一刻/柳树披着阳光/野鸭游进了水草"。"享年"是"死亡"的讳语,"我"的朋友去世,被诗人指称为"享年"四十六岁。诗人随之以"享"进行心灵阐释,并进一步称自己正"享年"三十岁,在诗歌中,对生命的感激化解了由死亡所带来的惋惜之情,转向生命本质的奖赏。而在诗歌末尾,诗人将眼光投向生动的自然景物,更是真正达到了一种自然与生命"生如夏花之绚烂,死如秋叶之静美"的均衡。在《月亮知道》一诗中,诗人对待死亡的诚实情感同样有着鲜明的体现:"人间的灯火/照亮流水,却无法挽回一个人/当江面在月光下展开/没有比这更好的歇息地了/这一生拥有的,也不会比此刻更多/江边的人,起身变成死者/江水随之起身,变成了波浪/在月光下轻轻涌动、喧哗"。在诗歌中,诗人将江水比作死者的"歇息地",实际上这也是投江者的终途。在《生的步履,死的旅途》一诗中,诗人同样提到,对于脱水和饥饿的金龟子来说,清凉的阴影"是将要遮蔽它、怀抱它的墓地"。在诗人笔下,死者在平静中走向死亡,迎接他的归宿。

2020 年,诗人谈骁身居距武汉 150 公里的湖北潜江。忧患如他,在此期间诗作集中涌现出了死亡主题。诚实如他,却也通过身边的事物获得了安慰:"田野里的桃花""院子里的李花""一片蛙声"。在一片蛙声中获得了些许的慰藉后,诗人"仍然感到人间值得"。(《一片蛙声》)

四、"内心的旅行,现在还看不到尽头"

向内的自我体认历来是荆楚诗人的传统,这一特点在诗人谈骁身上同样有所体现。刘波曾评价谈骁的诗歌写作"属于敞开心扉的灵魂独白"①。谈骁在向内写作的过程中,与自我对话、博弈,通过诚实自省,找寻到了其心性建构的路径。

谈骁认为,"我们写诗,不过是尽力去探寻、扩展自身和世界的

① 刘波:《荆楚大地上绽放的诗意之花——湖北新世纪诗歌论》,《新文学评论》2013年第 3 期。

边界"。① 在《我所不会写的诗》一诗中，诗人进行了近乎"元诗"性的解读，这也可以看作诗人的一种诚实。诗人写道："我不会写深刻的诗，/我活得简单，有肤浅之乐；/我不会写晦涩的诗，/大雾不散，首先要自己看清；/我不会写悲悯的诗，/一个人的泪水他人无法擦拭；/我不会写了悟的诗，/我也有无法释然的痛苦；/我不会写激烈的诗，/写诗的时候我已变得平静。"在诗歌中，诗人进行了自我审视与剖析，清楚地指出主体自我的认知，以及在这种认知下诗歌因此呈现出的美学特点。诗人不会写"深刻"的诗，而是追求一种素朴与平实；诗人不故弄玄虚，而是始终审慎，与现实世界保持着一段善意的恰如其分的距离。"每个人都生着他自己的生，死着他自己的死"，② 因此诗人只从自己的经验出发。对于心灵困惑，诗人不做刻意的掩饰；相反，诗人敢于"示弱"，展示真实的心灵困境。诗人的诗歌中也很难见到浮露的激情，而是采取一种持正内敛、不偏不倚的态度。在评价诗人雷平阳的诗歌时，谈骁提到，诗人雷平阳在诗中确认了自我的限度，使人能够"相信诗人此刻的真诚"，这一观点也同样适用于谈骁的诗歌。

诗人常常以一种自谦的姿态在诗歌中出现，这种谦逊恰来源于诗人足够的诚实。在《海边打水》一诗中，诗人写道："一只漂浮的水桶，如何让自己下沉？/一只空空的水桶，如何把自己装满？/那个每日在此打水的人知道答案。我提起一无所有的水桶，提起那个/浮于表面而不自知的自己。"诗人以"一只漂浮的水桶"类比，水桶之所以漂浮，是因为其内里空空，要想"让自己下沉"，就需把水桶装满。诗人提醒自己不应"浮于表面而不自知"，应当充实自身，向下沉潜。对心灵勤加拂拭，才能莫使尘埃染指。在谈骁的其他诗作中，我们同样可以捕获他对于自我匮乏的审视与自我充盈的诉求："仅仅是一个匮乏者的直觉。/你需要翻开一本书，/以证明你对世界尚有了解。"（《去百草园书店找老王》）"但树枝的一晃，提醒你没有获得树的高度。"（《爬树》）诗人从不摆出高高在上的姿态，而是直面与承认自

---

① 谈骁：《"我轻得像一团风，是流水和白云的同谋"——〈送流水〉的一种解读》，《诗歌月刊》2018 年第 1 期。

② 谈骁：《李修文：风暴处理者》，《长江文艺评论》2020 年第 1 期。

己内心的怯懦："星星就更等而下之了/那点光线，就像你我的孤独和自负/不好意思让人看见。"(《星空下》)与此同时，诗人也丝毫不避讳自身的小欲望与羞耻心："房子里其他人还在梦乡/我还在现实/有小欲望，连同羞耻之心。"(《小欲望》)诗人坦言，每个人都有欲望与羞耻心，而这些是可以与人言说的，诗人在诗作中完成了这一自我展露与自我剖析。正是在自我心灵一次次诚实体认的过程中，诗人谈骁实现了"心灵和灵魂的一次又一次的掘进"。①

诚然，尽管谈骁已找到了通往自然与自身的诗学路径，但他的诗歌创作仍然在路上。而难能可贵的是，在浮躁的时代，谈骁以诚实之格、沉潜之心，找寻到了自我。《葬礼与诗》一文的结尾，谈骁更是深情写道："诗，比我们的心更诚实。"②这恐怕是其诗歌体悟的直观写照。诗人通过"我手写我口"的诗歌表达、深刻本真的经验书写、内敛持重的情感体验、"我思故我在"的内转自省，架构起了他的诚实诗格。

[作者单位：燕山大学文法学院中文系]

---

① 魏天无：《同时代人：诗意的见证》，华中师范大学出版社 2017 年版，第 188 页。
② 谈骁：《葬礼与诗》，《诗歌月刊》2020 年第 2 期。

在童年的乡野间漫步

——论谈骁的诗

张婧雯　张立群

　　谈骁的诗平淡之中自有深意。他的诗歌有一部分是对儿时乡野生活的描写，用极具镜头感的叙事描绘着故乡的图画。在他的诗作里，一景一物都充满着灵气，他对在故土上生活的每一个人都难以忘怀，对故乡和童年的追忆充盈在每一行诗里。同时，他又是一位极度真诚的诗人，抒发的情感总是纯粹又朴拙。他从不避讳书写个人经验，也不避讳剖析自我，他试图用个人的经验唤起读者隐秘的个人记忆，在繁华而浮躁的社会里给人带去平凡质朴的感动，以达到涤荡心灵的作用。

一、独特的个体经验：童年与自然

　　谈骁曾说："童年的经验是一座富矿，几乎是取之不尽的。"[①]谈骁乐于向读者分享他斑斓的童年生活，而且，由于自然"恰巧构成了我的生存背景，凝聚了我的生活经验"[②]，"自然本身意味着一种无装饰的美好，意味着人类的过去和童年时代"[③]，因此他的诗歌不仅有童趣，还兼具了乡间土地才能生出的自然野趣——

　　　　我们去河边钓鱼，/钓竿是自制的：回形针磨成鱼钩，/泡沫当作浮漂，饵料是田里的蚯蚓，/水里的渔线，几天前还在天上牵着风筝。/我们太小了，还不会钓鱼，/只知道一次次把鱼

---

　　① 澎湃新闻：《专访　诗人谈骁："我总是迟到，我写下的一切都已逝去"》，https://baijiahao.baidu.com/s?id=1710394122377992859&wfr=spider&for=pc。
　　② 谈骁：《从小地方出发》，《中国诗歌研究动态》2021 年总第 25 辑·新诗卷。
　　③ 澎湃新闻：《专访　诗人谈骁："我总是迟到，我写下的一切都已逝去"》，https://baijiahao.baidu.com/s?id=1710394122377992859&wfr=spider&for=pc。

钩投进河中，/河水清澈，看不见围拢过来的鱼，/也没有水草上钩，给我们空欢喜。/流水经过鱼钩，钓竿随之一动，/用尽了童年的耐心，我们久久站在河边，/一种对虚无的热爱回旋在我们手心，/一条河流被我们轻轻地提在手里。

——《河里没有鱼只有钓鱼的人》

诗人用明媚轻快的语言生动地描绘了夏日里孩童们在小河边无忧无虑地玩耍的景象，诗中童趣和野趣的相互缠绕与交融更是妙极。一群机灵的孩子用回形针、泡沫、蚯蚓、风筝线等便捷可用的材料制作钓鱼的工具，简陋却像模像样，这样的探索与尝试足以让每一个孩子兴奋。但孩子们不懂"水至清则无鱼"的道理，也没有生活经验，更没有高超的钓鱼技巧，因此，他们一次次地将鱼钩甩进河中，即使耐心耗尽也一无所获。这里既没有鱼也没有水草，钓到鱼固然欣喜，但一无所获也并不令人沮丧，因为快乐的是探索本身而不是它的结果，何况孩子们思维跳跃，注意力会被任何事情分走，沮丧也困扰不了他们多久，不一会儿就会有新的快乐出现。一般的诗人在处理童年回忆题材时会不自觉地采用成年人的视角，经过了成年人视角的过滤，儿童眼里的纯粹世界很难被完整地呈现出来，这时候的叙述其实是有一定的虚假性的。这首诗也是如此，在前一部分"自制""围拢"等词中还能看见成年人的影子，但是诗的最后一句"一条河流被我们轻轻地提在手里"，这样充满了儿童想象力的语句，仿佛就是当年在钓鱼的小孩子所写，也弥补了之前叙述的不真实性。但当我们从最后一句充满童趣的意境中走出时，又惊觉写诗的其实并不是孩子。在视角切换中，我们折服于诗人内心的纯净与对童趣和野趣的绝妙把握。读者在被诗人呈现的童趣和野趣吸引之余，也会不禁沉思：儿时一个鱼钩就可以得到的快乐在如今成了奢侈品，只凭借着好奇的本能去探索奇妙的世界也成了遥远的记忆，童年简单纯粹的快乐为什么在如今愈发难以获得？至此，这首诗在思想和意境上达到了完美的平衡：既有儿时回忆的恬静，又有发人深省的深刻性。

同样是书写童年与自然，《很长时间》却与上一首诗有着截然不同的意境——

> 河水翻卷，/你感受到河风还要很长时间；/潮湿的天气，蜻蜓飞得很低，/雨水落到你头顶还要很长时间；/你养的小狗死了，埋在松林，/你成长到可以庇护它还要很长时间；/清晨，乌鸦一直在树上叫，/信使在路上，你得知父母离开了还要很长时间；/你将独自生活，你真正明白/何为独自还要很长时间。/好在还有自然：河风、细雨和松林，/你倾诉的地方，也是你聆听的地方；/你睡着的地方，也是你醒来的地方；/作为词语安慰你的地方，/也是作为经验，使你承受并且成长的地方。/它们还要在你心里盘桓，盘桓到永远。

这首诗写的是童年，但却不再是童趣，而是烦恼。这首诗一开始的基调是惨淡的：奔涌的河流、压抑的阴天、死去的小狗、鸣叫的乌鸦，以及终将离开的父母，诗人用短短几行字写尽了孩童成长路上所要面对的种种烦恼。"很长时间"所代表的时间长度也随着孩童的成长逐渐加长，一开始"很长时间"是指从"河水翻卷"到"感受到河风"这段时间，后来逐渐延长成独自生活的时间。随着成长，人们体会和所能忍受的孤寂的时间也在不断延长，但好在河风、细雨和松林为惨淡的基调抹上了一点亮色。这漫长的孤独时光也不是无事消遣的，自然会给予人们无穷无尽的力量去抵挡"很长时间"，这种力量会恒久且坚定地存留在孩子的心中，伴随他们一生。

二、叙事的镜头感与画面感

"所谓'诗歌叙述'，就是叙述者运用语言这一媒介对相关事或物的诗性叙说与陈述。其中的事与物，可指外在的事件、事物，也可指内在的心事、心物，其形态不一定具有完整性，也不一定与传统叙事作品中所应有的那些元素完全吻合。"[1]谈骁的大部分诗歌就是用语言叙述内心的感悟，叙事没有特别具体详尽的故事情节，而是好

---

[1] 孙基林：《当代诗歌叙述性思潮与其本体性叙述形态初论》，《山东社会科学》2012年第 5 期。

像在用语言描绘一幅幅图画，有视点的远近游移，也有抓住整体的描绘，这一幅画说尽了，另一幅接上，在图景的交替变换中，谈骁的叙事也带有了镜头感。

以《百年归山》为例——

> 十年前，爷爷准备好了棺材/十年来，爷爷缝了寿衣，照了老人相/去年冬天，他选了一片松林/做他百年归山之地/松树茂盛，松针柔软/是理想的歇息地/需要他做的已经不多了/他的一生已经交代清楚/现在他养着一只羊，放羊去松树林边/偶尔砍柴烧炭，柴是松树林的栗树和枞树/小羊长大了，松树林里/只剩下松树，爷爷还矫健地活着/村里有红白喜事，他去坐席/遇到的都是熟悉的人/他邀请他们参加他的葬礼

在这首诗中，镜头随着平淡的叙述缓缓推移，内敛深沉的情绪也逐渐流露，就像时间平淡地流走一样。透过文字，我们可以看见一位老人在棺材店里认真挑选棺木的样子；坐在无人经过的家门口，低头认真地缝着寿衣的样子；还有穿上最好的衣服，一个人走到照相馆去照老人相的样子。随后画面一转，茂盛的松树遮住了日光，柔软厚实的松针铺在地上，踩下去是舒适与心安，老人缓缓走着，佝偻着身子，背着手，他找到一处长着松树且有阳光的平坦地，做下记号后心满意足地离去。他郑重地、虔诚地把死后需要做的事情一件件做完，在他细致认真的准备背后，并没有透露出任何对于死亡的恐惧和对未知的慌张，生和死在他眼中是一样的，不过都是人生的一场仪式。他是历经世事的智者，也是坦然面对死亡的老人。

镜头的移动没有止步于此，继续由远及近地推进，率先进入视野的应是茂密的松林与黯淡的天空，随后便是在松林里砍树枝和杂草的老人，以及漫长的、无边的孤寂。这孤寂是从茁壮的松树里生出的，万物都在蓬勃，而他却像是时间的遗弃者，除了岁月的痕迹，时间没有给予他任何的改变。镜头又转到他居住的村庄里，在各家的红白喜事宴席上，他与村民们交谈，邀请他们参加自己的葬礼。言语已尽，但是留给人的思考是无尽的：村落被现代化和城市化逼

至退无可退的地步，与发达城市对应的落后乡村正在被不断蚕食，即使时间在不停流逝，但生活在村子中的人"都是熟悉的人"，没有陌生又新鲜的血液注入，村庄也像是静止的，像没有后代的孤寡老人，只能守着山水老去。

诗人在平淡的叙述中写出了老人和村庄的生存状态，呈现了被现代化掩盖在角落里的依然存在着的平静生活，诗里有浓重的孤独和悲哀，也有未显露的轻松和自在。与《百年归山》同样富有镜头感的还有另外一首诗《口信》——

> 小时候我曾翻过一座山，/给人带几句口信，不是要紧的消息，/依然让我紧张，担心忘了口信的内容。/后来我频繁充当信使：在墓前烧纸，/把人间的消息托付给一缕青烟；/从梦中醒来，把梦里所见转告身边的人；/都不及小时候带信的郑重，/我一路自言自语，把口信/说给自己听。那时我多么诚实啊，/没有学会修饰，也不知何为转述，/我说的就是我听到的，/但重复中还是混进了别的声音：鸟鸣、山风和我的气喘吁吁。/傍晚，我到达了目的地，/终于轻松了，我卸下别人的消息，/回去的路上，我开始寻找/鸟鸣和山风，这不知是谁向我投递的隐秘音讯。

相较于前者，《口信》更具动感，也更轻快。诗歌主要叙述的是儿时的"我"帮别人捎口信的事情。开篇就写"我"接到这个重任之后的紧张，虽然只是不要紧的消息，但接受别人的委托，对于年幼的"我"来说确实是天大的任务，于是"我"只好用绝对的郑重来回报别人对"我"的这份信任。随后画面转到了成年之后，写在墓前烧纸，从梦中醒来。镜头转回，但也变得相对固定，它随着"我"的奔跑而晃动，记录着一路以来的所见所闻：孩童在蜿蜒的山间小路上奔跑着，葱郁的绿叶剐蹭着他的四肢，他反复地念叨着要带去的口信，生怕忘记，山间的鸟叫虫鸣全部混着呼啸的山风入耳，揉进一句句口信里。天色渐晚，孩童带着绝对的郑重和赤子的真诚把听到的事情全部告知，不字斟句酌，也不加修饰。诗人的文字随着孩童一路跋山涉水，小孩子的一路奔波、满心赤诚和山间万物的声音，叩击着每一位读者的心灵，不免使人开始回忆：自己的童年是否也有过这样的赤诚与郑重，是否也曾这样地亲近过自然。

谈骁作品中更有镜头感和画面感的诗应当是《夜路》——

父亲把杉树皮归成一束，/那是最好的火把。他举着点燃的树皮/走在黑暗中，每当火焰旺盛，/他就捏紧树皮，让火光暗下来，/似乎漆黑的长路不需要过于明亮的照耀。/一路上，父亲都在控制燃烧的幅度，/他要用手中的树皮领我们走完夜路。/一路上，我们说了不少话，/声音很轻，脚步声也很轻，/像几团面目模糊的影子。/而火把始终可以自明，/当它暗淡，火星仍在死灰中闪烁；/当它持久地明亮，那是快到家了。/父亲抖动手腕，夜风吹走死灰，/再也不用俭省，再也不用把夜路/当末路一样走，火光蓬勃，/把最后的路照得明亮无比，/我们也通体亮堂，像从巨大的光明中走出。

在诗中，文字的镜头跟随着一家人的脚步慢慢移动，杉树皮做成的火把，在父亲的手中点燃，忽明忽暗的光亮在漆黑的长路上闪烁着，也映照进无形的镜头里。父亲举着火把走在前面探路，"我们"一家人在路上不断地交谈着，声音轻轻的，像是怕惊扰了黑暗。明亮的火把与漆黑的长夜形成了巨大的明暗反差，描写的焦点不由自主地聚集在点点火光上，于是火把被反复提及。在火把的晦明变换中，"我们"一家人走完了这一程。诗人用平实的语言描绘出了一家人走夜路的温馨图景，在原本压抑的黑暗底色中营造出了有反差感的明亮的和睦氛围，同时也具有了沉浸感与代入感。

谈骁诗歌的叙事就是这样极具镜头感，虽然描写的画面不少，但都是有层次、有顺序地呈现出来，而不是失了主次、胡乱堆积。他的诗像是一部部老电影，在银白的荧幕上一帧帧地缓慢播放，遥远的故事带着古旧的气息和淳朴的情感一起涌来，与当下社会的浮躁撞个满怀。

三、情感的朴拙与真诚

谈骁曾言自己是一个彻底的经验主义者,"一个经验主义的写作者,不诚实地面对自己的生活和际遇,写作就不可能有效。"[1]"唯有真诚,才让我们不至于坠入经验和语言的双重虚妄。"[2]谈骁的诗充盈着未经雕琢的天然的朴拙情感,亦有着难得的真诚。他的诗没有华丽的辞藻,不过分注重语言的陌生化效果以求新意,也不在意形式,但他总是能用最朴实无华的语言写出心底最真实的感受,给人以直接、有力又经久不绝的震撼。

以《禾字旁》为例——

写芦苇秆、玉米秆、棉花秆时/我提醒自己,秆是禾字旁,不是木字旁/它们不是木头,不能一年年变得/粗壮、坚固,以迎接明年春天的新枝/它们是草,只有一季的枯荣、片刻的悲欢。

这首诗只有短短几行,内容平实,用词质朴,但初读便能感受到诗人具有敏锐的感受力和强大的共情能力。诗人从汉字"秆"的字形中读出了芦苇、玉米和棉花作为草本植物的无奈:它们不能"一年年变得粗壮、坚固",只能年复一年地春生冬死,"只有一季的枯荣、片刻的悲欢。"从古至今,写生命短暂、万物无常的诗歌不算少数,但那些诗人借此表露的情感大多是看透世事的旷达,或是困顿伤感。谈骁这首诗跟他们都不一样,他不像酸腐秀才那样矫情造作、伤春悲秋,也不像智者看破万事万物,他只是作为一个生于天地间的人,用最柔软的心去感受天地万物的情。在他的诗中,可以读出慈悲。这种慈悲首先应是从丰富的感受力和多情的心灵生出的,之后又与骨子里的温良相融合,扎根在诗作里。他没有把芦苇、玉米当作抒发自我情感的意象,而是把芦苇、玉米从田野间借来,正视它们的

---

① 澎湃新闻:《专访 诗人谈骁:"我总是迟到,我写下的一切都已逝去"》,https://baijiahao.baidu.com/s? id=1710394122377992859&wfr=spider&for=pc。

② 谈骁:《一种背靠"虚妄"的写作》,《青年文学》2022 年第 6 期。

苦痛和悲喜，感受之后又还回去。是植物在借他的口说话，不是他利用植物感怀。抒发这种朴拙的情感应是人与生俱来的天赋，只不过我们大多数人成长得过于迅猛，以至于忘记了最初的记忆。

在数据时代，每天都有铺天盖地的消息从四面八方涌入，人们坐在家中就可以轻而易举地知道世间万事，能调动人各种情绪的新闻比比皆是，愤怒、愉悦、难过等情绪通过小小的屏幕持续地输送，人们习惯了被网络和数据投喂廉价的情感，在生活中发现与感受则成了一种稀缺的本领。谈骁试图用自己真实的体验去教会人们感受身边真实的生活，重视"方圆二十英里"的风吹草动、万物变化。他把真诚化作鳞甲，包裹住从童年承袭来的敏锐的感受力，向现实狠狠撞去，搅动着、震荡着读者的麻木的心。他用一篇篇诚意之作证明了：真诚，自有千钧之力。

［作者：张靖雯系辽宁大学文学院硕士研究生

张立群系山东大学人文社会科学青岛研究院教授］

在悲喜之间返回自身

——评谈骁近期诗作

崔　博

谈骁近期文本呈现出诗人独特的生命体验，包括对生命本质的发掘，对孤独的体认，对真与善、喜与悲、生与死的辩证思考等，在平实的叙述中富有戏剧性与哲理思辨。在处理上述相互缠绕的复杂主题时，诗人采取了近似鲁迅的"过客"——"在路上"的精神流浪者心态，以强大的敏悟力穿透了生活与生命的表象，挖掘出了亲情等情感内容充满悖论的矛盾本质，发现了生命之路尽头的孤独和对孤独的无止尽承担。诗人在对话性文本中书写记忆与遗忘、生命中深沉的无力与无奈，在戏剧性场景中消解宏大主题的严肃性，发现了生命的"内在时间"：以生命体验为标尺，超越客观的现实时间，通过对"来处"的确认找到当下在孤独之中的立足点，从而完成了对自我的体认，使诗歌穿过词语和生命回到自身。本文主要围绕"精神流浪者的矛盾体验""戏剧张力中的哲理思辨""为何以及如何返回自身"三个诗学问题展开论述。

尽头的孤独与无尽的承受——精神流浪者的矛盾体验

谈骁的诗歌多以日常生活中的事件与情感体验为主要内容，具有知性与叙述性相互缠绕的特点。在近年的诗作中，诗人多以一个旁观者的姿态拉开情感距离，将情感与诗歌本体剥离，以近似鲁迅"过客"的精神流浪者心态，发掘出爱与生命充满悖论的矛盾本质。

首先，谈骁诗歌中的叙述性文本外壳包裹着作者对孤独的思考：孤独是否有尽头，是否有来由？在《河里没有鱼只有钓鱼的人》中，诗人先是以旁观者的视角叙述童年钓鱼的经历，随后引出一种对孤独来由的思考："流水经过鱼钩，钓竿随之一动，/用尽了童年的耐心，我们久久站在河边，/一种对虚无的热爱回旋在我们手心，/一条河流被我们轻轻地提在手里。"生命的前进一如河水的流动，而始终伴随其间的是孤独感，谈骁以此为线索敞开了更宽阔的诗歌场域。

其次，诗人是在物与物、物与人、人与其他生命体之间的关系中发现了深刻的孤独感的。随着孤独感在文本中展开丰富的层次，诗歌与生命的缠绕也随之加深，诗人处理的问题愈加复杂，叙述时采取的情感态度则更加疏离。如《插花课》中，诗人在插花的行为中发现了一种物与物"生死同席"之"必要的枯萎"：该诗以插花师的语气展开叙述，将人为划分的审美等级附着于花卉之上，而呈现出"人为的自然"形态。盛开与枯萎都是为了互相衬托，热情或匮乏也不过是为了点缀，诗人道出审美伦理视域下的孤独对自然秩序的僭越。《沉默但还沉默得不够》则呈现出一种压抑、窒息的体验感与接近死亡的绝望感。诗人将主体性投射在植物和动物之上："植物中你学习过结香，/树枝柔软，缠绕并非出于自发，/看起来仍然像一种顺从的美德。/动物你熟悉的不多，只在童年时/养过一条狗，你陪着它长大又/目睹它日渐衰老，有一天它失踪了，/你去找过它，你还不知道它正在一个/无人知道的地方，独自完成它的死亡。"与植物不同，动物往往和人有着更深的羁绊，尤其是作为宠物被豢养的猫、狗等，而情感的联结也更为紧密，作者在叙述这样一种亲密关系的终结时却表现出非同寻常的克制与冷静。文本此处将上文提及的孤独书写扩大到更丰富的意象和更辽阔的意境中。西川曾在《在哈尔盖仰望星空》中写道："有一种神秘你无法驾驭/你只能充当旁观者的角色/听凭那神秘的力量/从遥远的地方发出信号/射出光来，穿透你的心。"谈骁或许感受到了西川所谓的那种"无法驾驭的神秘"，进而找到了那个适合旁观的位置，以及能够处理更为重大题材的适宜的情感距离。

谈骁诗中"孤独感"的丰富层次，最为典型地体现在《孤独时分》一诗中。在引发孤独感的驳杂场景中，诗人体验到的却是"孤独感"中的"生命真实"："真实的时刻只在孤独时出现：/一阵夹着雨点的冷风兜头吹来，/一只四处流浪也处处是家的小狗在脚边摆尾，/一种无人可分享只能独自战栗的喜悦……"诗人在驳杂的意象中完成了时空的转换："当他满身雨水，/当他给小狗喂完食物，/当喜悦像苦果被吞下而脸上已不露痕迹，/他长大了，置身人群/就像藏身于人群。/没有朋友，许多人以为获得了他的友谊，/并无遗憾，他过上的是他能过上的最好人生。"诗人塑造了一个藏身于人群的"孤独者"，从孤独中来、到孤独中去的精神流浪者，词与物的"过客"。

"孤独感"表现为生命整体性上的"过客"心态。《去痛岁月》中诗人延续上述情感距离与旁观姿态，书写了都市生存体验中的压迫感和无力感，同时也表现了"沉默而持久"的"看不见的善意"。该诗透露出一种时间与空间双重维度的孤独感，在这个意义上，或可与欧阳江河的《傍晚穿过广场》进行对读："一个无人离去的地方不是广场，/一个无人倒下的地方也不是。/离去的重新归来，倒下的却永远倒下了。/一种叫作石头的东西/迅速地堆积、屹立，/不像骨头的生长需要一百年的时间，/也不像骨头那么软弱。"两首诗最重要的契合在于类似鲁迅"过客"——"在路上"的精神流浪者的生命体验，无论是飞驰而过的时代巨轮，还是漫长无垠的时光长河，都凸显了生命个体的有限性。欧阳江河的诗表现了 80 年代经济腾飞中的震惊体验和时代车轮飞驰而过留下的阴影，而谈骁的诗基本上涵盖了一个都市人生活中各种可能的场合：上班路上的地铁、不由自主的饭局、等待结果的医院等。诗人将有距离感的表述延伸到事物上，"黑暗之物都已被照亮过了"，"遗忘"陌生化了"爱"，也深化了诗歌意欲表达的孤独感。

谈骁道出了生命整体性上的"过客"心态之必要：日常生活中最为本能、单纯的亲情守护，却无法避免独立个体终将独自承受人生之孤独的最深沉的无奈。如《离开我，成为你》，该诗不仅呈示了诗人敏锐的感受力，通过对生活中短暂而幽深的情感体验细节的抓取，以最平实的事例和语言表现出来，于朴素中见哲思，还表现了诗人对"真"的追寻，及对"真"与"善"之间微妙关系的思考，对人生复杂性的深刻认识。谈骁以父亲对年幼女儿的安慰展开了对孤独的思考："女儿突然回到我身边：她刚刚摔了一跤，/要我对着伤处吹几口气。/是我让她相信疼痛像一层灰尘，/一阵风就吹走了。/这虚无的安慰会陪着她，/直到伤口越来越醒目，再无什么可以缓解，/她还在自己向伤口吹气，/气流微弱，和她童年时感受到的一样，/提醒她人生的尽头是虚无，/虚无的尽头是承受。"在这段父女交流的叙述中，有作为父亲对女儿的担忧，因为"是我让她相信疼痛像一层灰尘，/一阵风就吹走了。"句子中有几分作为父亲的自责，担心"这虚无的安慰会陪着她"。父亲为了安慰受伤的女儿而选择了善意的欺骗，诗人由此展开了对生命、亲情本质的探寻。出于保护而说出的谎言可能会遮蔽伤口的本质，进而削弱，以至于剥夺女儿保护自己的能力，"直到伤口越来越醒目，再无什么可以缓解，/她还在自己向伤口吹气"，我们仿佛在诗句中看到了那个第一次见识到社会的残酷后对童话失去信任的自己。因无知而无力，谈骁洞见了亲情中最矛盾的本质。诗人进一步敞开了文本中更广阔的哲理诗域空间，发现了孤独的人生本质和对孤独的承受态度。但面对孤独难道真的只能被动地承受吗？

生与死之中，喜与悲之外——戏剧张力中的哲理思辨

在处理"生死"如此沉重的主题时，谈骁以戏剧性的场景化解了因情感距离之远而可能呈现的冷感，揭示了"生死""喜悲"之间哲理性的张力。笔者选取《我们的灰》《去墓地报喜》《寿衣模特》《消失的人》四首诗为主题文本，以戏剧性与对话性为主要线索进行阐释，探讨其中哲理思辨主题表现的不同层次。

《寿衣模特》通过极具戏剧张力的职业场景表达了哲理诗思：物质外壳只是单向度的，而情感却是能够穿越生死的。该诗讲述年轻的女孩为逝者做模特，拍视频给失去女儿的父亲，因为"知道自己是逝者的模特，/平时总化妆，烫发，穿高跟鞋，/今天她素颜出镜"。文本中的模特边界感清晰，表现了对逝者的尊重，而这个工作本身就具有十足的张力：模特的试衣行为连接生者和逝者。诗中父亲的内心活动则深化了诗歌的核心命题："他不愿尘世再给女儿施加重量，/他要让女儿穿轻薄一点出门。"《消失的人》保持了上述"适宜的情感距离"，写出了一种既古典又现代、既安适又惊悚的意境。诗歌始于一个非常日常化的情景——在路上遇见熟人，相互打量寒暄，走出很远后竟然"想起他早已亡故"，仿佛现代聊斋一般的叙事："他

的名字消失了，称呼还在。你回头，/只剩一个背影。你叫他。汽车鸣笛，/盖过你的声音。他还在往前走，走在遗忘里。"于戏剧性情景中道出了过往与当下之间的熟悉与陌生、铭记与遗忘。

谈骁近期诗作的哲理性和戏剧性分别在《我们的灰》《去墓地报喜》中达到了顶峰。《我们的灰》中诗人先是煞有介事地描述了各种树木烧成炭后色泽的差异，而后便引入了自己对颜色的态度："我相信白才是自然的最终归宿，/但纸、布匹烧过的灰是黑色的，/它们不是用来燃烧之物"，至此，文本都是不动声色地铺垫着，接下来的两句能量骤然增加："骨灰也是一片暗灰，有时候还掺杂一点/黑或红，那是尘世的风霜服下的药剂"，人在生活中做过的事情终究都会留下痕迹，但自然的规律却不偏不倚，维持着能量的守恒。后五句以平静的语气制造了诗意能量的爆发："人也不是用来烧的，但哪怕是/墓中尸骨，也会遭遇时间的文火，/这不可避免的命运我已知晓：/我们都有最后的燃烧，/却已无法烧成一堆白灰。"诗人写出了命运的不可知与不可避免，生命尽头最后的燃烧和无法掌控的变化。本诗情绪的节奏仿佛心电图般起伏波动，一如人生的路径。

《去墓地报喜》一诗中的戏剧性达到了本期诗作的顶峰：送葬的队伍与迎亲的队伍当街相遇，两拨人中有不少互相熟识。谈骁使文本在悲与喜、生与死之间来回切换，极具戏剧张力："一边是低沉的铜钹，一边是喜庆的唢呐。/婚车来了，你取下头顶的孝布，/给街边的人散发喜烟。/吹奏的师傅挤在一起，/他们熟练地在生死之间切换：/铜钹敲出了爱情的欢愉，唢呐也能吹出离世的悲伤。"依旧是"谈骁式"的克制的修辞和平实的语言，却道出了"红""白"之间吊诡的张力：乐器本身是没有情感的，而吹奏的师傅们"在生死之间切换"也只是谋生的手段。"一包烟散完，送葬的队伍继续上山，/鞭炮喧响，阳光洒在未亡人的脸上。/你像去墓地报喜的人，/伯公走得安详，等他入土为安，/你会在墓地摆上一盒人间的喜糖。"戏剧性的场景模糊了喜与悲的界限，"去墓地报喜的人"和"墓地摆上一盒人间的喜糖"同样突兀而怪诞，消解了附着在"生死"之上的哲学意味，使词语、生命都回到了自身。

为何返回自身？如何返回自身？

为何要回到自身？都市体验的单调与重复使人麻木、停滞，切断了人与过去和未来的连接，在这孤独的深渊中，只有偶尔闪现的光，和环绕四周的"漫长旅途的黑暗"（《童年的光》）。《自画像》一诗呈现了典型的现代都市人的生活体验，相较于古典、乡村生活范式的纯粹与和谐，显得单调而陌生。诗人在日复一日的疲倦中尝试抵抗迷失，却进入更深的无力感之中。诗人呈现出一种对生活本身的迷惑和无力感："房屋不是你自己建造的，/要住很久，你才不会走错楼层。/食物不是你自己种的，/你每天做固定的菜式，/通过切菜、炒菜、咀嚼和消化了解它们。"因此在《成为杜甫》中，诗人表现出了一种希望"返回"的心态："暖气房换成漏风的草堂，/射灯换成蜡烛，/指纹锁换成柴门，/巴西铁木换成蜀中松树。"现代生活如此缺乏诗意，为何不回到历史？"桥下的巡司河，可以换成浣花溪，/你喜欢在桥上停驻，/看不了太远，一条河隐藏了源头和终点，/不用看太远，楼房的灯火换成闪耀的星空，/夜幕笼罩，你正将内心的群星一一辨认。"古代毕竟是无法"返回"的，但虽然无法选择时代，诗人却可以选择处理经验的方式。谈骁的选择是让诗歌穿过词语和生命，回到自身。

如何回到自身？谈骁发掘出了一条可能抵达自身的路径。

首先，是对"内在时间"的发现。在《很长时间》中，诗人发现并书写了生命的内在时间："你养的小狗死了，埋在松林，/你成长到可以庇护它还要很长时间"，这里的时间不以年、月、日、时、分、秒为刻度，而以对生活中、生命中大大小小事件的内心体验为标尺："清晨，乌鸦一直在树上叫，/信使在路上，你得知父母离开了还要很长时间；/你将独自生活，你真正明白/何为独自还要很长时间。"客观的时间只作为参照而存在，诗人在此完成了对"来处"的体认："你倾诉的地方，也是你聆听的地方；/你睡着的地方，也是你醒来的地方；/作为词语安慰你的地方，/也是作为经验，使你承受并且成长的地方；/它们还要在你心里盘桓，盘桓到永远。"词语与生命都在"内在时间"中还原到最本真的状态。

其次，是对自身主体性的确认。《像我这样的人》一诗，通过想象："你想自己是一块冰，但已经跟着沸腾"；通过真实面对自我："你就是这样的人，/你说爱的时候，已经爱得不能抽身；/你高兴或厌倦，其实在掩饰一阵狂喜/或者处理那不敢直视的绝望"；通过克制："反过来说，这是一种克制的美德，/让你以一张大众脸混迹人群"，实现了对自我之主体性的确认。《捕鱼者说》则通过叙述"捕鱼者"的心态起伏说明了人类对动物相信与否都是一厢情愿。如此的自白才是真实的"捕鱼者"心态："捕来的鱼当然是要死的，/我们只是希望它们/不要死在我们的手上。"以为鱼已经死了，于是"一种莫名的轻松让我们放慢脚步"；发现鱼没死"也许有高兴，更多的是失望"；其实"我们不愿相信鱼的生命力，/不愿承认曾经对生命的挽留是白费力气。"诗人表现了一种诚实面对内心的坦然。《不假外求》中书写了"在绝望中自我完成"的芦荟："芦荟耗尽汁液，/干瘪，坚硬，但不死。/我爱养这样的植物，/人生已足够残忍，/不能对植物有所亏欠。/忘记浇水，这疏忽倒像一种成全，/它在绝望中自我完成"。人的意志对植物来说或许是一厢情愿，诗人于是从植物（芦荟）的视角进行思考，表现出强大的共情能力："我从未有多余的汁液，/也不曾长出自我荫庇的枝叶，/在寒风中呵气，/肺腑中的热度只够双手所需；/还要跑，去冰天雪地里跑，/血液流动，在自己的身体里，/我的双脚最先摆脱寒冷，/我知道人生无可依傍，/却一直谎称这是/大地给我的温暖。"诗人由植物反观自身，发现穿越孤独的唯一可行路径——返回自身。

对于结构，谈骁似乎在相当一部分诗歌中追求一种"结构本身的戏剧性"，即先以不动声色的叙述开始，结尾处语言、思考的力度骤然增加，如同射入迷雾的光，驱散文本前段铺陈的疲惫、厌倦与无力。此种写作范式固然呈示了一定的戏剧性张力，但使用得过多，难免会有固化之嫌。情感浓度过低，可能造成诗意的"贫血"，导致文本的结构性缺陷。

[作者系首都师范大学中国诗歌研究中心博士研究生]

分裂与自洽：论谈骁的经验诗学

蔡英明

里尔克在《马尔特·劳利兹·布里格随笔》中提出了著名的论断："诗是经验"①。这一诗观对后起的中国诗人确实具有振聋发聩的作用，对他们克服早期浪漫、感伤和泛情的诗风大有益处。② 从现代的冯至、郑敏等到当代的谈骁，我们能够发现里尔克的一系列东方追随者。谈骁致力于继承里尔克"诗是经验"的衣钵，身体力行了经验本体论的合法性与神圣性。谈骁的诗风敦厚圆实、平稳内敛，受经验现实性所影响，他的诗歌不免被指认为传统写实主义。但我以为，在谈骁诗歌貌似平滑的叙述表层底下，实际上隐含着对传统写实的颠覆，然而这一点却被大多数人所忽略。谈骁的诗歌并非属于彻底的传统写实主义，他自洽圆融的经验叙述体系当中暗含着分裂结构。而正是这些隐匿于平整叙述内的褶皱与肌理、这种分裂与自洽之间产生的强大张力，成了谈骁诗歌超越一般传统写实诗歌的魅力所在。围绕谈骁的经验诗学，本文试图从经验的叙述策略、经验的游弋、经验的敞开三方面展开探讨。分裂与自洽不仅仅体现于谈骁经验写作的叙述策略上，亦体现于谈骁经验写作的现代性与传统性、公共性与私密性等方面。

"经验"是洞见谈骁诗歌的命门所在，而谈骁本人也热衷于将"经验"一词运用于诗歌语言。"你倾诉的地方，也是你聆听的地方；/你睡着的地方，也是你醒来的地方；/作为词语安慰你的地方，/也是作为经验，使你承受并且成长的地方：/它们还要在你

---

① "因为诗并不像一般人所说是情感（情感人们早就很够了），——诗是经验。"［奥］莱内·马利亚·里尔克：《马尔特·劳利兹·布里格随笔（摘译）》，《给青年人诗人的信》，冯至译，上海译文出版社 2011 年版，第 93 页。

② 范劲：《冯至与里尔克》，《从符号到系统：跨文化观察的方法》，复旦大学出版社 2019 年版，第 172 页。

心里盘桓，盘桓到永远。"(《很长时间》)再如"体内的风暴无从观测，/承认吧，万物在经验之外运行"(《留观》)，"我乐见她成为随时可以离开我的人。/我乐见她以有限的经验行事"(《离开我，成为你》)，等等。可见，"经验"不仅是谈骁创作之圭臬法宝，同时亦是谈骁诗歌当中的重要语汇。从创作思维到诗歌语言，谈骁深受经验意识之洗礼。

一、叙述策略：分裂与自洽

我以为谈骁的诗作当中最具独特性的是乡土风俗经验书写。"风俗诗"这个概念被学者阐释为选取风俗题材并集中表现风俗事象、凸显风俗文化的诗作，裹藏着民族文化基因、情感之根和时代精神的风俗表征。[①] 在此，我讨论的对象为谈骁表现乡土习俗制度、容纳特殊人文地理与文化心理内涵的诗歌，具体指谈骁涉及的如乡村婚葬、红白喜事等风俗题材。创作乡土诗的当代诗人很多，在此不一一举例，而谈骁的独特性在于他对乡土诗歌当中的风俗向度进行了开掘。谈骁创作的乡土诗，丰富了现当代乡土书写资源，让诗歌文体内的乡土空间获得与小说乡土空间平行的可能性。在沈从文的湘西边陲世界、萧红的东北生死场等之外，开辟了湖北恩施土家族的诗学疆域。谈骁的风俗经验叙事诗如《百年归山》《去墓地报喜》《寿衣模特》等，能够唤醒我们对类似于王鲁彦"菊英的出嫁"式的浙东传统农村冥婚习俗的记忆体验。当然，谈骁的乡土风俗经验书写与王鲁彦的怪诞扭曲风格截然不同，谈骁的风俗经验叙述虽然隐含分裂的结构，但其内在是自洽平稳的。换言之，谈骁的书写姿态并不是批判与否弃，而是温情的接纳。表面叙述策略的分裂与自洽，深层次折射的是谈骁的价值观与态度。童年、故乡塑造了诗人的思维方式，某种程度上也决定了诗人的言说策略。

《去墓地报喜》是一首荒诞意味强烈的诗歌，从这个意义上看，这首诗并非传统写实主义，而是具有后现代风格。《去墓地报喜》文体内部融合了悲剧、喜剧、闹剧、风俗剧等多种因素。这首诗叙

---

① 黄元英：《论"风俗诗"及其独立地位》，《宁夏社会科学》2007 年第 2 期。

述的是送葬的队伍与迎亲的队伍同时相遇："你同时在两群人里，/一边是你的伯公，一边是你的堂妹"，悲剧与喜剧的两股张力构成了戏剧性的矛盾，"一边是低沉的铜钹，一边是喜庆的唢呐"，戏剧甚至演变为荒诞不经、异常滑稽的闹剧。在谈骁不动声色的冷静的叙述处理下，诗歌内部的场景分裂及情感分裂居然能够惊人地产生和谐统一的效果。"吹奏的师傅挤在一起，/他们熟练地在生死之间切换：/铜钹敲出了爱情的欢愉，/唢呐也能吹出离世的悲伤。"堂妹的出嫁与伯公的去世、婚礼与葬礼、喜庆与不祥，两条互为悖论的叙述线索吊诡地勾连，而谈骁轻描淡写地写道："伯公走得安详，等他入土为安，/你会在墓地上摆上一盒人间的喜糖。"最后这句诗亦充分显现谈骁"分裂与自洽"的叙述策略。"墓地"与"人间"构成生死极端的悖论，"墓地"与"喜糖"亦极其不协调，然而在谈骁的叙述处理之下，"你会在墓地上摆上一盒人间的喜糖"获取了伦理维度上的合法性，一切合情合理，十分自然，诗歌整体形成一种自洽圆融的叙述体系。"你会在墓地上摆上一盒人间的喜糖"，这句诗与沈从文的小说《萧萧》有一种深层内在的契合呼应。《萧萧》讲述童养媳的乡土风俗，萧萧（童养媳）的大儿子娶亲（童养媳）时，暗示着童养媳悲剧命运的轮回。沈从文在结尾处这样写道："萧萧抱了自己新生的月毛毛，却在屋前榆蜡树篱笆看热闹，同十年前抱丈夫一个样子。"[①]《萧萧》隐含着一种悲剧意味的深层矛盾冲突（童养媳风俗制度的非人性），然而这种冲突同样地被平静克制地处理，从而叙事合理化、自洽化，甚至充满田园牧歌的情调氛围，逻辑的悖论构成了独异的美学。谈骁的《去墓地报喜》同样显现出此种美学。谈骁对这首诗的处理方式显示了他精湛的叙事技艺，婚丧悲喜的内在矛盾在此诗中获得圆融，这种看似化解调和的叙事方式，实际上加深了哀痛与喜悦的深度与厚重感。正如加缪的《局外人》当中莫尔索的无动于衷其实掩饰了巨大的情感激荡，主人公看似荒谬的行径实则是对世界荒谬性的反抗。换言之，这首诗整体的自洽反而让分裂的情感更具张力，也让这首诗的意义面貌更加暧昧复杂。

《像我这样的人》亦呈现出谈骁诗歌平滑叙述表层下的各种悖论。

---

① 沈从文：《萧萧》，《沈从文全集（第8卷）》，北岳文艺出版社2002年版，第264页。

"秋天去松树林，不要带一点火种。""松树林"与"一点火种"形成体积及数量上的强烈对比，前者茂密壮观，后者纤小柔美。"去红枫林、银杏林，那么热烈的颜色，/你想自己是一块冰，但已经跟着沸腾""红枫林""热烈的颜色"与"冰"再次形成反差，而"冰"与"沸腾"则形成悖论。"你说爱的时候，已经爱得不能抽身。"除了词语悖论关系，谈骁的诗歌还呈现出词语与行动的延迟关系，对"爱"的言说往往迟于爱本身。"你高兴或厌倦，其实在掩饰一阵狂喜/或者处理那不敢直视的绝望。/反过来说，这是一种克制的美德"，现代人的创伤经验表现为言语的悖论、情绪的紊乱、秩序的颠倒，这种内在的分裂创伤得以呈现。"在没人的地方，你只想往前走"，"没人"指向虚无，是彻底的混沌，而"往前"具有明确的方位性。"走到树林的深处，不是满树的银杏/在金黄的顶点落地，/而是一地松针渴望一颗火星。"这句诗暗含空间的悖论，"金黄的顶点"与"一地松针"形成极端对比，"一地松针渴望一颗火星"为现实的悖论。结尾处的"一颗火星"与开头的"一点火种"构成强烈张力。在另一首诗《去痛岁月》中，谈骁写道："你睡前拉灭了灯，/黑暗之物都已被照亮过了，/你快要忘了爱过谁，/像要通过遗忘去爱更多的人。""黑暗之物"与"照亮"、"遗忘"与"爱"皆构成悖论。谈骁的诗一贯保持平实、稳重的诗风，而在其自洽的叙述体系当中，内嵌各种分裂的结构。

二、经验的游弋：现代与传统之间

谈骁创作的《成为杜甫》建立了一种经验交换机制，将现代社会物质经验与古代进行交换。"暖气房换成漏风的草堂，/射灯换成蜡烛，/指纹锁换成柴门，/巴西铁木换成蜀中松树"，现代机械器具替换成"漏风的草堂""蜡烛""柴门"，异域"铁木"替换成"蜀中松树"，将机器的隐喻替换成自然与人性化的象征物，体现了谈骁内心的古典主义与怀旧情结。这种情感体验是谈骁个人化的，也是普遍化的。由此，又延伸出现代与传统的命题讨论。

物质经验的交换实际上是时空的交换，更是不同价值观念的交换。而谈骁继续写道："寒风不用换，被寒风吹得哆嗦的嘴唇不用换。/无法开口，就在心里默念。/僵硬的手指不用换，字迹歪斜，/

一阵来自灵魂的颤抖。/脆弱的肺不用换，/空气凝滞，尚能呼吸。"
在不同时空，在古老与更新的价值观念差异之间，身体（嘴唇、手
指、肺）却获得永恒性，获得无需置换的地位。这再次验证了谈骁是
个身体性至上的经验主义者。在谈骁的经验认识里，现代物质是难
以信赖的，他对古老、自然、纯粹之物流露出怀旧心态。他最可
靠的经验源于身体性，即便这些身体器官是脆弱的，嘴唇是"哆
嗦"的，手指是"僵硬"的，但这种脆弱恰恰反映出身体感受的诚实
品格。我们能够从谈骁的经验价值观中感受到一种返璞归真的朴
素。"桥下的巡司河，可以换成浣花溪"这句诗或许是出于一种上
下文之间的文字游戏，但我们可以从谈骁的观念价值谱系中判断，
身体的至高神圣性大于自然，在谈骁的诗歌中，对于自然的描摹
往往是通过身体性感受经验而反映出来的。这首诗名为《成为杜
甫》，意在强调返回古典，谈骁诗歌所叙述的不仅仅是个人经验，
亦暗示了全人类的现代生存困境，即机械技术发展与精神文明产
生的冲突。这首诗亦存在内在的悖论与分裂，作为现代人的谈骁
享有现代物质文明，但他的内心却向往成为一个古代人。而在此
诗中，谈骁或许为现代生存困境提供了解决之道，即身体性经验。
不同时空的物质经验必然会发生剧烈变动，然而人类的身体永远
是肉身构成，身体性感受是人类最信赖的经验来源，亦是挽救现
代文明困境的有效方式。

　　《捕鱼者说》从诗题便可知是仿写柳宗元的散文《捕蛇者说》，这
首诗从另一个角度进行现代与古代的观照。《捕蛇者说》将蛇的剧毒
与苛政之毒进行联系，衬托古代赋税制度的残酷，反映社会的黑暗
与民生的凋敝。《捕鱼者说》叙述捕鱼后的心情："捕来的鱼当然是要
死的，/我们只是希望它们/不要死在我们的手上。/结果总是如愿，
回到家，/把鱼倒进水缸，它们迅速恢复了生气。"事情的转折，亦即
诗的写作发生在于："有一次，一路没有找到水，/鱼翻腾了一阵，
不再动弹。我们以为鱼已经死了"。谈骁继续写道："回家倒进水
缸，/它们翻了一会儿白，/竟又慢慢开始了游动。"尽管《捕蛇者说》
意在写苛政，《捕鱼者说》意在写鱼的死活，但二者都表达了相同的
经验价值，即人道主义。谈骁在诗歌结尾写道："我们不愿相信鱼的

生命力，/不愿承认曾经对生命的挽留是白费力气。"他希望"人力"大于"鱼力"，即人类的救援力量大于鱼儿本身的生命力，实际上表达的是人类的善意与援助。游弋于传统与现代之间，谈骁能够寻找到具有差异性的经验替代物，亦能令人惊喜地发现传统与现代之间存在的共同经验，如身体性与人道主义，并通过带有寓言隐喻的诗歌图景展现出来。

三、经验的敞开：私人与公共之间

耿占春认为，对于诗歌写作来说，个人化的修辞是为着最终将个人经验转换为共同体的意义资源，转换为可以共享的感知，即私人经验唯有转换为公共经验，写作才是有效的。但他同时承认，诗歌写作通常都会在叙述上加密，即诗歌语言本身具有暧昧性，在敞开经验的同时，遮蔽性或许也不可避免[①]。谈骁在访谈中阐明自己选择修辞的尺度："我要把难以言传的、神秘的、未知的经验，尽量用朴素的语言表达出来；而不是从一种神秘到另一种神秘，或者相反，将日常的生活变得神秘化。"[②]从客观角度而言，一首诗的经验如果过于封闭化与私密化，这首诗就会陷入晦涩的可能性；而一首诗的经验如果彻底公共化，诗意或许很难不遭到折损。谈骁的诗在私人与公共之间的微妙地带，保持了诗自身的完整性。

《自画像》这首诗显示了公共经验从共享到剥离，揭开了从公共语言到诗人加密的写作过程。"房屋不是你自己建造的""食物不是你自己种的""每天走的路不是你自己修的"，房屋、食物、道路，人类的绝大多数生活物质材料都是群众生产经验的结果。"下班时你爱步行""你每天做固定的菜式，/通过切菜、炒菜、咀嚼和消化了解它们"，工作、切菜、炒菜、咀嚼、消化，这些属于群体共享的日常经验。诗题为个性化的《自画像》，却亦是公众化的集体写照，在此经验的私密性与公共性并未明显区别。结尾处谈骁写道："你失去的沙粒曾被你紧紧握在手中；/你期待的夜露正在

---

① 耿占春：《在语义嬗变中求索意义秩序》，《当代文坛》2021 年第 2 期。
② 澎湃新闻：《〈说时迟〉：从生活的遗迹里，翻捡出生活的奇迹》，https://m. thepaper. cn/newsDetail_forward_14239138。

成形，正悬挂在明日的草尖。""沙粒""夜露""草尖"这些意象指向的不确定性造成巨大的解读空间，结尾两句是独属于谈骁的封印话语。可以说，整首诗至此才完成了标题《自画像》的使命任务。诗人通过意象的加密，刻下私人经验的烙印。诗歌的朴素性与神秘性获得巧妙平衡。

《河里没有鱼只有钓鱼的人》这首诗所呈现的钓鱼场景属于公共休闲活动。"钓竿是自制的：回形针磨成鱼钩/泡沫当作浮漂，饵料是田里的蚯蚓，/水里的渔线，几天前还在天上牵着风筝。"钓竿、饵料、渔线在钓鱼常识的层面亦属于公共用具。"流水经过鱼钩，钓竿随之一动，/用尽了童年的耐心，我们久久站在河边"，"童年"字眼的出现提示此刻诗人陷入追忆，钓鱼事件激发了他的童年经验。"一种对虚无的热爱回旋在我们手心，一条河流被我们轻轻地提在手里。"全诗至此，已从钓鱼的公共经验陷入一种私密的情感体验中。谈骁从"河流"体会到"对虚无的热爱"，从公共经验到私密经验的切换，叙述平稳迟缓，自洽圆融。

在《交换》中，谈骁建立了经验的交换机制，他写道："交换童年，你养蝌蚪我养蚕""交换梦境，蚕变成了蝴蝶而不是飞蛾""交换错过，直到我们相爱的那一刻""交换工作。你在文件夹中缩小自己，/我在键盘上把自己磨白"，"童年""梦境""爱情""工作"，这些经验具有公共性质，与前面意图明确的外显化表达相比，结尾显然具有隐蔽性："交换完一起的甜蜜，还要交换/分别后的空缺，像两岸共用了流淌的降水，/你头顶的云已经消散，我身上的雨快要下完。"虽然读者无法明晰"云"与"雨"象征的真实所指，但读者能够感受到共同的忧伤情感。谈骁的私人经验获得普遍化共鸣，上升为共享的意义资源。换言之，越是个人经验，则越属于公共经验；越是公共经验，则越属于个人经验。在某种程度上，经验的公共性与私密性并不冲突，甚至相互印证。我们可以断言，一首好的诗，在私人话语当中依然保持了经验的敞开。

谈骁是一位诚实的经验主义写作者，徜徉于自洽与分裂之间，为传统经验写作打开了新的路径。在现代与传统之间，私人与公共之间，谈骁找寻经验的共通性与差异性，保持诗歌的朴素性与神秘性。谈骁自洽的诗歌体系内嵌分裂结构，让诗歌意义于内在向度上获得开掘。个体经验必然历经不断的累加与洗刷、更新与修正，谈骁所信守的经验本体论决定了其诗歌写作始终敞开可能性。

［作者系首都师范大学中国诗歌研究中心硕士研究生］

一首诗的发现

一首诗的发现(一)

林 莽

【编者的话】

"一首诗的发现",是读诗者或诗评者对一首优秀诗歌的推荐或点评。

本文是诗人林莽对 6 首中外诗歌的点评与介绍。

无论中外,一首优秀的诗歌都应有自己独特的写作内容、创作手法和审美取向。每一首优秀的现代诗,在结构、布局、音韵、语言方式等方面都是独创的,自成一格的,不可重复的。这既是现代诗写作难度的体现,也是现代诗独有的魅力。

◆卡佛的诗:《我父亲二十二岁时的照片》

【重点提示】具体、清晰,有细节,有时代的差异,有潜在情感的流动。

我父亲二十二岁时的照片

［美国］卡佛

十月。在这阴湿,陌生的厨房里
我端详父亲那张拘谨的年轻人的脸。
他腼腆地咧开嘴笑,一只手拎着一串
多刺的金鲈,另一只手
是一瓶嘉士伯啤酒。

穿着牛仔裤和粗棉布衬衫,他靠在
1934 年的福特车的前挡泥板上。

他想给子孙摆出一副粗率而健壮的模样，

耳朵上歪着一顶旧帽子。

整整一生父亲都想要敢作敢为。

但眼睛出卖了他，还有他的手

松垮地拎着那串死鲈

和那瓶啤酒。父亲，我爱你，

但我怎么能说谢谢你？我也同样管不住我的酒，

甚至不知道到哪里去钓鱼。

阅读体会：

雷蒙德·卡佛（1938—1988），美国当代著名短篇小说家、诗人。这首诗是写一张父亲青年时代的照片，回顾父辈青年时的生活与现代青年的生活差异。

那时父亲还是一个拘谨的 22 岁青年，穿着牛仔裤和棉布衬衫，靠着一辆 1934 年产的老福特车，手中握着一瓶嘉士伯啤酒，拎着刚刚钓来的鲈鱼。他希望自己健壮，一生都敢作敢为。但儿子看出了破绽，看出了他的腼腆和手的松弛。

相较父亲那一代人，作者同样管不住自己的酒，甚至不知道到哪儿去钓鱼。生活现代了，前进了，还是怎样了？

一首诗，用具体、清晰的生活细节，将潜在的内心思考呈现给读者，朴实、自然，记录了两代人生活的差异。读来亲切，引人思考。

只有白描式的记录还不够，潜在于字里行间的意味感，生活的流逝与存在，过去与现在的微妙的矛盾，心理的小小的距离与差异，这些是一首诗成功的重要内因。

◆ **黑大春的诗：《秋日咏叹》**

【重点提示】弥漫的惆怅与浪漫的抒情，唯美、深情的"田园诗"在告诉我们：每个人心中都有一个天真的黄金时代。

秋日咏叹

黑大春

我醉意朦胧游荡在秋日的荒原
带着一种恍若隔世的惆怅和慵倦
仿佛最后一次聆听漫山遍野的金菊的号声了
丝绸般静止的午后，米酿的乡愁

原始的清醇的古中华已永远逝去
我再不能赤着脚返回大泽的往昔
在太阳这座辉煌的寺庙前在秋虫的祷告声中
我衔着一枚草叶，合上了眺望前世的眼睛

故国呵！我只好紧紧依恋你残存的田园
我难分难舍地蜷缩在你午梦的琥珀里面
当远处的湖面偶尔传来几声割裂缭绕的凄厉
那是一种名贵的山喜鹊呵！她们翎羽幽蓝

到了饮尽菊花酒上路的时候了
那棵梧桐像位知心好友远远站在夕阳一边
再次回过头，疏黄的林子已渐渐暗下来
风，正轻抚着我遗忘在树枝上的黑色绸衫

阅读体会：

诗人黑大春在 20 世纪 80 年代，那个"朦胧诗"兴起，许多人倡导"现代主义"的时候，写过一批沉郁、浪漫、抒情、语句华美的"田园诗"，这是其中最有代表性的一首。

诗人深深感到，无论是"丝绸般静止的午后"，还是"米酿的乡愁""漫山遍野的金菊的号声"，"原始的清醇的古中华"已不复存在。一个诗意的、个人心中的"伊甸园"，一个完美的、理想中淳朴的黄金时代已经远离，我们再不能"赤着脚返回大泽的往昔"，我们只能

"蜷缩在你午梦的琥珀里面""紧紧依恋你残存的田园"。

在这首作品中，诗人的语言是唯美的，音韵是舒缓的，在低沉中有一种无限缠绵的惆怅之情。那些沉郁的画面，一帧帧地呈现在我们面前。诗人词语中的"古中华"元素比比皆是：丝绸、米酿、大泽、寺庙、秋虫、翎羽幽蓝的山喜鹊、菊花酒、梧桐、绸衫……这是秋天，一个时代已逝的秋天。诗中多个音节的长句子构成了语言的沉郁之感，四行一节的行文不断递进，让我们深入诗人的惆怅与深情之中，语言的音韵感与诗歌的整体十分贴切。

它表达着一个诗人、一个寻梦者、一个精神浪子的生命情怀，以他敏锐的感知，告知了一个时代的逝去。他以酒浇愁，他在惋惜中怀念，即使凄厉的哀鸣，即使无限的依恋，依旧无法阻止分离的到来。诗中体现了诗人的无限遗憾与回顾之情，诗人以发自心灵的咏叹，书写了一首有现代意味的"田园诗"。

◆ 加里·斯奈德的诗：《我走进麦夫芮克酒吧》

【重点提示】体现一个时代的生活，有明确无误的现场，有真实可信的感受。诗中没有具体的故事情节，在联想中递进，人再次回到现实生活中。

我走进麦夫芮克酒吧

[美国]加里·斯奈德

我走进新墨西哥州
伐明顿的麦夫芮克酒吧
喝了双份波旁酒
接着喝啤酒。
我的长头发在帽檐下卷起
耳环扔在车上。

两个牛仔在台球桌旁
摔跤，

一个女招待问我们
从哪里来？
一支西部乡村乐队开始演奏
"在马斯科基，我们不吸玛利华纳大麻"
下一首歌曲响起时，
一对男女开始跳舞。

他俩搂在一起，像五十年代
高中生那样扭动；
我想起我在森林干活的日子
还有俄勒冈马德拉斯的酒吧。
那些短发一样短暂的喜悦和粗糙——
美国——你的愚蠢。
我几乎可以再一次爱上你。

我们离开——上了高速公路的辅助道——
在粗犷而衰弱的星星下——
峭壁阴影
使我清醒过来，
该干正经活了，干
"应该干的活"。

无论什么，别在意

阅读体会：

60 年代的美国青年，在一个小镇的酒吧，长头发在帽檐下卷起，耳环丢在了汽车的座位上，一个典型的时代形象跃然纸上。

摔跤的牛仔、西部乡村乐队、两个男女像 50 年代那样跳舞。这些让诗人想起往事，那些在森林里干活的日子，那里的酒吧，短发和粗糙的生活。

那些往日的生活因为年轻而那么美好，因为那个年代的质朴与简单，我的家园，我的国，在我的内心，甚至因为你的这些，我会再爱你一次。这是诗人质朴而真实的情怀，也是全诗的点睛之笔。

现实生活中的诗人，在一个偶然途经的酒吧里，因一些最为普通的生活场景，而有了如此生动的联想与感受。诗意就在我们的周围，在那些不经意的事物之中，你是否能敏锐地发现，并有选择地、准确地叙述和呈现它，这正是诗人与其他人的区别。

我们离开，在高速路的辅路上，暗淡的星光，峭壁的阴影，令我们的酒意清醒，我们回到了现实生活之中，干我们应该干的那些事，生活就是这样。

一首记录真实又琐碎的生活场景的诗，一首将随意的细节进行精确表达的诗，一首自然而然且富于联想的诗。诗人用他的技巧很好地完成了这首诗，轻松的像是与读者聊了一会儿。

摆架子、装腔作势、玩弄概念与辞藻的人，不会写出好作品。

◆杨黎的诗：《撒哈拉沙漠上的三张纸牌》

【重点提示】一首冷静、客观、细微描写，并探讨、玩味语言本身的诗，一首有形态、有语言戏剧性的诗。

撒哈拉沙漠上的三张纸牌

杨　黎

一张是红桃 K

另外两张

反扣在沙漠上

看不出是什么

三张纸牌都很新

新得难以理解

它们的间隔并不算远

却永远保持着距离

猛然看见

像是很随便的

被丢在那里

但仔细观察

又像精心安排

一张近点

一张远点

另一张当然不近不远

另一张是红桃 K

撒哈拉沙漠

空洞而又柔软

阳光是那样的刺人

那样发亮

三张纸牌在太阳下

静静地反射出

几圈小小的

光环

阅读体会：

诗人杨黎在 20 世纪 80 年代写下了两首著名的诗歌作品：《冷风景》(1984) 和《撒哈拉沙漠上的三张纸牌》(1986)。他的这两首诗是受到法国新小说派代表人物阿兰·罗布–格里耶文学思想的影响而创作的。

阿兰·罗布–格里耶认为：这个世界是由独立于人之外的事物构成的，人在物的围困之中。他反对以巴尔扎克为代表的现实主义的小说传统，提倡着重对物质世界的描写。作品不需要明确的主题、连贯的情节，人物不需要思想感情，作者更不表现自己的倾向和感情，只注重客观冷静的描写，取消时空界限。

杨黎的这两首诗正是如此，《冷风景》用近二百行写了一条冬天掌灯后开始降雪的街道，描写冷静而细微，体现了阿兰·罗布–格里耶认为的"世界既不是有意义的，也不是荒谬的，它存在着，如此而已"。如同格里耶的小说：像纯粹的风格练习，无动机的文字游戏，但仍有戏剧性，有生活经验，尽量无差别地对所有细节进行叙述，尽量做到客观性。

《撒哈拉沙漠上的三张纸牌》一诗，也同样体现了上面的主张，运用非人格化的、不带任何感情色彩的语言，客观地、冷静地、准确地描绘物质世界。诗人杨黎在努力用这种语言方法完成一首诗。

诗歌作为一种艺术形式，不是必须要有明确的主题思想，它可以是一种有意味的形式。它不必顾忌他人，但要把语言冷静、客观地摆在那儿。

中国绘画讲究玩味，讲究绘画过程中的墨性、笔性、纸性，讲究作品的韵味、留白、意到笔不到等，同样是抛开情节、思想、人物，凸显了艺术家玩味中的技法的灵动与生命的幻象。

在空旷的，也许他根本没有到过的一片渺无人烟的地方，有三张纸牌，他用心描写这三张阳光下泛着光晕的纸牌。诗人杨黎用这首诗告诉我们：诗歌是语言的艺术，艺术是有意味的形式。

◆唐纳德·霍尔的诗：《踢树叶》

【重点提示】一首好的现代叙事诗，语言注重细节，简洁的叙述中充满了发散性。诗的结构清晰，情感内涵沉着、丰富，余韵无穷。

踢树叶

［美国］唐纳德·霍尔

一

踢树叶，十月里的一天，在安阿伯，
我们看完比赛，一起走回家，
天色黑如煤炱，空中饱含雨意；
我踢枫树的叶子，红的有七十种层次
黄的像张旧报纸；杨树的叶子，既脆又白
还有榆树叶，像注定要灭绝的种族的破旗
我踢树叶，发出一种我熟悉的声音
当树叶从我的靴前盘旋升起
然后纷纷落下，于是我记起

有几年的十月，在康涅狄格我走去上学
穿一件灯芯绒扎口中裤，它飕飕的
发出一种像是树叶的声音，还有一个星期天
在新罕布什尔一条土路边
我在摊子上买了杯苹果酒；1955 年秋天
在马萨诸塞。我踢树叶，心里明白
树叶落完时我的父亲就会离开人间。

二
每年秋天，在新罕布什尔
我妈妈长大的农场里，她是个农村姑娘
我外公外婆，干完秋天的活计，把最后一批蔬菜
从冰冷的地里收回，做好蜜饯，块根、苹果
也都在厨房底下地窖里藏好。这时候外公
就把树叶围拢在农舍的墙根
算是秋天的最后一项杂活。
有一年十一月我从大学开车去看他们
我们用很大的木锹，夏天收干草的那种
把树叶收拢到屋子的一边
紧挨着花岗岩房基，然后，不让树叶飘散
我们砍下云杉树枝让它们压住树叶
绿颜色衬在红颜色上面，最后
农舍给披得严严实实，下雪天也不怕
雪会把树叶冻瓷实，像条硬邦邦的裙子
然后我们哈着气穿过棚屋的门
脱掉靴子和大衣，搓着手
坐进厨房的摇椅。边摇晃边喝
外婆煮的黑咖啡，三个人紧挨着坐着
默默无言，在灰蒙蒙的十一月里。

三

小时候，一个星期六，那还是战前

我父亲中午从办公室回到家里

他穿一件贝茨球衣，红地黑条

上面印了交叉的冰球棍，他把树叶

拢到后院我的身边，他抱着我在树叶堆里翻滚

哈哈大笑，举着我，哈哈大笑，我头发里满是树叶

来到厨房窗前，在那儿，母亲能看见我

她微笑，做着手势，让把我放下

担心我会摔伤碰破。

四

今天我又踢树叶了，当我们看完比赛，

一起步行回家，周围都是人群

手里拿着鲜艳的三角旗。纷繁，艳丽和树叶一样

我女儿的头发是白桦树叶的那种

红棕色，她苗条挺拔得像白桦树

还在长高，十五岁，正在成长；而我的儿子

漂亮俊秀像一棵枫树，二十岁

从大学里回来看我们，他走在前面

脚步是跳跃式的，急不可耐

要到世界各处的森林里去旅行。

如今我在安阿伯看着他们，从紧挨着简易房的一堆树叶旁

从马路对面的一所学校里

他们在这里学会了认字

他们挥手，随着距离加大而形体变小

但我知道是我，在抽缩，而不是他们，

是我先要埋进树叶里，走

他们接着要走的路，

在若干个十月，在若干个年头之后。

五

今年，树叶坠落时，诗歌回来了
一边踢树叶，我听见树叶在讲故事
我回忆着什么，也因此向前眺望
并且在营造垂死的屋舍，我抬头朝枫树仰望
找到了它们，那些光明愿望的元音
我原以为它们已永远消失不见
这里鸟儿在歌唱我爱你，我爱你
摇晃着黑色的头
左、右、右、左，它的红眼睛没有眼帘
经过多年的冬天，它冷得像是铁丝网的滋味
像空心砖的乐音。

六

踢着树叶，我揭开了坟墓的顶，
我外公七十七岁时去世，在三月
正是树液涌流时，我记得父亲二十年前
咳得太厉害时死去，五十二岁，在郊外
一所房子里。啊，我们那时
撒了多少树叶在空中，它们在我们身边翻滚，飘飞
又漫漫落下，像是瀑布里的水，当时
我们一起走在哈姆登，那是在战前，约翰逊的池塘
还没有被房屋侵占，我们手拉手，潮湿的空气里有树叶
燃烧的气味，再过六年我也要五十二岁了。

七

此刻我倒下去，此刻我跃起复又倒下
来体会树叶怎样被我的身体压碎，
体会我身体的浮力，在树叶的海洋里
在它们的黑夜里，这黑夜吞吐着死亡与离别
像海洋一样动荡。

啊，这朝着树叶的手臂

朝着树叶温柔的怀抱的跌落有多么甜美

脸朝下，我朝树叶堆深处游去，像一片羽毛

呼吸着枫树的辛辣香味，用几下

有力的划动游向十月的末尾

那里农庄蜷缩，以对付冬天，热气腾腾的汤

发出洋葱和胡萝卜的香味

扑向潮滋滋的帘子和窗户，透过窗户

我能看见枫树高而光秃的枝干

橡树残留着三五片黄叶，它们饱经风霜

而云杉，还保持着几分苍翠

此刻我跃起又倒下，兴高采烈，因为我健康恢复

离开了死亡，也因为死亡，因为与死者打成一片

重新与树叶的气息与滋味打成一片

还与欢乐，唯一持久的欢乐，参加到

树叶的故事里去的那种欢乐。

阅读体会：

这是一首七节一百多行的现代叙事诗，作者于 2006 年获得过美国"桂冠诗人"的称号。从这首诗中可见作者丰富的写作和生命体验。

在落叶纷飞的秋天，在不同的生活之中，时间的消逝，对往事的回忆，失去与获得，生命的进程与死亡，美好、温暖而又心怀感伤与寂寥的人生况味，在诗中多层次地相互映衬。这首诗明晰的叙述、弥散的韵味，留给我们那么多生命的体验与感受。好诗绝不是一个简单的概念、浅显的感受、表面的修辞或试图说教。

《踢树叶》第一节是在看过足球赛后回家的路上，发现脚下的各种树叶有多种色调、多种层次与不同的声音，那么丰富，像旧报纸，让诗人想起了上中学时一件扎口的灯芯绒裤子裤腿的摩擦声。1955年在马萨诸塞州，他知道树叶落完时，父亲就要死了。

第二、三节是温馨的回忆，回忆大学时期看外公、外婆时，天阴沉沉的，即将降雪，他们一同堆树叶，靠在一起喝黑咖啡。还有

少年时与父母的共同生活。那么多感人的、生动的、温暖的生活细节，是这些让一首诗深入人心。

第四节又回到看完足球赛回家的路上，女儿 15 岁，苗条、挺拔，头发像白桦树叶秋天时那种红棕色，儿子像漂亮俊秀的枫树。他们在成长，而我在萎缩，会比他们更早地埋进落叶堆，这是不可抗拒的自然进程。

后三节不再是具体的叙事，诗人将回忆、想象、感受、体验融为一体，令诗歌丰厚起来。因为落叶引起了回忆，因为树叶想到了死亡和生命，树叶中有甜美也有离别。树叶落了，冬天到来，岁月荏苒，我们与死者同在，在树叶的气息中体会生命的欢愉。

这不是一首简单的叙事诗，它从容、开阔，内涵充沛，结构讲究，体现了诗人高超的融合与控制语言的能力。

◆ 特朗斯特罗姆的诗：《晨鸟》

【重点提示】诗是醒着的梦，发自内心，揭示神秘。诗，言简而意繁，不停止于瞬间情绪，而是塑造某些真实世界的持续性和整体感，并以对立构成张力。

晨　鸟

[瑞典]特朗斯特罗姆

我弄醒我的汽车
它的挡风玻璃被花粉遮住。
我戴上太阳镜
群鸟的歌声变得暗淡。

当另一个男人在火车站
巨大的货车附近
买一份报纸的时候
锈得发红的车厢
在阳光中闪烁。

这里根本没有空虚。

一条寒冷的走廊
径直穿过春天的温暖
有人匆匆而来
说他们在诋毁他
一直告到局长那里。

穿过风景中的秘密小径
喜鹊到来
黑与白，阎王鸟。
而乌鸫交叉地前进
直到一切变成一张炭笔画，
除了晾衣绳上的白床单：
一个帕莱斯特里纳的合唱队。

这里根本没有空虚。

当我皱缩之时
惊奇地感到我的诗在生长。
它在生长，占据我的位置。
它把我推到它的道路之外。
它把我扔出巢穴之外。
诗已完成。

阅读体会：

瑞典诗人特朗斯特罗姆一生只写了一百多首诗，成名作《诗十七首》一经出版，令全国震惊。他从小喜欢绘画和音乐，他的诗中现代乐曲的进程和绘画的形式感特点鲜明而生动。

《晨鸟》是一首画面感较强，有音乐进程，有幻象的现代诗歌作品。第一、二节写了两个清晰的画面，弄醒挡风玻璃被花粉遮住的汽车，戴上太阳镜，一切变得暗淡，连同群鸟的叫声。在火车站阳光中锈得发红的车厢旁，一个男人买了一份报纸。有声音，有色调，有人物，画面生动、明澈，令人置身其中。

"这里根本没有空虚"一句两次出现，分割了诗中的不同乐章，连接、结构了一首诗的整体性。

第四、五节进入现实生活与幻境，春天的温暖中也有寒冷的走廊，有人被诋毁，面临困境。秘密的小径上，鸟儿变幻，交叉着行走，一切都幻化为一张炭笔画，一个晾晒的飘动的白床单，一个无伴奏、富于回声的、声音壮丽的合唱队。有生活现实，有动态画面，有形象和声音，语句递进速度很快，潜在连接成一个丰富的整体。在现实与非现实的融合中，体现了诗人所说的"诗是醒着的梦"。

诗歌的前六节，从自然世界逐步抵达社会生活，进而抵达幻境，一切都是存在的，"这里根本没有空虚"。

最后一节，诗人回到自己的感受，当生命（或某些事物）皱缩，有些力量（或是精神）在生长，它最终会占据文明的位置，主宰一切。诗人说：诗不是认识，而是感受和幻想。

[作者单位：《诗刊》社]

新诗文本细读

与自我的重逢

——何向阳诗歌《重逢》课堂讨论

程一身等

重　逢

何向阳

我如何能够
细数出
事物的精微
低俯的草
长风中的楝树
诵经的灵魂的
美

我如何能够
说出真相
或者与之接近
地心的热
旧瓦上的云
一粒沙和
一颗星子
在我胸中所占的
比重

我如何能够
描绘

雪莲的重蕊
婴儿的熟睡
青袍上的暗影
冰下的
水

我如何能够
画出
隐遁的翅膀
看不见的飞行
犹如说出
自由的
空、无
它的由来、面目
繁复与轻浮

我如何能够
在放下笔的时候写出永恒
而后屏息
静听
那匹马
前来的蹄声
我已写了那么多
歧途或
陌路
又如何能够
错过
一个我骑在马上
与纸上的我
再度重逢

陆柳含：

《重逢》这首诗用了六个"如何能够"串联起了一系列的意象，构造了一个浪漫的诗歌意境。六个"如何能够"是本诗意象以及情感的连接点，我将从此入手进行分析。

首先从"如何能够"本身的语义来看，"如何"表达的是一种询问、一种迷惑，而在本诗中，我将"如何"理解为一种寻找，寻找方法，寻找路径，后接"能够"，构成一种求而不得的状态，意为诗人想要寻求的方法，想要获得的东西没有得到，这种状态在表达的情感上体现为一种失落。而从"如何能够"四字的问话对象来看，诗人并不是在向其他人询问，而是在向自己诘问"如何能够"，这种反复出现的诘问体现的不只是诗人迷茫的心态，甚至带有一种恨自己不争气、没能力的心理。这是诗中前四个"如何能够"所蕴含的感情。前四个"如何能够"后接了一系列的意象，如"细数出/事物的精微"，如"说出真相"。如果只是将"细数出/事物的精微"和"说出真相"作为"如何能够"的对象，从常人理解来看是没有什么值得苦恼的，而诗人紧接着就把"事物的精微""真相"划了一个范围，告诉你这种精微是"低俯的草"，是"长风中的楝树"，是"诵经的灵魂的/美"；真相是如"地心的热"，是如"旧瓦上的云"，是如"一粒沙和/一颗星子/在我的胸中所占的/比重"。诗人所用来描绘精微和真相的事物，从本身的特点来看是很难用语言来描绘的。柏拉图的"三张床"理论将世界分为理念的世界、现实的世界和艺术的世界，理念的世界是真实的、永恒的，现实的世界是对理念的世界的模仿，而艺术的世界则是摹本的摹本、影子的影子。诗人所感受的美是一种个体化感受、一种理念，而这种感受是通过现实事物进行表现的，有具体形象，但形象并非美本身，诗人能感受这种美，却难以用写作来进行描绘。她并不是想对现实进行模仿，而是想对由现实所表现出的、无实体的美进行描绘，可这种跨过现实世界，直接想要描绘理念的诗作注定是创作不出来的。对这种个人体会的不可描绘的美，诗人偏想要描绘；面对这种不可言传的东西，诗人偏想要说明白，于是便有了一次又一次的"我如何能够"，构成了诗歌中的矛盾，给人以浪漫的美的冲击。这种矛盾不只是一种无力，同时也是一种天真、一种真诚，体现了诗人对美的敏锐与感悟。

从第五个"如何能够"开始，后接的便不再是那些浪漫的意象，而是诗人自身的行为，在感情的表达上也不再是对自己的诘问，而是一种昂扬、激动，有云开见月明、柳暗花明又一村的开阔。第五个"我如何能够"后接的是"在放下笔的时候写出永恒"，放下笔当然是无法再进行写这个行为的，这就与我们平常的认知构成了矛盾，但这种看似矛盾的表达正是这首诗的独特之处。诗人在此处特意使用了这种矛盾的语言，来向我们表达永恒本身是不能被笔写出来的，就如美一样，是不能用语言来进行描述的。不论是永恒还是美，都是一种体悟，一种无法用具体的语言文字来描绘的东西，拿起笔写是写不出来的，只有放下笔，用心才能感悟的存在。"如何能够"后接"在放下笔的时候写出永恒"是与之前的自己达成一个和解，是放弃了之前用物质描绘美的执念，是解开了束缚的枷锁，得到了精神的飞升，是放鸟归于林的自然，是任鱼翔于海的洒脱。这种陌生化的语言给诗歌带来的不仅是浪漫主义的感观，更是将诗人独特的人生体悟蕴藏于此，给读者以深刻的思考。

而第六个"如何能够"前加了个"又"字，这个"又"字的使用，表达出的是一种急切、一种坚定、一种渴望。"我已写了那么多/歧途或/陌路"，在这条没有尽头的弯路上，"我"走了那么久，如今终于明白"我"所追求的美是不能够用语言描绘的，这本身就是一种体悟。而在此之前，"我"并不是不知晓，却仍执拗于描绘。这样的"我"是丧失了初心的。"我"渴望回归到之前的样子，于是之前的"我"骑着马来了，来拯救被困于纸上的执拗的"我"，我们俩终于重逢，"我"终于得以自由。"马"这个意象本身就具有自由的含义，"我"骑着马来这件事在纸上的"我"看来是具有解脱意味的，而"重逢"二字的使用，更有一种觅得真心的愉悦，在反反复复的徘徊中找到正确的路，这种重逢是"我"想要的真谛，是对于"我如何能够"的回答。

《重逢》中六个"如何能够"不仅是诗中意象与情感的转折点，更是一种叩问，对于心、对于美、对于永恒的叩问，在叩问中愈加洒脱，在叩问中寻得答案。

李梦琴：

整首诗都围绕"重逢"展开，而本诗的亮点也在于对"重逢"的情感悖论的塑造。

"重逢"是分别之后再相见的意思，读完这首诗后，我们需要回答一个问题：重逢，到底是和谁重逢呢？首先，我们应该注意到诗中的几个谓语动词，"细数""说出""描绘""画出"，从语义上来看，这些都是只有"接触"后面的宾语才能发生的动作，这里的"接触"可以是听到的、看到的，或者是被人体其他感觉器官捕捉到的。从这一角度而言，这些谓语动词后的宾语都是诗人曾经遇到的，所以当这些动作完成后，诗人便能够与其后面的宾语"重逢"。虽然诗歌中只明确提到过一次"重逢"，但事实上，诗歌每一节都蕴含着"重逢"的意味，这也是诗歌题目选择"重逢"的重要原因之一。

其次，既然这些谓语动词都有"重逢"之意，那它们后面的宾语便是"重逢"的对象，但是这些宾语涵盖范围非常广泛，有大有小，如草，如楝树；有具体有抽象，如具体的草、树，以及抽象的真相。这里的"真相"语义非常宽泛，它指向世界万物的本质与规律。结合这一点并综合其他宾语所表达的内容，我们可以看出它们其实是在指向世界万物，换而言之，"重逢"的对象其实是世界万物。

诗人重逢的对象是世界万物，那诗人对于"重逢"的情感态度又是怎样的呢？这一点便形成了本诗极为重要的两个悖论。

第一个是渴望和万物重逢与想要错过与纸上的自己重逢的悖论。诗中反复重复的短语便是"我如何能够"，换个说法便是"我怎么样才能"，这是一种提问，一种急切地想要得到答案来解决如今困境的提问，是诗人渴望的体现。在诗歌的前几节中，诗人的渴望都是正向的，诗人渴望描绘万物，渴望画出万物，渴望与万物重逢，但是在诗歌的最后一节中，诗人的渴望变成了一种负向的。诗人在想她"如何能够/错过/一个我骑在马上/与纸上的我/再度重逢"，在前几段中诗人一直在渴望重逢，但在这里诗人却渴望"错过"重逢。既然诗人渴望与万物重逢，"纸上的我"也是万物中的一员，为什么诗人却想错过"一个我骑在马上/与纸上的我"的重逢呢？这便形成了一个悖论。从诗歌中"在放下笔的时候写出永恒/而后屏息/静听/那匹马/前来的蹄声"来看，这匹马其实是在"我"动笔之后才来的，动笔可以看成一个实践，所以这匹马可以变相地看成经历实践后的现实的代表，故而"我骑在马上"中的"我"其实也是在说现实中的"我"。什么叫"纸上的我"呢？呈现在纸上的事物是通过艺术加工所描绘出来的，或者说是事物发生之前写在纸上的大概策划，这个策划并没有经历实践的考验，非常具有理想性。所以"纸上的我"其实是理想中的"我"，是"我"想要达到的目标。一个是现实中的"我"，一个是理想中的"我"，那诗人又为什么想要错过二者的重逢呢？诗人说"我已写了那么多"或许其中有很多"歧途或/陌路"，可能现实中的自己已经与理想中的自己有了很大的偏差，所以她渴望错过与纸上的自己的相逢而和其他世界万物直接相逢。

同时，这里诗人的状态也值得我们注意。"我骑在马上"这是一个进行时的状态，是动态的，是发展的；而"纸上的我"是一个已经被描绘在纸上了的"我"，这是静态的。这里也蕴含了诗人想要通过自身的努力实现从"我骑在马上"到"纸上的我"的转换，或者说"重逢"。这也是诗人渴望的体现，同时，这也顺利地引出了第二个悖论。

第二个悖论存在于"我骑在马上"与"纸上的我"之间。在赏析这首诗歌时我们需要从后往前来看。从前面的分析来看，诗人并不是真的想要"错过/一个我骑在马上/与纸上的我"的重逢，只是因为自己没有达到"纸上的我"的目标而选择暂时逃避的一种心态，这种"错过"是心口不一的体现，假设诗人已经能够达到"纸上的我"的标准，她还是非常乐意这个重逢的。

这一点在诗歌的前几段中都是有体现的。前面反复提到的那几个宾语都是一些极为微小的事物。这里的微小，并不是指体积的小，而是指在日常生活中容易被忽略，或者人们难以用语言文字表达出来的，比如草、树、沙、真相、"青袍上的暗影"以及"冰下的水"，这些微小的事物。前面说到诗人渴望描绘出它们，渴望通过语言文字与它们"重逢"，诗人在"渴望"也就是说诗人暂时还不能做到，所以她才会渴望。

或许这几点并不是那么明显，在诗歌的最后一节，诗人直接说她"如何能够/在放下笔的时候写出永恒"。"放下笔的时候"并不是指一次平常的写作完成,而是指在整个写作生涯中最后一次放下笔,是写作的真正结束。而"永恒"在哲学上的意义则是"时间上的无限",这句话的意思应该是"我"怎么样才能在"我"停笔的时候写出永远也不会被时间所淹没的作品,在这里便体现了诗人在写作上的雄心。诗歌随后便说"而后屏息/静听/那匹马/前来的蹄声",这个地方我认为应该是存在一个暗喻的,就像是一个侠客在完成了自己的使命后,召唤远方的马儿,静静地听着朝自己奔来的马蹄声的那种轻松与闲适感。这一句其实是诗人英雄主义的体现,她在写作中融入英雄色彩,表达自己想要写出永恒作品的雄心。但这也只是诗人的渴望,在现实中诗人暂时还没有实现这个雄心。这是第二个矛盾所在。

整首诗正是因为作者在想要与万物重逢,但却又因为暂时没有达到自己理想中的写作目标,而想要错过与理想中的自己的重逢的双重悖论中达到情感的升华,从而表达自己渴望达到理想中的写作目标,与"纸上的我"重逢的想法。

段丹:

当我看到这首诗,这样特别又熟悉的断句方式不禁将我的记忆拉回到过去,在我还是一个文艺女青年时,常读的一些青春疼痛文学惯用这种语言结构。当然,本诗不属于此。

本诗给我的感觉是游弋又质朴,有它独特的淡淡的愁绪,却不矫揉造作。非要说一种什么样的感觉,那就是源源不断的自问、探寻,在纷繁的描述中找到自我,而后得到安定。

我们的目光落下,首先要说的是这首诗第一人称的视角。这一视角的优点是诗人可以无限地剖白陈情,能让人直观地感受到她的情感思绪,甚至试着捕捉她落笔的方向。这样有限的视角直接决定了诗歌描写角度的格局不会很大,更能集中于对个体情感的表达。

但为了不落窠臼,诗人有一个处理,我觉得很好地降低了第一视角带来的局限,即描写,一段一段带有抒情议论性的描写。这些语句是诗意的,填补了已知视角的空白,让读者的思绪能够愈发发散,在对外界进行联想的同时体会当中无定却一直追问探索的状态,甚至感悟到一种哲思。

诗意的语言使全诗带有感伤的基调却不显油腻，我在当中读到了清丽优美。与顾城的"草在结它的种子，风在摇它的叶子，我们站着，不说话，就十分美好"，是不是有种相似的平和的美，所描绘的美好是用质朴的语言对场景进行描写，言外之意更甚。而本诗取质朴的风格，但在遣词上突破了缥缈又具象的特点。

近乎禅意的遣词，增添了本诗的意蕴。

或许还值得一说的是，本诗语言结构带来的独特体验。大家平时体会更多的是重复、叠词这样的一些手法给诗篇带来的韵律感，或者像是《诗经》中重章叠句带来的表达体验。但其实我觉得本诗也有独特的韵律感，它的韵律感体现在相似的结构上。如果将结构细化，一节接着一节，以疑问起始，顺延而下，它本身就有了类似于重章叠句的韵律感。如果将结构打破，在混乱中就有了类似于顶真的感受，可以将上一句重新嵌入，得到新的体验。这首诗在词句上给我的感觉是飞扬无限，结尾收束时的一句像是发出喟叹，诗人达到了在探寻中与自我的重逢，那一声是隽永的。

程一身：

上节课讨论得非常好。这个作品其实不太复杂，应该属于很好总结的类型。我来谈一谈对这首诗的认识，以及选择这首诗给大家的原因。这实际上是一首谈论写作的诗，这种诗我们看得比较少。因为写作这个事情，一般的诗人很少在作品中谈起，很少有人去反思写作，把写作生活作为他的表达对象，把写作本身当成书写的题材。而这个作者，在这首诗中，最重要的一个特点就是把写作当成题材来探讨，这是这首诗的特殊性。

这样的一种写作过去叫以诗论诗，用诗歌的形式来谈诗歌。而现在有一种说法叫"元诗"，"元"就是"元宇宙"的"元"。"元诗"是什么意思呢？就是在诗歌里面谈写诗。从这个层面来说，这个作品可以当作"元诗"来看待。

刚才有同学讲得非常好，这个作品其实就是写"我"的，很单纯，没有其余的人称。诗里写到了很多具体的物，这些物可以说是直接的物，也可以说是间接的物。也就是说，它们既是作者在现实中接触到的物，也可以说是作者在作品中处理的物，是有双重性的。这个作品主要是探讨在写作中如何表达物，其次是在写作中如何表达"我"。所以我不一定像大家那样分段来分析，我只谈这两个方面：一个是如何写好物，另一个就是如何写好"我"。当然这首诗里谈写物多一点，谈写"我"少一点。但是这两个方面都写到了，这是没有疑问的。

我们先来说物，我们得分多个层次来谈论物，因为诗中写到了多种物。那么作者是怎样来区分的呢？为什么写了这么多物？作者想要借此表达什么？当代诗里有一种说法，即写诗要写有难度的诗，因为好诗就是有难度的嘛。如果诗写得很容易，那相当于是一首口水诗或者打油诗，就是大白话。这样的诗是没有难度的。强凑两句，这样的写作是没有效果和意义的。所以说真正想要写好诗，是要经过一定时间的训练的，这样才能达到一定的效果。怎样把一首诗写好？这个问题是写到一定阶段以后，写作者面临的问题。换句话说，如何让自己的写作长期有效，或者用这个作品中的词来表达，就是"永恒"，所以从这个层面来说，这是一个探讨如何写好诗的作品，是作者结合自己的写作经历来谈的。

下面我来谈一谈作者写的物。她笔下的物第一个层面是精微的物，前面有同学分析得比较准确。把物写到精微的程度，这是很不容易的。我们写物往往是写得大而化之，笼而统之，而要写到精微的程度，这个是很难的。我在一班分析昌耀的《峨日朵雪峰之侧》时，认为那个作品讲究精雕细刻，把物写得非常精微。精微，我的理解就是精雕细刻，把物体写得非常精细，不是大笔一挥笼笼统统地表达一下。这其实是一个很高的要求，我们很多人都做不到。

这里面有多种原因，有一个是语言的局限性。我跟大家来讲这句话的含义——我们用的语言是有局限性的，这是对比于绘画或者雕刻而言的。比方说我们看见一个绘画或雕刻作品，你如果用语言描述下来，其实是达不到它原本的效果的。我觉得我们的语言在这方面是无力的。各种语言都有其独特的优势，绘画语言有绘画语言的优势，它一个最大的优势就是比较直接，它的美具有整体感、色彩感、线条感的直观性。我们用"变化无穷""万紫千红"这样的词来形容色彩的时候，其实自己也会觉得是笼统的。这就是一种没有写出精微的体现，没有写出精细的物。所以这样的写作都是笼统的，其原因一方面可以归结为语言的局限性，一方面可以归结为训练不够，下笔不够细致。

诗歌这种文体和其他体裁，如散文、小说不一样，它的篇幅比较简短，要在诗歌当中精微地刻画物，虽然难以达到但也不是不可以做到的，有些作品达到了这一点。像我们第一次分析昌耀的作品，大家还有印象吗？《傍晚。筐与我》，这个作品中有一些东西写到非常精微的程度，刻画的景物非常精细。我们说写出事物的精微效果是非常难的，所以这首诗里用的是"事物的精微"，而不是事物。

为了达到"事物的精微"，作者分别举了三个例子，我们来看是否体现了精微的效果。比方说"低俯的草"，这个"草"是具体的，它没有别的象征含义，是独立存在的。我认为"低俯"就是对精微的一个阐释，这两个字会让我们觉得更具体一点。这个"低俯"是一个动作，是在运动中呈现出来的东西。这就是刚刚有同学分析的动静结合。我们具体来分析，这个动态就写出了事物的精微感，这是一个例子。

下面这个"楝树"，作者把它放在"长风中"，也呈现出事物的复杂性。它是动态的，与草相比，肯定没有草强烈，没有草"低俯"弯曲度大，并改变了方向。"长风"说明风比较大，但是楝树不像草容易弯曲，它只是在大风中颤动。我觉得这个词也体现了一种精微效果，这样的效果是需要大家来体味的。如果把"长风""低俯"去掉，这个精微效果就减弱了。所以大家要记住，我们写作时要斟酌，致力于精微。写出事物还不够，还要写出事物的精微效果，这才是写作的更高要求，最起码这是本诗作者对自己的要求。她认为自己有没有刻画出物的精微效果呢？结合我们刚刚的分析，作者把它放在"如何能够"之后，说明她还不能达到精微的效果，但她把精微作为对自己更高的要求，当然这里也流露出对自己作品有所不满的语气。换句话来说，就是她认为写得还不够好。最起码这是作者意识到的高度和设立的目标，但是还没有达到。这是很高的一个目标，但她要朝着这个目标去努力。这就是事物的精微性。

她笔下的物的第二个层面就是真相，是和假象、表象对立的。说到"真相"这个词，其实我们更多地会想到社会真相，我们这个时代——这样一个网络时代，很多事情的真相我们仅通过网络是了解不清楚的。我觉得写作者写到一定程度就会触及这个问题，甚至有一种关注真相的情结，就是不能说假话，不能骗读者、骗自己。这是真诚的写作者对自己的基本要求。

我认为这个作品写的是自然物的真相，比如"地心的热""旧瓦上的云"。"地心的热"就是一种地球内部的热、地下的热，而"旧瓦"是地上的事物，这样一种上下相对，这种构图、取景，是上下的构置。"地心"其实是内部的东西，像刚才有同学说的，是与作者内心的热情相呼应的，有一种特殊的效果。"旧瓦上的云"中，云是动态的事物，旧瓦是静态的，这也是动静结合。这两个事物，可能和我开始理解的真相有一点出入，作者好像避开了社会真相，只关心物的真相。作者想表达真相或者表达与真相接近的效果，她说的这些旧瓦上的云、沙和星子等都隐含了这个问题。她在这里写得很隐秘，这种隐秘说明什么呢？我们来推测一下。她的隐秘可能是想表达主观与客观的意思，比方说诗中偏向于强调不同的客观事物"在我胸中所占的比重"，为什么把"胸中"这个词引进来呢？其实是说创作的主观性，就是写作的主观性是否与真相有所偏离，我们可以这样来讨论这个问题。

说到真相，其实可以尖锐一点、直接一点。这个作者是女性，她回避了一些重大的社会问题，把这个真相归结处理成了美的问题。她的求真意识把真相审美化、内心化了，不是鲁迅那种写作路向。但是作者肯定有关注人生与社会问题的意识。如果没有这个意识，她不会用"真相"这个词，只是她强调的不是社会的真相而是物的真相。在她的价值观里，关注点是"物的真相"这个层面，是物的客观性与主观性问题。可以这样来理解：真相是客观的，而主观是偏离真相的。她的目标是客观，要接近真相，真相构成了她写作的第二个尺度，所以她要关注真实性这个问题。这是我讲的第二点，物的真假不是社会人事方面的真假。这是一首比较纯粹的诗歌，是一首自我的、个性的诗歌，与社会、时代没有太多呼应，这样说不是苛求，因为每个作者都有自己的写作题材和风格。

她笔下的物的第三个层面就是物的潜在性，即潜在的物。尽管诗里面提到了婴儿，但是作者仍旧是把他当成物来写的。"物的潜在性"是什么意思呢？比方说这个"重蕊"就是看不见的，你需要把花朵瓣开，才能看到它，它是隐蔽的。"青袍上的暗影"虽然不能说是隐蔽的，但它是不易察觉的一个东西。"婴儿的熟睡"也是一种内在的东西，"冰下的水"也是潜藏性的事物。这一组事物放在一起，给人一种具有共性的效果。她写出了物的隐蔽的层面，处理的是事物的内蕴性。她处理这一组意象有共性，当然我们也不能忽略它还有一定的丰富性。她写了四个意象，如果全部属于一个方向，我就不会认为是成功的，但是她大体上写了物的内在潜藏性，这样的处理是很好的。

接下来她写物的抽象性。抽象性其实又进了一步，像"隐遁的翅膀""看不见的飞行"，这都是抽象的，是抽象层面的事物。这种抽象就是把物挖掘到了更深的层面，随后她做了比喻和印证，她比喻的自由就是抽象的。物写到一定程度就达到了一个抽象的层面。所以抽象是她写物的第四个层次。从精微到真相到内蕴（潜藏）到抽象，她写了这四个层面。

到这里为止，这首诗里写了大量的物。这些物基本上都是自然物，有的虽然不是自然物，却是与社会不大相关的风俗物或风景——是作为优美的元素出现的，是美的体现。从这个层面来看，这是一种比较唯美浪漫的写作。她停留在物的层面，呈现出一个递进效果，然后她将所有这些物归结为一个词——永恒。也许按照作者的观念，物，尤其是自然物比人事更加永恒，因为人事短暂，最终会归于沉寂。其实很多艺术家也抱有相同的看法，所以作者写了这么多的自然物，并借自然物的永恒来达成写作永恒的目标或效果，至少在她心中有这个意图。从这一点来看，我觉得这个作者是一个有雄心的人，是一个有远大目标、志向的作者。写出物的永恒性，以此达到自身写作的永恒，这是她的写作中所追求的。这里的永恒和后来出现的一匹马是有联系的。这匹马是作品中很少见的活物，和作品中大量描写的静物是不一样的。这匹马其实就是永恒的隐喻，所以马向她前来，就是永恒向她而来，是指写作的永恒效果不断向自己靠近，这就是前面一部分对物的描写。作者围绕如何写好物提出了一系列的标准，从精微、真相到潜在性和抽象性，这是不同层面的描写，最终达到与物一样永恒的效果。

接下来是写好人，就是写好自己。和刚刚有些同学讲的一样，作者用的修辞其实已经变了。前面的"描绘""画出""写出"都是肯定的、正面性的词，但"错过"是个否定的词。"又如何能够错过"就是不能错过的意思，是肯定的，这其实体现了她的自信，说明她已经写出了心目中的那个"我"。"一个我骑在马上"，马上的"我"和纸上的"我"重逢，意思就是说"我"写出了心目中的自己，写出了现实中的"我"。

"重逢"和"再度重逢"的意思其实是接近的，这只是一个强调，我们是能够理解的。比如我们看自己五年前写的东西，其实也是有这样的感觉——和过去的旧我重逢，因为我们写下的东西保留了过去的我们一部分的真实。我们再看的时候就好像跟过去的自我重逢了。这个"重逢"我认为是这个作品非常出色的用法，这的确是我们意料不到的用词，她改变了我们对"重逢"这个词的认知。我们以前普遍认为重逢就是与他人再见面，这里重逢的对象变成了我——与自我的重逢。她为这个词赋予了新的含义，这样的含义放在写作的框架里特别有创造性，这样的构思我是第一次看见。这样的惊讶我们似曾相识，但是把它写出来、表达出来，在我的视野中应该是第一次。所有的写作其实都是写自己的，所以我们看自己之前的东西，也是回顾当时的情状和心情。其实也可以理解成一种对称性，一种对称的效果。重逢，这是一个关键词，是点题的词。

这是我对这个作品的主题做的简单说明。现在来做一个形式的说明，这个形式其实保留了传统写作的痕迹，在当代写作中基本不用了。它的特点就是诗句比较短，有的诗句甚至只有一个字或者两个字，这样的诗句往往会把要表达的感情打断，它所体现的断裂感和破碎感是不利于表达现代人的复杂感情的。但是设置这样的形式，作者想要追求的效果是人为地强调节奏感，每一个分行的地方都是一个节奏转换点。这种节奏鲜明的诗应该源于阶梯诗或楼梯诗，这是苏联非常重要的一个未来主义诗人马雅可夫斯基创造的。这种诗歌传到中国后对作者这一代写诗的人产生了很大的影响。这种诗的优势很明显，它强调力量感、节奏感，大部分男性诗人采用这种形式时会着重强调力量感。但是这个作品其实没有体现力量感，更多地变成了韵律感和节奏感。所以这个诗歌体现了一代诗风对作者的塑造。像我们所熟知的郭小川，他也写过阶梯诗，如《向困难进军》。但他的阶梯诗和这首诗又不太一样，他是把很长的句子故意拆开，像楼梯一样。这首诗很短促，作者的其他诗也基本上是这样的，或许她觉得这种形式对女性诗人的情感表达比较适合。这是我对诗歌形式的一些看法。

我认为这个作品在作者早期作品中很有代表性，它让我们看到了作者在写作过程中给自己树立了更高的目标，也有怎样达到目标的困惑，体现了自我搏斗的痕迹。这其实也是多数写作者会遇到的问题。我们常常眼光很高却能力不够，但眼光高毕竟是好的，写作能力会随着我们对写作的探索和训练得到提高和改善，这是这个作品给我的启示，也是我向大家推荐这个作品的原因。其实任何事都应该先有目标，然后慢慢接近自己所设立的高度，达到它以后再设立更高的目标，不断地提高自己，而不是在原有基础上重复自己。

［作者单位：湖南文理学院中文系］

姿态与尺度

聆听一个"世纪游牧者"的歌声
——读骆寒超的诗

黄纪云

每个时代的情感都带着它自身的调性，读骆寒超的诗集《白茸草》，我听到在诗人的声音背后，是一个时代情感愈来愈远离的余响。正是这种个人的声音与时代或集体声音的混响，激发了另一种意味颇为不同的阅读。一个时代怎样将它的时间维度铭刻于个人情感和话语方式中，是颇值得探究的事。

重温诗人自 20 世纪 50 年代开始创作的这些抒情诗，就像一种双重的怀旧，它既是诗人的个体回忆，也承载着如今已经渐行渐远的集体记忆。这些诗令人产生莫名伤感的原因就是这种纯粹时代性的怀旧。往日不一定是美好的，有时甚至是凄苦的，但却有着一去不返的魅力。可以说，《白茸草》凝结着诗人在坎坷岁月始终不渝的对美的追求，它是个人记忆的铭刻，也是集体记忆的轮廓。品味二者不易觉察的混合所产生的滋味，是相当微妙的体验。

一

《白茸草》收录了诗人从 20 世纪 50 年代至 21 世纪前几年所写的诗。在这大半个世纪里，骆寒超从意气风发的书写未来的青年诗人成长为享誉文坛的著名学者和诗人，我们置身其诗中的世界更是从传统的农耕生活跨越工业社会直至所谓信息时代。骆寒超的诗并非属于记录社会历史变迁的史诗，而是一种对情感和内心生活的抒写，即使这样一种个人情感书写与当时普遍要求相去甚远，却也将某种集体的声音记录了下来。

50 年代不仅是诗人的青春和写诗历程的起点，也是社会历史的一个"开端"。对一个十八九岁的年轻诗人来说，最初的《风雨亭放

歌》有着容易辨识的集体声音："这鉴湖畔，启明星闪烁的地方"，
"多少次喷血的呐喊散入苍茫"，这是对前驱者的回顾与颂扬，血、
呐喊，以及风雨、乌云、闪电，属于一个时代的象征印记，而非仅
仅属于诗歌。"放歌"是胜利者抒写历史的时刻，年轻的诗人显然在
情感上属于这一时刻："今天我们来了……"诗人是以青年一代集体
的声音在言说，"啊，歌唱吧，祖国已经升起新阳/'秋风秋雨'的时
代已经消亡……"（《放歌》）。

诗人的声音并非属于纯粹的合唱，青春时期的爱或思念之情，
让他产生了一种孤独感或某种疏离感。爱是一种充满悖论性的情感，
爱的感受是与他者融为一体的，与此同时，爱之情感又让个人游离
于集体之外，爱之客体的不在场，带来的是残缺、孤独感。"我的海
伦/哪盏灯正守着你的青春"（《车过吴城》）。

很难说这是真实的客体还是幻象，在诗人这个时期的《仲夏夜梦
歌》《问候》《我得走了》等诗中，爱的倾诉对象经常是"海伦"，一个充
满异国情调或外国文学意味的女性符号。《仲夏夜梦歌》一诗中反复
强调"一年了"，似乎表明了与爱之客体的时间关联，而"我那颗寂寞
的心魂"也游荡在一些真实的地点，"断桥边""保俶塔上""南屏山
下"，这种个人的情感回忆又将诗人带向集体行为的回望：

> 一群年轻的劳动军
> 肩荷锄
> 踏上归程的时分
> 你在我身边忽地扬起
> "我们是革命青年"的歌儿
> ……

那个时代纯粹的个人声音是稀少的，个人的声音中总是携带着
人们置身其中的集体情感。在骆寒超的抒情诗里，时代的伴唱时强
时弱，但总是混合着个人的声音。这首诗提供了一个确切的年份：
"这是一九五四年/一个仲夏的初夜时分"，在青年劳动大军的歌声伴
和下，仍然是青年诗人的一支孤独与愁苦的"梦歌"，集体声音与个

人情感之间在修辞上仍然存在着间隙，"革命青年""含愁的"眼睛也透露出这种轻微的裂痕。它是一种情绪，也是一种韵律，是集体情感与集体话语对个人心性微妙的渗透。

时代尚且暂时容忍着这种个人的情调。在集体情感与修辞完全支配着话语之际，个人的"小情调"受到压抑或转入纯粹的私人空间。在《静夜思》一诗里，爱的客体从代表异国文化的"海伦"转换为中国古典的女性符号"梅娘"。同样，这首抒情诗既有时代赋予的激扬声调，也有个人的梦呓。诗人写道：

> 我喜悦，因为激情的喷泉
> 已让初爱的阳光照得金亮

但随之而来的是"幻想"的"野马"，"穿丛林，越山岗，飞渡扬子江/踏遍了南国"。而诗人此刻的政治抒情诗也一样，在修辞上属于空间性的，属于祖国和围绕着祖国的宇宙，个人情感也带上了祖国的空间属性。"宇宙啊，多辽阔，渺渺茫茫/你此刻在哪团夜雾里隐藏……"在一种时代性的情感模式中，骆寒超的诗尚且能够聆听到个人情感独白下微弱的身体功能，"蓬松的长发"的描写既是身体最魅惑的部分又是较少肉身属性的部分。诗人在"静夜"时分的渴望，表明爱之客体的缺失或不在场，而物质性的空间既有间距又具有物的中介作用，"丛林"、"山岗"或茫茫"夜雾"，物质为分离的主体勾勒出条条隐秘的连线。

在骆寒超 50 年代的诗作中，个人的和古典的修辞与集体的或时代的修辞同存，农耕的、自然的词汇与工业的修辞并置。诗人没有像其他更具政治性的写作那样直接歌唱新生活，但在一些风物描述中隐含着那个时代特有的社会信息，如《渔家速写》："东海滨，高粱圈住了楼房"，《星天》："抽水机唱着时代进行曲"，而《小镇夜曲》写道："连最后一盏电灯也熄了/最后一扇百叶窗也关了"……

> 这时，只有碾米厂里
> 马达激越的吼声传来

在万籁俱寂的深宵时分

这音响染着最鲜艳色彩

深夜能够从碾米厂激越的马达声中听出美感来，确实需要一种时代性的感官。可以说，骆寒超的诗从 50 年代至 60 年代初期，与其说是标准的政治抒情诗，不如说保留着"牧歌"或"歌谣"的特性，诸如 50 年代的《晚归》《牧女》《水乡夜曲》，以及 60 年代的《牧歌》等诗篇都有着田园诗的淳朴和天真快乐的歌谣调子。如 60 年代的《泥土》一诗，既有"紫浪湖荡着睡莲"，又有"抽水机，还有电线/嗡嗡奏鸣着网住田园"，这是田园牧歌，又不是传统的田园诗，它融入了新生活景象，即城市元素、工业和技术景观方面的修辞。如今被听觉感知为噪声的马达声，在那个向往新生活的年代，如同一种田园牧歌的奏鸣。纯粹的自然要素退居到背景之中，占据前景的是那些非自然的"现代化"元素，即机械的或集体性的元素，如《夏收的农庄》在"绿竹覆盖农家"的田园意象中所展现的集体生活图景。

在 50 年代的一些作品中，诗人将个人青春期的情愫融入这样一种新生活的抒写，在真切的主观体验中，有如个人的青春期与社会的青春期重叠在一起。《秋种》写道：

八月，天空怀上了幻云

大地也有了爱情的丰盈

番茄藤像绒毯铺盖沙地

金发的玉米在迎风吟哦

除了"秋水边忽闪着鲜艳头巾/撩动庄稼汉青春的激情"这样时代特色的表达，一个时代的调性于集体的声音主要显现为独特的修辞风格。诗人将自我的幻想特性通过"天空怀上了幻云"赋予了"自然"，番茄藤和玉米也因为"绒毯"与"金发"带上了时代的特征，事物在自然属性之外还铭刻上了社会属性。诗人写于 60 年代上半期的一些作品也延续着这一修辞方式，如《六月谣》："为了迎接收获季到来/玉米已挥舞火炬等候"等等，传统的农业景观被具有集体主义色彩的修辞赋予了时代属性。在 50 年代和 60 年代上半期的诗歌中，"大地""劳动""劳动者"逐渐成为生产和斗争的语义轴心，围绕着这个语义轴，"播种""收获""庄稼"，或者"马达""铁轨""巨轮"，这些词汇既是一种物象，也成为一种时代修辞与集体象征。与之相伴的，或者说构成这个语义轴另一端点的，是"雷电""乌云""暗礁""深渊"……一种声音的风景或声音的风暴。

不可避免的，集体的声音在个人的声音中留下了痕迹。对骆寒超来说，就像是在个人之外，在城市和村镇之外，存在着广阔的土地一样存在着美与爱、诗与歌，存在着集体和谐的声音，也存在着跟集体劳作与欢乐相反的个人哀愁与孤独。诗人 50 年代的《旷野的平衡》一诗，可以说是那个时代里有着更多个人洞见的少数佳作之一。诗中写道："雄鹰猛击翅直俯冲地面/啄食是鸡惊飞水鸭乱窜"，如一场"旷野骚乱"，接着"秋阳里黑影又掠向远方"，仍然是"鸭戏睡莲""银锄闪闪"——

> 这就是世界潜在的规范
> 有动荡有激奋也须有安闲
> 遗忘的平衡调节着生活
> 这旷野摊着哲理文一篇

仍然存在着野外，存在着野外的自由与个体孤独，存在着尚未完全被集体修辞笼罩的野性的"雄鹰"，它协调着诗人内心相互冲突的情感，协调着骚动与规范、激奋与安闲。对诗人而言，野外的自由可以作为一种安慰而存在，诗人还能够在野外的自由状态中享有和体味内心深处苦涩的甜蜜。

二

在骆寒超 50 年代的情感书写中，爱、爱的客体尚未变成抽象观念的符号，爱之情感保持着与自然物性的微妙连接。诗人写于 60 年代的爱之歌，渐渐减少了浪漫主义的幻想，开始面对社会现实，不过语言仍然是浪漫的，他依旧会说《我们像两朵漂泊的云》。爱之客体依然是飘忽不定的，但诗人不再幻想着融合，而是承认分离的现实。即使如此，诗人仍然说："我不想像济慈那样/把自己写在水上"。

> 我只想让我的形象
> 镂刻在她的心上
> 让她在寂寞的时刻
> 感受到爱和阳光
>
> ——《我不想像济慈那样》

　　60年代爱之歌的幻想，不再是孤独的身体在表达自己的渴望，它更深地转向精神层面，带有一些受难色彩，"你带我超越苦难/去神圣的伊甸徘徊"（《暮雨在窗外飘飞》）。爱是孤独的，爱又是一种活跃的元素。爱对诗人来说，是一种善于同其他元素结合起来的情感化合物，在骆寒超50年代那些表现爱的孤独幻想中，爱与革命、劳动都有不同程度的语义混合；60年代的爱之歌则确立起爱与受难或悲剧等神圣语义的混合。"是像圣徒前去朝圣/我前来造访你的家园"（《我前来造访》），而诗人所见却是庭院荒芜、衰草丛生。这一主题在另一首诗里再次重现："你曾有一座春天的林园"，诗人曾与"你"谈论海、星星、诗歌。然而，一场变故让诗人不得不告别了这一切：当"败颓的水手终于回返"（《春天的林园》），而林园门锁已锈迹斑斑。

　　对60年代的诗人来说，爱、爱之客体极可能是某种他所热爱的理念或理想生活的隐喻，爱之客体却距离诗人愈来愈远，诗人说，"我那生活里也有着一道栏栅"（《羊啊，不要再这样叫唤了》）。这些诗句里既有隐喻亦有现实遭遇的表达，作为青年学者的骆寒超完成了他的论文《艾青研究》之后，本应继续做一所著名高校的教师，有着"碧色的草原"一般的光景，却由于这项研究，也像艾青一样被放逐边地，一个是西部边陲，一个是东海岸边"寂寞的海角"。自60年代开始至70年代末，"放逐"成为骆寒超诗歌的一个基本主题，或者说，诗人在爱的主题之上重叠着一种被放逐的主题，以爱的放逐为主题的诗篇亦重叠着关于美好生活、自由和希望的隐喻。在《岁暮夜抒情》的幻想情节中，一位深情女郎问道："年轻的诗人，说吧/你为何如此忧伤?"诗人的回答是隐喻性的:"我觉得太冷,姑娘/我哭我的心就会冻僵"。在某些时候,"冷""冻僵"的感受如果不借助私人情感表达,就会将诗人自身暴露在更深的危机之中。诗中的"陌生女郎"说:"我叫希望/住在青春的故乡"。这样一些爱之歌更接近抽象观念的拟人化,而这些观念——自由、希望——如不能和爱的期待构成语义混合,则会触犯集体观念的底线。

应该把这一时期被放逐的或流浪的诗人视为一种关于放逐的主体隐喻,将诗中的"远方的姑娘""陌生女郎"视为"希望"或美好生活的化身,被放逐的诗人与陌生女郎成为一种结构性的修辞,这一结构出现在许多诗篇中。《盲诗人》塑造了传统的被放逐诗人的形象,并在抒情诗里引证现实经验,具有特殊的魅力,这种话语方式在那个时代的诗歌里尤为稀见。接着,与《岁暮夜抒情》相似的幻念又再次出现了,诗人与女郎结构性的幻念反复出现在这一时期的诗歌里。《梦幻曲》里承认这是一个梦:"有个寂寞的少女/依偎在一个流浪汉胸前/深情的歌唱……"被放逐的诗人与少女的修辞结构愈发隐喻化了,也同样是在故乡的白澄湖哀叹"流落天涯"。而这个"流落天涯"的"流浪汉"显然又是诗人或自我的象征,这样一种放逐中的诗人与陌生女郎的叙述结构,可以唤起人们对被放逐的诗人原型的文化记忆,即屈原诗歌放逐主题中的"香草美人"的文化寓意。

爱之歌在 60 年代依然占据着抒情言志的中心,却更深地属于寄托悲伤之情的微言,连牧歌的调子也开始变得哀伤。如《啊,五月》:"生活已将我放逐到异乡/将我的青春在这里埋葬",正如"爱""姑娘""故乡"这些意象成为某种观念的拟人化,"异乡"既是现实的体验,也是隐喻意味的表达。借助爱之歌表达缺失感与失望之情,使忧患的情怀得到某种隐微抒发,即使被误读为小资情调,也能暂时为时代所容忍,除非是不期待发表的写作。

收录于《白茸草》中的 60 年代最后一首诗《晚步》延续着这一修辞策略:诗人以"孤鸟"自喻,呼唤着"远方的姑娘",后者可能只不过是较为合适地表达孤独与悲伤的借口,"远方的姑娘"隐喻着诗人难以追逐到而又不愿放弃的真理、自由和尊严。

在任何时代,一个人为爱而痛苦,或许是唯一能获得人们原谅的理由。骆寒超写于 60 年代有关爱与思念的诗篇，几乎都蕴含着更宽广社会范围里的感受，或许都可以在它的历史语境里加以解读。中外诗歌史上，都不乏将时代难以言说的思想苦痛或压抑的心智，缩小在爱的失落感的修辞里进行隐微表达，从而避免主导观念和集体象征的压力，也从而得以规避直抒胸臆的言说可能引发的厄运。尤为难得的是，尚且年轻的诗人在遭受不公的命运之后，并未放大主体性和自身的苦难，诗人在逆境中的沉思指向的是一种更博大的哲思：诗人感慨的不是自我的不幸，而是构成"世纪的汪洋"一般的人类苦难和宇宙之浩渺，"啊，我那小小的痛苦/在宇宙之中又算得怎样"。

在 60 年代后期的诗歌里，诗人在面对现实世界的时候，忧患意识与悲伤之情会溢于言表："呵呵，我只是一朵乌云/我生就一颗抑郁的心"。在这首《我不是一朵白云》里，诗人又心有不甘地将抑郁转换为它自身的反面，即看似不可能的激情，将乌云转化为荡涤污浊世界的一场暴风雨：

> 我拖着巨大的阴影而来
> 为预示暴风雨将临
> 那刻儿，有我的激情
> 我怀着热烈的电火而来
> 为熔化冻僵的灵魂
> 那刻儿，有我的真诚
> 我驮着万吨的雷霆而来
> 为荡净大地的忧郁
> 那刻儿，有我的永恒

在时代的语境里，太阳、阳光、光明、光芒、白云占据了对立语义轴的一端，即象征着真理、时代精神及其象征人物，诗人翻转了"乌云"的集体语义，"毕竟乌云遮不住太阳"才是那个时代的集体象征。对集体语义的反转，在之后的一些作品中仍有所体现。如《恶魔》一诗，将恶魔人格化，让恶魔作为"锁着眉心的女郎"召唤着诗人。无论怎样解读，对"乌云""恶魔"做这样的描绘都一定程度上触犯了集体象征的禁忌。应该说，只有一种真诚、持久而深入的思考，才能让一个诗人在集体象征居支配地位的时代冒险保持个人的修辞。

在 60 年代后期的诗作中，一种愈来愈深的抑郁之情笼罩着诗人，以致他在《致友人》中坦诚地描述了当时的心境。"致友人"意味着一些私密体验可以分享，而且这是一个诗人在对友人说话。自 50 年代以来，诗人的语言处在半征用与半自主之间，兼有集体象征与个人隐喻，诗人总是私藏着语言的异义、歧义与多义，如同保留着语言的混合经济形式。在集体象征占据主导地位的时期，个人的情感与话语空间只能退回内心或较为私密的领域——爱或友人之间——才可能得以续存流通，就像一种珍稀物品在私人空间小范围的交换，"致友人"或个人书简也是一种私密的话语经济。60 年代后期的社会情况给人们带来了剧烈的内心冲击，怀疑的种子萌发了，对此，这首诗里有许多隐微表达，"可仲夏夜之梦毕竟醒了"。在黎明前，在"灵感"的自由状态，梦醒后的诗人看到眼前一片"肃杀苍凉"，而智慧是痛苦且孤独的。故而诗人有"望长天无限惆怅"的叹息与警觉，这是一种自我暗示，与眼前的肃杀境况保持距离，就像榕树那样，尽可"在四月天落尽旧叶"，在"丹秋时却会有翠绿之光"。这是那个年代里友人之间的私密话语，但依然是用隐喻进行表达。

诗人 60 年代之后的作品极少出现 50 年代乐观的调子，既缘于他的个人遭际，而更深刻的原因是历史环境使然，如果说诗人对生活世界还保留着某些幻想与想象的话，也是克制的。诗人跟那个时代的集体话语，即亲近生活、进入生活相反，直呼《生活，请放开我吧》："我已被你/拖累得精疲力尽"。这是偏离时代正确话语的内心呼吁，诗人祈求给"心魂"留下一点空间，哪怕深深睡去一会儿，他相信，"就在这个刹那里/幻想啊，又会来临"，"又会有诗和尊严/又会有歌声"。诗人并没有直书那"沉重的压力和肃杀状况"是什么，但可以想象，那是与诗人歌唱的爱、自由、尊严相反的境况。

在《时间化石》里，诗人更清晰地记录了这一私密体验，在某种意义上这也是一幅自画像：这幅自画像所呈现的境况跟《致友人》中诗人的心境是一致的，即一个私密空间里的低语。一个物质性的细节提示了与50年代景观的差异：没有了标志新生活的电力与机械，取而代之的是"柴油灯"、"木格破窗"、"北风"和颤抖的"寒星"，连诗人手握的也是一支"断笔"，面对的是一卷"残稿"。50年代里那些"现代化"景观消失了。诗人自问，"时间，你也能够凝固吗?"如果可以，让这时间化石"再印上我的形象"。而今看来，这首诗就是凝固的时间化石，时间在修辞中铭刻下一幅诗人的自画像。

三

尽管集体的声音被录入个人某些时刻的低语，骆寒超却一直没有更为自觉地加入集体合唱。有如在爱之歌的面具下躲入个人写作的保护地，公共事件仅仅在个人情感中刻下一些痕迹，与时代与集体声音保持着若即若离的距离。诗人的写作经历了对集体象征的认同，也渐渐出现了疏离感、批评意识与质疑精神。60年代之后他的诗歌修辞总是与集体象征保持着一定的间隙，如前所述，这是一种个人的隐喻，犹如《致友人》那样的诗篇，是一种发生在值得信赖的少数人之间的耳语，带有私密的语义属性。

进入70年代之后，诗人的忧患、孤独与放逐感，找到了历史化的表达方式，以屈原为抒情原型的写作给诗人带来了一种迂回的便利。收录诗集《白茸草》中的一些诗篇均注明"选自诗剧《汨罗恨》"，我们不知道该剧的完整状况，仅就所存诗剧的这些片段即十首诗而言，它们几乎间接地重演并深化了诗人自身从青春期到中年的内心状态，并体现出从对生活世界田园牧歌般的热爱到心存忧患意识，最终到彻底失望的内心轨迹，即所说的"汨罗恨"。这组诗同样是从歌颂"美丽的田园"开始，描述"满江帆影追花影"，"一网江水一网金"的"我们的丰饶的渔村"，但缘于"群小齐跳梁"而变成"干戈的祖邦"（《汨罗江之歌》）。遥远国度的状况投射到当下世界，它让诗人充满对轻狂岁月的自我忏悔："啊，说什么回车驾修吾初服/啊，说什么步余马返回自然"（《再见吧，汉北》）。在短暂的"集贤良满朝馥郁芬芳……大道上铺满了阳光"（《告别了异邦的风沙浊浪》）的期待之后，建功立业的梦想再次破灭了，"家国恨皮鞭一样/又要来将我狠狠鞭打"（《王啊，王啊，不要走那条路吧》），恰如诗人被命运中断的政治—学术生涯一样，在失望之际，慰藉诗人内心的，唯余世间"美好的形象"，"此刻我望着你想念起了一位姑娘"（《橘之歌》）。被放逐的诗人与梦中的美人这一叙事结构早已出现在 60 年代的抒情诗中，《汨罗恨》系列组诗将诗人的当代体验、感受与思考，置换到古代史的叙事中，将个人隐秘的内心感受位移到屈原身上，以便在特殊的时期获得相对自由表达的可能性，当然这又是一种隐微话语的表达。至此可以说，组诗在另一个层面上重演了诗人在五六十年代的感受、情绪与认知的演变过程：从 50 年代的田园诗开始，从对爱、对新生活的讴歌开始，美好的形象既是一个姑娘，也是新生的事物和新生活，到被放逐的诗人无处追踪"远方的姑娘"的无尽失望。

同样属于诗剧《汨罗恨》片段的《泽畔吟》组诗再度戏剧化了一个诗人的内心生活史。青年时期的诗人于 50 年代末至 60 年代在许多诗篇中所表现的被放逐的诗人形象，在诗剧中被历史化了，由于屈原的形象而获得了表达孤苦、放逐体验的合法性。诗人借屈子所说的"苦难的前贤像你一样/我也处逆旅独抱幽芳"，被禁止的话语借助被经典化的诗人形象说出，诗人一如屈子，深叹在"肃杀的季节"无处寻觅"女英娥皇"（《泽畔吟》一）；诗人引用屈子的声音而将内心的悲伤叹息历史化了。

"逐客""孤臣""楚囚"的贬谪流放（《泽畔吟》二），都不过是诗人的易名或异名，也就是说，屈原身上投射着 70 年代里诗人的自我认知。一个时代的精神价值有时就深刻地体现在那些孤臣与逐客身上，如孟子所说，"独孤臣孽子，其操心也危，其虑患也深"。而这位"孤臣"也同样在放逐中陷入对往日的"回忆"，并深深叹息"欢乐的精灵一去不返了"（《泽畔吟》三）；而此刻，引导诗人的又是"婵娟的幻象"（《泽畔吟》四）。两个相距甚远的时代的诗人因为被放逐的命运让思绪交织在一起。可以说，70 年代的诗人在感知与思考中逐渐成熟起来，以屈子自喻是一种认知上的自我投射，这种移情方式避免了诗人的言说过于显山露水，它尽可吐露真情，又不至于遭遇集体象征的完全拒斥。仿佛诗剧中所有的言说，至少在形式上都是剧中人的声音，是被引用的声音，而非诗人当代的自我言说。然而今天，把诗剧《汨罗恨》系列诗篇解读为诗人自己的声音应该不至于有年代错置的语境失误，借"汨罗恨"尽吐动荡年代的家国之忧患。

如若没有借屈子之言，即如若没有这种"被引用的声音"，70 年代的诗人是无权发出这痛苦的声音的，诗剧的好处在于，它似乎在过于显山露水的话语之后，迅速置换语境，进入古代的人物与典故。

> 我该学介子隐遁绵山
> 我该学伯夷持节首阳
> 不忍哟，我不忍楚国
> 生灵的涂炭社稷遭殃
> ······

——《泽畔吟》五

诗中隐含着众多中国古代愤世自绝的圣贤形象，也隐含着双重的被引用的声音，一方面是抱石沉江的决绝，一方面是何补于世的不甘，如蔡邕《吊屈原文》所说："卒坏覆而不振，顾抱石其何补？"《汨罗恨》所存断简残篇，虽然是未完成的诗剧片段，但却在一个具有历史与道德合法性的诗人形象身上，将那个晦暗时期"不合法"的情感表露无遗，诗人的命运感、诗人与时代之间自古以来就存在的紧张关系，诗人在 50 年代末或 60 年代以来郁结在心的情感，得以畅快而较少禁忌地表现，这些诗篇借历史和被引用的声音获得了合法化。

在这种被引用的声音里，在牧歌变成哀歌之后，诗人希冀再度把哀歌变成爱之歌，爱的哀歌似乎比社稷悲歌更能慰藉诗人的内心。从收录于诗集的诗剧片段而言，这些诗篇与骆寒超五六十年代里以诗人为主题的作品有着结构上的对等性，无论是牧歌元素、家国忧患之情还是被放逐的诗人之歌，似乎骆寒超有意完成了一次个人情感与时代认知的历史化，与《时间化石》异曲同工。《时间化石》期待后世人重新发现前代人的苦痛和为自由歌唱付出的代价，《汨罗恨》则在先贤身上完成了一次清醒的自我辨认。

如果将骆寒超 70 年代的诗篇作为一种具有心理连续性的整体来看，诗人的情感自身的确包含着一种类似《汨罗恨》的诗剧，或者说，一种类似原型或诗人命运的结构，这种情感本身就极富戏剧性：向往爱与自由的诗人慢慢发现一道难以逾越的栅栏，或者是一道"铁门"。在诗中，诗人将追求爱与自由的情感和他的悲剧命运高度戏剧化，也就是说，不唯诗剧表达了这一主题。在这个时期，诗人的内心情感本身就是充满戏剧性冲突的，它不再是 50 年代单纯的抒情诗，对爱与自由的追求充满了自身的张力。在诗剧形式或历史化之外，爱的主题一直是诗人的修辞策略。爱的悲伤与绝望的呼唤是一种隐喻，它降低了主题的敏感程度，至少在字面意义上降低或缩小了经验世界的表现范围，然而却在爱的叙事结构里、在字里行间嵌进更普遍的社会感受：寒夜、徘徊、无人的踪影、黑屋、铁门……孤独的游子对火的期待，焦渴的心灵对爱的呼请。诗人呼唤着：

> 扫荡夜雾吧，让人心永远能开出通道
> 迎接晨光吧，让世界再无宿命的阴森
> 可是，铁门依旧在制造着无数哀魂

"夜雾"与"晨光"也是那个时代的集体象征，但在骆寒超 70 年代的诗歌里发生了转义，当爱、爱之客体愈来愈成为一种隐喻，这种翻转集体象征的修辞才会避免责难的发生。在《寄远方》（一）里，诗人如此自白说：

> 我那绝望中生存的信念
> 幽谷的孤寂里爱的依恋

爱的忧伤与孤独都带上了时代属性，成为隐秘的社会心态的隐喻。对诗人而言，爱是对孤独的情感补偿，也是对身处"时代歧途"时引路人的呼唤，更是一种"绝望中生存的信念"。在叙事性的抒情诗《听歌》一诗里，诗人喟叹"金色的年代"已经消失，"生活的脚步陷落在异乡"，从而展开了爱与青春的时间性回忆：一种放逐诗人或屈原式的诗人原型叙述已经深入那一历史时期诗人的心理结构，这种心理结构勾连起许多诗篇，使之成为一种连续性的体验。《梦游白亚峰》则是一种犹如《神曲》似的空间上的漫游，在梦幻中诗人的心魂"挣断锁链"，"逃回到自然的宫殿"，展开从谷底到苍穹的精神游历，如诗中所说："这可是谪放者不死的精魂／抑或探求终极的象征"。如果说以爱的主题隐喻性地表达诗人的命运，以诗剧形式让诗人的命运戏剧化并历史化，以被引用的声音进行言说是一种保护性的隐微表达，潜入无意识的梦幻领域亦同样是这样一种字里行间的书写。可以说，这是骆寒超在诗歌写作上采用的不同而又相互重叠的修辞策略。从 60 年代至 70 年代，诗人通过爱之主题的隐微话语，通过爱之主题的历史化与戏剧化，完成了内心深处的自我言说："你的诗就是这呼唤的回声／自由、爱情，我生命的经纬线"（《读〈怀念〉》）。

在 70 年代的最后时刻，诗人终于迎来"春天"和"黎明"，告别了"寒夜"、"荒凉"、"黑屋"和隔着"铁门"的徘徊。在《春歌》里，诗人发出的既是个人的心声，又是时代的声音和集体象征，但被个人从内心欣悦地重新接纳了，"黎明的号角在城头响起／荒原的播种者已经出发"，有如他所钟爱的诗人艾青的声音一种遥远的变奏。

四

80 年代初是一个万物复苏的时期，骆寒超不仅恢复了学术研究，他的诗歌写作也随着这个"季节"变暖而焕发出新的热情。诗人以"石头"自喻，最初从岩浆状态或"火焰的家族"变为冲出地壳的石头，有如热情奔放的年轻诗人。一代人的青春在"寒夜"、"铁门"与"黑屋"度过，但在 70 年代末至 80 年代来临之际，如艾青一样，这些归来者几乎没有人哀叹往昔岁月，而是欣喜于"重放的鲜花"，再次唱出"光的赞歌"。诗人在内心拒绝衰老，这是他曾经的自勉："榕树在四月天落尽旧叶／丹秋时却会有翠绿之光"。现在诗人以无用或无力补天的石头自喻，却又与一个现代化的建设时期如此契合。

铺路石、公路、车轮、铁锤、火焰、燃烧、发光，以及芳草、自由、爱情、黎明、号角、大地……依然是那个时代的语义体系，仍然是那种集体的象征符号，这种象征符号系统地生成于艾青那一代左翼诗人的修辞，于 50 年代被固化下来，这些符号也就从早期诗人笔下的个人隐喻演变为集体象征，其后成为不容另解的固定概念，有着自己的固定搭配。80 年代初，一切倒置的语义符号都被重新放置于它的本义，即其正当的象征寓意，语义轴中被颠倒的事物复归于"自然状态"，这是一场"语义学"的"拨乱反正"，只是尚未更新语义系统，仍然是 50 年代以来已经结晶固化的象征体系。曾经无数次讴歌过"光""黎明""向太阳"的艾青，此刻他的新作《光的赞歌》也依然沿袭着他三四十年代的象征符号，而罔顾其间的几番语义倒错，乃至那个时代的名句"黑夜给了我黑色的眼睛/我却用它寻找光明"也都属于这一集体的象征主义符号谱系。我们在骆寒超 50 年代的诗歌中已经较为明显地接触到这一集体象征，而 80 年代的诗歌修辞则似乎是向这一集体象征的正面复归。

诗人再度唱响的"梦歌"里，也没有了噩梦、恶魔的阴影："我竟会来到这么奇妙的地方/这儿有着无数个小小的太阳……"。

> 于是我像金属一样地熔化了
> 变成为一片泥土，摊在大地上
> 绿色的野风正在荒原上歌唱
> 奔放的江水流过五月的山岗
> 我忽而感到种子在身内骚动
> 拔芽抽叶，转瞬间果木成行
> ……

"太阳""大地""种子"的集体象征符号再次于生命体验中复苏为个人的隐喻，那真是一个"漫卷诗书喜欲狂"的时刻，当诗人从梦中醒来，"头枕着一堆书"，仿佛看见从书页里"跳出无数个小小的太阳/设计图，我那设计图摊在桌上/窗外：井架厂房，石油的芳香……"，仿佛那些发端于 50 年代的集体象征再度存续下来，"井架""石油""设计图"等象征着一个民族对现代化向往的符号，那些工业与技术的修辞再度具有了诗的意义。就像"太阳"、"大地"和"种子"的象征一样，诗人的新生感找到了它的全部比喻，《摇篮》一诗如此写道："……诗的船又已解缆"。

诗人五六十年代之交的诗中是触礁或搁浅的"帆船"被放逐海角，而今"诗的船又已解缆"，故而这不是一条新船，"我抚着斑驳的两舷古旧的苔藓"，想起半个世纪漂泊中"虔诚的忧患"，寻找着新的"起点"。由此，诗人仿佛再度踏上了一条《生命路》，成为一个崭新世纪里的《宇宙的新客》，感到《智慧的生命树》即使已经"石化"，也不过是易名为"煤炭"，仍然有着"终极的灿烂"。

在 80 年代，"爱"依然是时隐时显的主题，与其说是现实情感，不如说是与远逝的青春和幻想一起"作一次彼岸世界的漫游"（《神秘的邂逅》），或者说是"岁暮有怀远的凄迷"（《残缺的美丽》）。诗中的"她"常常被描述为非现实存在的"女神"，因此没有时间留给故事展开自身，却留下一些《永恒的瞬息》。在这一时期，比之青春时爱之情感被深化，爱之歌从情感上升至哲思领域：诗人承认爱作为"诱惑"而存在，却给生命以"永恒皈依"；爱无比的辽远，却让人能够在"真理"中呼吸。无论在"肃穆的秩序里"还是在"旷远的漫游里"，爱既在场又缺席，"她给你无法遁逸的遁逸"。

这种情感仍然是戏剧性的，或者充满张力的，没有尘世的时间，"她让空间展示/爱恋永恒的瞬息"。对 80 年代之后思想愈益成熟的诗人而言，一种情感的辩证法显现了，情感体验转向了生命的智慧，正如对爱的体验一样，诗人对自由和美的体验也变得复杂了。"自由忽而有虚无的真实/虚无忽而有自由的美丽"，这两行诗可以说标志着一个新时期的到来，它应该铭刻在新时期历史的入口处。对诗人来说，这是一个没有答案亦无须回答，似乎也无从选择的关于自由、美、虚无与真实之间永远纠结着的命运。或许正因如此，诗人既渴望《灵魂的安谧》，却又时时处在心魂游离主体之外的《思念》或《幽思》之中，毕竟，"当流星掠过天穹的那刻/美目有耶路撒冷的感召"（《芦苇》）。在诗人看来，美与自由，不仅是诗人心有期待，亦因为美的事物神圣的"感召"。在诗人眼中，不仅人间有"蜃楼幽梦"，连哲学家眼中"理性的宇宙也花树摇情"（《芳甸》），似乎情感具有一种人类学和宇宙论的属性。

自 80 年代以降，尤其是 90 年代之后，一个空间性的主题愈来愈凸显出来，六七十年代的"放逐"变成了欣悦的"远游"，在一个古老的国度面貌极速翻新的时候，诗人越来越关注他随时间而老去的面容。他书写着一些类似游记的诗篇，漫游祖国，乃至世界，观览山川与古迹。这是诗人本应发生在青春期的漫游，延迟之后终于到来。正是诗人"怀古的灵感"（《阳关》）将人类的历史文化与当下世界联系起来。在上一个历史时期，书写工业、城市和垦殖边疆远比书写故国旧貌要更符合时代情感或集体象征的要求，新型城市、新兴事物，才是颂歌写作的课题。从近处的苏堤、断桥、河姆渡、天姥山到敦煌莫高窟、高昌、楼兰，它们曾经是被排斥的或有意无意忽略的，对于居支配性的集体语义学来说，历史遗存曾是一些分散的语义片段。诗人的回忆和"历史老人的哦吟"之间有了新的伴和，"废墟和新城合奏着悲欢/过去：回忆中你的初恋"（《时间》）。时间主题从青年时代的个人体验向历史维度扩展开来，并把遥远的过去视为自身的"初恋"，诗人有理由将自己视为"世纪伴侣"或"历史的知情者"。

漫游或旅行是一种实际的行为，似乎也是一个隐喻，那就是个人从被高度约束或某种压力环境下游离出来，有了自由，是一种早期诗篇中"野外的自由感"的变形。空间上的自由流动性也是社会对个人松绑的象征，那是长期压抑之后的一种身心舒张。

过去的痕迹、历史遗存的符号在 80 年代诗人的感觉体系中再次得到承认。面对历史遗存或置身其物质性的形态中，被否定的历史阶段或历史存在得到诗人的承认。诗人在《阳明祭》中回应了这一历史：历史语义的残余、古墓、废墟、遗址，它们意味着一个民族的文化灵魂的物质载体，在八九十年代之后，"又飘起文化的芳菲"，给诗人带来"今天灵感的荒远"。在诗人的漫游诗中，那些曾经被集体象征屏蔽的人类文明史仿佛都随着诗人的脚步声醒来。

在 90 年代之后的行旅诗中，诗人不断转换着自身的角色，寻访爱与美的朝圣者、历史的寻访者，以及探索时间与历史之谜的哲人。至此，我们大致描述了诗人作为"世纪游牧者"的写作脉络与心路历程。作为骆寒超的最重要的自我镜像，艾青仍然是他最钟情的诗人，艾青研究也是他诗歌研究事业中最主要的或代表性的成果。艾青本人就是在诗歌中从自我言说到"代人民言说"和"让人民说话"的范例。艾青那一代诗人在现代汉语中创建了围绕着太阳、光明与黑暗的象征系统，也建构了围绕着土地、人民、劳动的新诗语义学，在骆寒超"呈艾青"的诗篇中，艾青理所当然地被视为民族语言或诗的"精魂"。

在献给艾青的诗篇里，犹能听到诗人写于 70 年代末及 80 年代初期诗篇中自我的声音，那些曾经一再出现在《石头》、《春歌》或《梦歌》中的"哀魂"与"孤魂"，亦是同样的"精魂"。这个"精魂"，确曾参与了"自由的祭坛"之建造，也以语义学的形式参与了"大地的叛乱"，但迎接诗人"黎明"时分的却是"苦涩的红柳"和"冰雹的夏天"，当"故国重光"，"生命树"已化为"煤炭的精魂"，热切呼唤着火焰。这是骆寒超对最仰慕的诗人艾青一生的颂词，也是某种意义上的自我肖像。但它们也与《红场》等诗篇中隐含着的内在矛盾一样，某种发端于青年时代的信念又在压抑之后返回当下。然而我们依然能够说，有如艾青一样，作为诗人的骆寒超是时代精神之子。

通过聆听骆寒超纵贯 50 年代至今作为"世纪游牧者"的诗，我们得以理解半个多世纪以来，一个诗人的修辞学如何伴随并呈现出其漫长的心路历程；通过这一"修辞学—诗学"个案，我们得以洞察一个时代的集体象征符号怎样塑造了一种更广泛的集体情感与社会观念，而从诗人个体的内心生活轨迹又怎样透视了更深层面上一个民族的社会心态史的演变。作为一个主要致力于诗学研究、深谙诗歌理论的学者，骆寒超在自己的诗歌实践中保持着不懈的探索精神，一种独到的修辞让他保持着个人的声音，并与他生活的时代及其集体话语展开或激烈或潜隐的对话。作为一个优秀的抒情诗人，骆寒超的诗歌以情感的丰富性与戏剧性见证了一个世纪的深刻变迁。这是一个"世纪游牧者"的歌唱，无论这些诗作是一些"时间化石"，还是变冷的"熔岩"，无论它们是"常青树"还是"煤炭"，以诗人的隐喻而言，都蕴含着不息的情感火焰和语义混合的思想热能，他诗歌中的声音和身影，都清晰地投射着一个世纪的镜像。我写作此文亦在祝福这样一位心怀真诚的美与自由的追求者，一位探寻追逐诗与真的"世纪游牧者"。

［作者单位：浙江育英教育集团］

阎志近期诗歌中的地理意象、空间结构
和精神境界

邹　茜　邹建军

阎志的诗歌创作明显分成两个阶段，以诗集《大别山以南》①为界，之前是典型的抒情诗，之后是典型的自然诗。当然，并不是说其前期的诗作中没有自然，也不是说其后期的诗作中没有抒情，而只是在这前后明显地存在一个不同的侧重点，有一个不同的构成面。其早年的诗作中所存在的多半是少年情怀，以情为主，以事为辅，自然天成，清新可喜，体现了诗人少有的天赋与才华；而后期的诗作，视野更为开阔，意象更加独到，精神更加纯粹，境界更加高远。前段时间有一个机会，我们读到了他最近几年所创作的诗集《时间之诗》②，读完之后我们大吃一惊，并且同时也大喜过望。为了表达自己的体会，表述自我的发现，所以我们要在这里发表一些想法。主要是从地理意象与空间结构的角度，谈一谈诗歌中的地理意象之来源及其意义，同时也会讨论其近来诗歌中所建构的地理空间和创造的精神境界，以及其诗歌在总体上所建构的艺术世界的问题。

一、以众多新颖的地理意象为载体

在阎志的早期诗作中，呈现的主要是自然意象，而在后期的诗作中，创造的主要是地理意象。在有的评论家那里，也许两者之间是没有什么分别的，其实从本质到形态，它们属于完全不同的两个世界。自然意象是指植物与动物，以及诗人眼里处于个体形态的山川河流、风云雷电之类；而地理意象则是诗人对于地理形态的观察与呈现，往往是一种整体性、综合性和系列性的存在。我们从其诗

---

① 阎志：《大别山以南》，上海文艺出版社 2009 年版。
② 阎志：《时间之诗》，中国言实出版社 2021 年版。

作的标题就可以看出来，哪些诗是以自然意象为主，哪些诗是以地理意象为主。如《渡口》《城堡》《重游圣托里尼岛》《阿尔山小镇》这样的诗，就是以地理意象为主；而像《索伦牧场的清晨》《科尔沁草原情歌》《宝石》《大雪南行》这样的诗，则是以自然意象为主。当然在一首诗中，我们有时也难以区分哪些是自然意象，哪些是地理意象，因为任何自然意象总是出自特定的地理环境，而地球上所有的生物都是自然物象，包括人也是自然物象的一部分，不过是一个比较特殊的部分而已。地理意象的呈现与创造，在阎志的《大别山以南》及其之后的诗作中，表现得最为充分、最为奇异。在这部诗集里，诗人不再只是呈现自己家乡一带的民俗风情与日常生活，而是从回忆的角度呈现大别山以南地区的种种地理形态，把家乡当成了一个重要的地理区域，将自己的地理感知与地方感知最大限度地表现了出来，因此与从前的诗作形成了很大的区别。同时，在他的诗作中既有具体的地方，也有概括性的地理，如作为他后期代表作之一的《祖国》，完全不同于从前其他诗人的同题诗作。在这首诗作里，他没有把祖国当成 960 万平方公里的土地，也没有把祖国当成由 56 个民族所组成的民族大家庭，而是以对自己家乡和具体山川的感知和认识来表现对祖国的深爱。诗人在一开始就说："我不知道我的祖国有多么大/我无法到达每一片土地/甚至每一座城市/所以/我的家乡就是我的祖国/给过我温暖的城市就是我的祖国/给过我感动的山川河流就是我的祖国"。从表面上看来，这些都是再朴素不过的诗句，却也是最为独到与感情深厚的诗句。在诗人看来，祖国具有广阔的土地，然而自己所能见到的，首先还是自己出生的家乡、自己所在的城市、自己见过的山川与河流，诗人以这样的诗句给我们呈现了由小到大的祖国，特别是作为地理形态而存在的祖国。诗人接着就来了一段直接的抒情："我深爱我的家乡/我深爱所有给过我温暖的城市/我深爱让我心动的山川河流/所以/我也如此深爱我的祖国"。同样是如此平凡与朴素的诗句，整个抒情就像与朋友之间的对话，然而它具有的强大的逻辑力量与美感力量，让我们不得不为诗人的爱国之情所感染。在诗人眼中，祖国是由家乡、城市和山川所组成的，自己少年时代生活过的家乡，青年时代以来所居住过的城市，中年时代以来的外出参观与游历所见的山川与河流，就是自己的祖国，就是自己的母亲。我们说在这首诗作中，诗人表现了自我身上最深刻的感知与最博大的爱。所以，诗人最后说："所以/我总是在每个节日/每次欢聚时/祝福我的祖国/一如祝福我们的家乡/那么的真诚/那么的发自肺腑/不容置疑"。诗人将主题做了进一步的升华，把对于祖国的感情表达得"不容置疑"，令人感动。最后一句是诗人自己的特有句式，这样的句式在他早年的诗作中时常出现，没有想到人到中年之后，他还是喜欢用这样的句子。读这首诗，让我们想起舒婷的相关诗作《祖国呵，我亲爱的祖国》，也让我们想起艾青的《我爱这土地》以及《北方》等诗作。可以肯定的是，与前人的同类诗作相比，这首诗作一点也不逊色，而之所以能够如此，就是诗的思想主题与三层地理意象之间所形成的结构关系同样具有强大的表现力。由此可见，具有独创性的地理意象是具有美感和内涵的，与从前诗作中的自然意象完全不同。艾青《我爱这土地》中所呈现的主要是地理意象，而舒婷那首诗中所呈现的主要是自然意象，阎志这首诗表达自己对祖国的感情，无论是意象呈现还是抒情方式，都是相当不俗的，具有强大的感人力量和生命力。以地理意象为载体，这是阎志在近作中的发明与创造，而只有当诗人的视野和胸怀达到了相当的程度，才有可能实现这样的转换。少年时代基本上是喜欢自然意象，而中年时代往往就更喜欢地理意象，但也不会完全放弃自然意象，对自然意象会有更加独到的认识和发现。诗人的近作在以地理意象为主体的前提下，也会让自然意象更具有哲学与美学的色彩，这是一个诗人在诗艺上更加独到、更为成熟的重要表征之一。

二、以独立的自我抒情为主体

无论如何，阎志进入中年以后的诗作，从本质上而言还是抒情诗而不是叙事诗。我们甚至可以说，阎志从来没有写过真正的叙事诗，并且我们也发现他因为长于抒情诗，而不太会写叙事诗，也许他认为叙事本来只是小说的功能。虽然他写过《挽歌与纪念》[①]这样的长诗，然而这首长诗是由许多组抒情小诗所组成的；虽然他也和其

① 阎志：《挽歌与纪念》，花城出版社 2010 年版。

他诗人一起倡导过"泛叙事诗"的写作，但他不过是想让抒情诗更加生活化与事件化，让这个时代抒情诗中的抒情不再过于空泛而已。他早年的小诗全是抒情诗，并且全是令人动情的少年歌唱，在中国新诗史上是少有诗人可以与他相比的。然而，自我抒情具有多种多样的方式，有 20 年代闻一多方式，有 30 年代徐志摩方式，有 40 年代何其芳方式，有 50 年代郭小川方式，有 60 年代贺敬之方式，有 80 年代北岛方式，有 90 年代叶延滨方式，也有进入新世纪以后第一个十年的王家新方式，第二个十年的李少君方式，如此等等。然而，阎志与上述诸多诗人所采用的抒情方式都有很大的不同，可见他已经有了自己的选择、自己的创意。我们先看一首《大雪南行》，"火车开去/以为大雪会追赶/才发现并没有什么需要挽留//雪花还在一点点变小/积雪变薄/似乎都变得很轻//没有一点声息的飘落/看得出树梢对飞舞的雪花/毫无牵挂//有些雪还在坚持/在山顶　在河边　在田野/仍然无动于衷//前方到站/回头一看/雪，全部无影无踪//挥一挥手，就说句/大雪快乐吧/对，唯有大雪快乐"。在这首诗作里，虽然自始至终没有出现一个"我"，然而无时无刻都有"我"的存在。诗里出现的三个意象"火车""雪花""树梢"，其实正是三种现代人格的象征。而诗人却是超乎其外，却又入乎其内的，并且他还一直在关注着三者的命运。人与人之间的感情，由于不得不发生的分别而产生变化，所以对方在每一个方面的表现，都有一些出乎意料。第一个没有想到的是"大雪"，她并没有像他人一样地去追赶"火车"；第二个没有想到的是"树梢"，他并没有如他人一样地去牵挂"雪花"；第三个没有想到的是"雪花"，她由硕大而"变小"，并且坚持到最后的"变轻"，然而无论她做出了怎样的努力，也没有能够感动"火车"。"火车"在到了一个新站之后，再回过头来一看，一切已经全无，只有挥一挥自己的手，不得已地说道："大雪快乐吧/对，唯有大雪快乐"。一切的人生、人生的一切就此结束，也不得不就此结束。我们不得不承认，在这样一首精短的诗作里，地理意象和自然意象达到了高度的统一，因为诗里所存在的并不全是地理意象，也不全是自然意象。显然，这是一首典型的抒情诗，虽然没有诗人自我的出现，然而诗中的一切抒情，都是自我的抒情。"我"既不是三个意象中的一个，也不是三个意象的综合，诗人是以客观的方式进行呈现的，所以诗中的一切都显得那么的自然、那样的亲切。显然，诗人对三个意象所代表的三种人格都持一种同情的态度，特别是对"雪花"意象所代表的人格，所以他只有祝福"唯有大雪快乐"。最后这一句话，也是自少年时代以来阎志诗作中一种特有的句式、特有的表述。没有想到这么多年过去了，他还是没有忘记自己早年的习惯，所以，我们也只能与他同说："唯有大雪快乐"。以自我为抒情主体，这是他诗作一以贯之的风格，也是他诗作的灵魂之所在。正如诗人自己所说："短诗部分都是我二三十年来本着写诗要'真'、要有'情'、要有'思想'的基本诗观去创作的，这些诗我都是认真挑了的。"①他在诗作中不会去讲他人的故事，也不会去讲一个与自己没有关系的历史人物，他所讲的只是自己所见到、所体会到、所感知到、所认识到的东西，这就是他诗中自我的由来，也是他诗作中自我形象的价值所在。他在许多诗中是有自我的，即使是没有出现作为第一人称的"我"，然而"我"也是同样存在的，并且发挥了很大的作用，往往处于诗作的核心位置，成了他所有诗作的骨架与灵魂。正如诗人郭沫若所指出的那样："情绪的律吕，情绪的色彩便是诗。诗的文字便是情绪自身的表现。（不是用人力去表示情绪的）我看要到这体相一如的境地时，才有真诗、好诗出现。"②阎志近年来的许多诗作，之所以被称为"真诗"和"好诗"，最根本的原因就在于他是以自我为根，以生活为源，一切忠实于自我的感觉，把自己的所感、所知、所识、所想，全部地保存在了自己的作品中，并且主要以原始情绪的形态出现。然而他的诗不是现实主义的，不是浪漫主义的，也不是现代主义的，而是所有"主义"的综合与统一，综合于自我的全感官的感知，统一于自我的主体性抒情。阎志以他的大量诗作说明了"我"的诗学价值，说明了在诗歌文体中，不可能离开自我的存在与呈现，不可能离开自我的抒情和象征。

---

① 阎志：《时间之诗·自序》，中国言实出版社 2021 年版，第 3 页。
② 郭沫若：《论诗三札》，《沫若文集》第十卷，人民文学出版社 1959 年版，第 211 页。

三、自然天成地理空间的创造

阎志近年诸多诗作中的抒情比较冷静与客观，不过也是他一以贯之的风格。在他早年的抒情诗中，少有纯粹空洞的直接抒情。在他所出生和成长的那个年代里，不受政治抒情诗的影响几乎是不可能的，然而他的确没有采取那样一种时代性的流行抒情，而是采取了与朦胧诗比较接近的抒情格调，在此基础上又有了不少新的发展。"泛叙事诗"离不开人物、事件，所以在阎志近年的抒情诗中，总是有一些人物和事件，或者说人物与事件的影子的存在，但在许多时候又都转化为了丰富的地理意象，形成了特有的、自然天成的地理空间，产生了一种空阔的时空结构。让我们来看一首《风过耳》："我要在故乡的/群山之中/修一座小庙/暮鼓晨钟/与过去再也不相见/原谅了别人/也原谅了自己//佛经是很难读懂了/大多数的功课/只是为孩子们和/所有善良的人祈福/闲时/看一株草随风摇曳或者/倔强地生长/有风经过时/檐下的风铃肯定会响起/才记起看看/山那边的故乡/依然会让我怦然心动/那就再多诵几遍经吧/直至风停下来"。从整体上来看，这首诗只是诗人的一个自述，因为他的确在故乡的群山之中，修建并供奉了这么"一座小庙"，似乎可以称之为"大别山中第一庙"。从诗中的意象及其所表达的情感来看，诗人的确是想过一种清静无为的生活。过去所有的一切他都要忘掉，他一心只是要为他人祈福，只是因为故乡仍然在诗人心中占有崇高的地位。在这首诗中，诗人以地理意象"故乡""群山""小庙""檐下""山那边"等为基本要素，构成了一个自由、自在与自足的空间结构。这个特别的空间结构，与诗人的内心结构是完全相近的，也是和谐与统一的。显然，诗人现在并不总是在自己的"故乡"生活，远方的"故乡"和"小庙"都只是诗人的一种想象，表达的也只是诗人对未来生活的一种向往，从而表现了一种至高的情怀与至远的境界。在近期的几乎所有诗作中，诗人一再地描写与呈现了这样的境界，如《祖国》《渡口》《城堡》《回望》等。《回望》是这样的一首短诗："从东方绝尘而去/风沙漫漫/依稀还能闻到水草的气息//在成为一尊雕像前/还来得及怀念/关于大漠的种种//其实/没有比雕像更长久的回眸/没有比石碑更温暖的守望/即使没有归途/也绝不改变凝望的方向"。这首诗的写作起因，是诗人看到在匈牙利首都布达佩斯的渔人堡上，有一尊平时少有见过的建筑，是这个国家首任国王圣·伊什特万的雕像。雕像深情地凝视着东方，而这只是一个隐喻，也是一种象征。有观点认为匈牙利人是中国北方匈奴人的后裔。诗人见到这座雕像，也听说了这样的传说，所以创作了这样一首具有传奇性的诗作。就地理空间而言，诗作中隐喻的"东方"和"西方"的相对性存在，也就形成了"绝生而去"与"回望"的相对性存在。"风沙""水草""大漠""雕像""石碑""归途""方向"等地理意象，在如此简要的诗行中，轻松地建构了历史与现实之间的距离，并让历史与文化之间的张力得到了完全的和充分的显现，有了一种完整而立体的表达。诗人是在处于欧洲中部的匈牙利首都参观，体现的是一种"此在"，然而他所想象和关注的，却是一种"彼在"。诗人眼前的现实与此国过去的历史，眼前的此国和历史上的中国，体现的是他对一个民族的历史认知，对这个传说具有超越性的、深厚的同情。在从前的政治抒情诗中，往往没有特定的地理空间，所以许多诗作显得很是抽象和空洞，即使是政治意味不是特别浓厚，却也只是没有具体内容的抒情，这样的大喊大叫也是不产生任何意义的。而在阎志的许多诗作中，几乎都有对于特别地理空间的建构，虽然许多时候是不经意的，而正是这种不经意，却成就了地理空间的自然天成，最终所形成的是丰富而充实的美学空间、富有意味的艺术空间。在他早期的诗作中，已经有了这样的萌芽，只是在对于"泛叙事诗"的思考与探索中，诗人的诗艺和诗美都发生了实质性的变化，不仅超越了大多数的政治抒情诗，也超越了许多朦胧诗。诗人的抒情总是具体的，通过一个具体的事件或具体的人物。而事件总是发生在特定的地方，人物总是生活在特定的空间，这就造成了阎志近期诗歌对于地理空间的建构。对于他的诸多诗作而言，地理空间同时也是艺术空间，当然也就是具有超越性的美学空间，而其诗的精神境界也由此得到了完全的呈现。

四、从地理意象到艺术世界

阎志的新诗创作经历了长时间的探索，最近几年已经在原来的基础上发展出了一些新的东西，然而，旧有的东西仍然得到了全部保存。他从前的诗作中多半是自然意象，并且多半也只是限于一种少年观察；而在最近几年的诗作中，很多已转换成了一种地理意象，其触角已经到达了世界上许多重要的地方。在他的诗作中，地理意象大量存在，通过具体的呈现得到保存，在此基础上，他在许多诗作中创造了大小适当的地理空间，与自我抒情产生了高度适合性。如果再大的话，会有一些空洞；如果再小的话，就会过于泥实而没有了升华的空间。地理意象和地理空间在诗中的存在，其实也就是艺术空间在诗中的存在。在自然意象的基础上发展为以地理意象为主体，在地理意象的基础上形成了地理空间，而地理空间也就等同于艺术空间。因此，在艺术空间之中既有自然意象，也有地理意象，两者之融合就产生了奇特的艺术空间，而在这样的艺术空间之中，集中表现了诗人的审美感知与审美创造，诗人的一切情感、思想与美学，都在此中得到了保存与发展。所以，当我们从艺术空间建构的角度对阎志诗作进行欣赏与分析的时候，就会发现他笔下的世界就是一种空间，而不是一个抽象的符号，也不是一个平实的叙述，而是具有多种多样可能性的框架。它是诗人自己创造出来的，同时也可以让读者在此继续创造下去，并且可以无穷无尽。

更为重要的是，他的许多新诗在精神境界上达到了前所未有的高度，是从前多半为少年情怀与青年理想的诗作所不可比拟的。在他这一代诗人中，这样的情况也许是相当少见的。地理意象的有无是个问题，地理意象的呈现艺术则是另外一个问题。地理意象与自我的统一，对于诗人而言则是一种重要的考验。也许有的人认为地理意象对于诗作而言是可有可无的，特别是从 20 世纪 40 年代后期就已经开始，在 50 年代和 60 年代达到了高潮的自我抒情，在这一历史过程所产生的诗作中，似乎没有地理意象也可以成为时代性的杰作。然而，英国浪漫主义诗人华兹华斯的许多诗作不会过时，美国超验主义诗人梭罗的诗作也不会过时，再古老的诗人如意大利伟大诗人但丁的诗作，或者古希腊的《荷马史诗》这样的划时代史诗也不会过时，为什么呢？因为他们的诗不只是属于一个时代，而是属于所有的时代，最重要的原因就是在这些作品中存在特定的时间和空间，并且诗人让时间和空间在此得到了有机的统一，所有的时间和空间、所有的情感和思想，都统一于特定时代的地理意象和地理空间之中。由此可见，阎志的诗作在此方面有了新的探索，并且达到了很高的境界。正如王志标先生在《空间与地方：经验的视角》一书的"译后记"中所说："经验的感知依赖于视觉、嗅觉、味觉、听觉、触觉、动觉等身体的感官系统。对于四肢健全的人而言，这些系统都有一定的发达程度；对于盲人而言，无法依赖视觉，只能依赖其他感官系统；对于有听力障碍的人而言，则只能依赖听觉以外的感官系统。而空间感的建立主要依赖视觉、触觉和动觉，味觉、嗅觉和听觉无法独立地建立空间感，而是需要和前面所述的三种感官系统组合才能构建空间感。"[1]阎志自小就依靠感官系统建立了自己的"经验"，从乡村到城镇，从小镇到大城，从中国到外国，从自我到世界，所有的自然意象和地理意象都化为了自我经验的有机组成部分，并为艺术空间和美学空间的建立打下了坚实的基础。诗人所具有的通感能力，在他这里也成了一种特异功能，让所有的感觉可以在一瞬间实现融通，从而让他的许多诗作达到了很高的思想和艺术境界。在他诗作的思想形态中，地理意象是一个基本的层面，然而也是最为重要的层面；在此基础上的地理空间是第二个基本的层面，由诸多地理意象的组合而建构起了特定的地理空间；在此基础上所呈现的艺术世界则是第三个基本的层面，自然的、自足的、完整的、充实的艺术世界，成了他诗歌审美创造的最高目标。他在每一首诗作中都创造了一个世界，诸多的诗作又创造了一个自我的世界，一个自我与他者相遇、主观与客观相统一的世界。在这个世界中产生并保存了他的美学观念与哲学观念，同时产生并保存了诗人自我的一切感知与一切发现。正是因此，阎志近期的诗歌创作在思想和艺术上都取得了重要成就。

不过同时也需要指出，阎志并没有从根本上完成这样的探索，他仍然处于探索的途中。在未来的日子里，他需要有更大的思想探索力和更宽的地理感知力。地球虽然还是那个地球，故乡虽然还是

---

① ［美］段义孚：《空间与地方：经验的视角》，王志标译，中国人民大学出版社2017年版，第223页。

那个故乡，然而在最近的一百年中，地球已经发生了翻天覆地的变化，并且正在以加速度的方式发生更大的变化，作为诗人就有历史责任来进行全面把握和创作。阎志找到了自己的道路，相信他可以在此基础上，更加注重对自我的精神探索、对艺术境界的追求、对自然世界变化的关注、对人类未来命运的思考，从而发展出一条更加宽广的道路，建立一个完全属于自己的诗歌艺术世界。阎志说："仅仅有梦想和激情是远远不够的！你不能只是对生活充满想象，你还得要脚踏实地，练好本领，壮大自我。"①他既然这样说了，当然也就会这样做，一生都"脚踏实地"的诗人阎志，当会以自己的巨大努力，开创出诗歌创作的全新阶段。

［作者单位：邹茜，武汉理工大学外国语学院

邹建军，华中师范大学文学院］

---

① 阎志：《艺术点燃想象，执着成就梦想》，此系阎志 2018 年秋在武汉大学迎新大会上的演讲。

雨田："诗歌是我一生的宿命"

彭成刚

诗人雨田堪称诗坛的常青树，从 20 世纪 70 年代开始诗歌创作一直坚持到现在，从未因为主观或客观的原因脱离过诗歌的创作。对于一个 20 世纪 80 年代已经蜚声诗坛的诗人来说，这种致力于诗歌创作的行为是由诗人对诗歌的态度和创作能力决定的。雨田曾在 1994 年出版的诗集《雪地中的回忆》的序中说，"对于诗人的写作姿态，我们有必要自觉地去端正，去实践……时代已经选择了我们，我们必须是时代的承担者和见证者，整个民族精神的实质必须在我们的意识中得到渗透"，自认的使命意识和责任感已经把诗歌创作融入他的人生之中，在诗集《东南西北风》的第一首诗《断章：崭山村纪实》中，他甚至写出了"让句号淡出我的诗篇　因为诗歌是我一生的宿命"的诗句。

要理解雨田长达 50 年的诗歌创作和作品，必须理解雨田的这句话。雨田长达 50 年的新诗创作史几乎就是我国 20 世纪 80 年代新时期以来的新诗创作史的一个截面，在这种特殊的语境之下，纵向分析研究雨田几十年来的诗歌作品可能有助于我们解决当代新诗创作发展面临的典型问题，也有助于我们廓清当代新诗创作的基本理论。雨田的诗歌创作始于 20 世纪 70 年代，他的初期诗歌便以个体化的抒情气息呈现他对人生和世界的热情拥抱，迥然有别于同时期进入"朦胧诗"创作的舒婷、北岛。雨田诗歌个体化的抒情特点源于他深厚的生活积淀、丰富的阅读积累和质朴而具有天分的诗歌表达才能。到了 80 年代初，面对"朦胧诗"和"后朦胧诗"在语言形式上的个性化表达，雨田也没有像当时的一些诗人那样热衷于创立新诗流派，为了诗歌流派而陷入流派的误区。虽然雨田也创办了净地青年诗社，与诗友合作出刊，但并不拉帮结派、故步自封，而是借助当时流派盛行、全民皆诗的大好形势来广交朋友，借鉴学习其他诗人在诗歌

161

创作上的优点，逐渐让自己的诗歌形成独有的抒情风格。正是在这一时期，雨田博观约取、深耕细作、兼收并蓄的创作精神使得他的诗歌创作走向成熟。其标志性的作品就是抒情长诗《麦地》。

《麦地》大密度地使用了"后朦胧诗"的象征、隐喻手法来表现诗人对社会、人生的体验和思考，也充分发挥出源自对现实生活的深刻观察和个体化的情感体验带来的独特的抒情审美能力，既有新诗语言形式的创新，也有审美视角的拓展，更为关键的是对现实社会和人生有着巨大的表现力度，在新诗特别是长诗创作上，具有不可替代的贡献和价值。

到了 90 年代，中国开始改革开放，进入社会主义市场经济的时代，物质财富的生产和消费急速发展，商业社会的生产模式、生活方式极大地改变着中国社会，消费主义不仅影响着文化艺术的生产，也影响着文化艺术的消费。工业技术作为一种生产和消费中广泛存在的要素，不仅让物质财富的生产和消费变得高效，甚至连艺术的生产和消费都变得廉价，而作为纯粹以文字为介质的诗歌艺术在这一股消费主义狂潮之中处于迅速落寞的尴尬境地。艺术生产和消费呈现出的是以经济利益和市场占有率为目的的通俗流行艺术倾向，借助于数字技术的多媒体在艺术生产和消费市场上不断吞噬着古老的文学艺术的存在空间。80 年代新诗中那种崇高和典雅的美学趣味似乎开始无人问津。在市场经济和消费主义的冲击之下，中国新诗歌在经历了 80 年代的短暂繁荣之后，在 90 年代进入一个相对萧条和停滞的状态。进入 21 世纪后，随着互联网技术应用的普及，尤其是互联网社交媒体和自媒体软件的广泛开发利用，新诗又步入一个铺天盖地的网络时代，看似新诗的一个新的繁荣时期又到来了。可是，新诗创作随之却进入一个社交圈子化、虚拟社会化、自我娱乐化的更加混乱分散的时代，新诗的社会认可度和艺术规范持续走低。

就在新诗创作陷入内外交困的时候，一些曾经喧嚣一时的诗歌流派消失了，一些声势显赫、富有才华的诗人从诗坛消失了，他们一个个转型"变身"，以成功人士的身份出现在人们面前；而硕果仅存的诗人则为新诗的地位和诗人的身份陷入迷惘和焦灼之中。一些诗歌刊物和诗人出于利益的考虑，推出一些吸引民众眼球的新诗，直接的后果就是进一步降低了新诗在社会民众心中的公信力，严重地误导新诗初学者，造成新诗创作更加混乱的局面。

在这种形势之下，我们再来审视雨田自认的使命意识和责任感，更觉得这种对待新诗的态度难能可贵。"让句号淡出我的诗篇　因为诗歌是我一生的宿命"绝不只是一句口号，雨田一直在用创作实践活动和作品践行着他的诺言。对于雨田来说，创作于 2000 年 4 月 28 日的《黑暗里奔跑着一辆破旧的卡车》是他在新诗创作道路上具有里程碑意义的代表作。雨田认为，诗人的使命意识和责任感就是不仅要担负起发现和捍卫诗歌的审美艺术性的责任，还应该关注与人的生存、生命和生活相关的时代精神。诗歌的艺术价值应该建立在时代性之上，《黑暗里奔跑着一辆破旧的卡车》展示的正是诗人用独具个性的话语反映的一种时代感。

20 世纪末，文学艺术处于引领时代潮流的先锋地位。诗歌关注人的个体存在，关怀生命，是在关注族群的基础之上对生命伦理价值的进一步拓展。尤其是在城市里，在族群与个体之间形成的裂隙需要通过对个体生命存在价值的挖掘来弥合。如果个体的生命存在得到完善，那么族群的价值也能获得相应的体现。那种把关注个体生命存在的倾向同关注族群存在的倾向对立起来的认识显得非常片面，所有的生命存在都遵循一个法则——整体的健康是从细胞开始的。作为语言的艺术，诗歌的时代性体现为诗人对诗歌话语的独特创造。

"黑暗里奔跑着一辆破旧的卡车"这个标题本身就充满描述性的镜头感，它仿佛我们日常生活中的某种经验，但诗歌本身并没有让我们顺利地进入生活经验，去体验一种日常的情感和思维，而是巧妙地转换为一种内在视角的自我叙述。也就是说，诗歌一开头就被诗人强制带入心理世界，阻断了通往外部日常世界的可能性。"总在重复的那个梦境叫我害怕"，这句话引出来的是一种心理感受。梦境虽然是虚幻的，但它却让人拥有独立、连续而完整的知觉，梦醒之后还能产生清晰的记忆，以及由此产生的理性思考。相比之下，人在外部世界的存在处于困窘之中：生活的杂乱无章、环境的巨大压力、每天烦琐而单调的事务和劳作，使得人丧失了主动性，人的生命活动被动地物化。作为梦境的对立面，外部世界的存在就是被动、中断和碎片的知觉。可怕的是这样的生活无休止地延续着，人们没有主动终止的意识，久而久之，失去了记忆，当然也不可能产生理性思考。

因此，从个人生命存在的形式来看，人的心理存在比外部存在更为真实。乍一看，"奔跑在黑暗里的那辆破旧的卡车"出现在心理意识之中，似乎显得突兀，但它符合心理的真实。这辆卡车可以视为梦中之物，也可以视为击碎梦境的异物，它兼有外部存在的真实和内部存在的真实两种属性，具有一种窗口效应。"黑暗的深处／我的另一片天空正被事物的本质击穿　我仍然／没有表情　站在堆积废墟的地方倾听那些／腐烂的声音"。诗人的叙述带着清醒的理性，但他没有简单地把梦境视为虚幻之物，他相信自己的知觉建立在生命存在的基础之上，必然具有天然的合理性。就人的个体存在感而言，所有外部社会的认可最终还得通过自我的知觉返回内心，其终极存在仍然是一种心理意识。因此，诗人内省的话语建构的叙述保证了生命个体的存在，它是优先的。

可是，如果只是做梦，梦见"奔跑在黑暗里的那辆破旧的卡车"，这样的梦显得粗糙、坚硬而冰冷，完全缺乏做梦者自我满足、自由发挥的特征。从这个角度来说，这辆卡车的出现只能起到粉碎梦境的作用。从下文来看，诗人的思维正是在进行着这样的判断："据说已有几十年的历史　我努力在回想／那辆破旧的卡车　它只介于新中国与社会之间／我真的看不见卡车内部的零件　但它的意义／不仅仅只是一个空壳　卡车奔跑的声音和其他／杂乱的声音混合在一起　那巨大的声音里／没有任何暖意　我不知道那辆破旧的卡车的存在／意味着什么"。这一段叙述诗人不带有任何温度，卡车作为物的存在引起了诗人内心的紧张和焦虑，他渴望通过认知获得物的终极价值，却无能为力、沮丧不已。诗人把卡车从梦境推到悬崖下面，让它作为具体的物与日常生活的地面产生撞击，他的关注点就放在物的日常价值之上。在日常生活中，执着于物的存在，往往会失去人的心理存在。其实，可怕的不是自我存在的丧失，而是物的存在或许真的就像一辆跑了几十年的破旧卡车，它粗糙、笨拙、漏洞百出、不堪一击，随时可能失去存在价值。诗人的叙述体现了他对个体生命存在的终极焦虑，物的存在也许就是人的个体生命日常存在的方式，它消解生命的主体价值，并且不能承受任何持久的考验。

这时候，诗人从对卡车的关注转移到对自我人生经验和个体生存的考量和体悟上来："我在那辆破旧的卡车的本质之外　已经注视了很久/它阴暗的一面让我摊开双手　一些变幻着的事物/教育我善良　这之后　所有的道路都在变形/我的心境如同真理一样　在平静地闪耀/直到有一天　我记忆的手掌上开满鲜花　随着/人的饥饿和人的生存的危机　我将变成/一个沉默的神　应和着回忆的空虚　应和痛苦"。个体生命的存在还有一个支撑点，就是建立在人生经验和阅历之上的历史感。历史经验在一定程度上可以缓解人和外物之间的紧张关系，外物的变化、认知的变化，似乎抵消了我们对外物的畏惧，但个人生存的危机告诉我们：生存会让人主动放弃自我的存在感，从而让精神完全附着于外物，这样才能达成个体生命存在与外物存在的和谐统一。

回到内心，恢复个体生命完整感的自我会永远安于现状、自我满足吗？在现实生活中，心理的真实需要不断从外部世界获得知觉的支撑和确认。破旧的卡车和它存在的背景在本质上是一致的。看得见和看不见、看得清和看不清、知觉和无知觉，分别是生命存在的两个方面，彼此证实而不自相矛盾。"那辆破旧的卡车的存在或许就是黑暗的存在"，诗人对物的透视引发了他对生活的透视，"在恐惧的深处　我的眼睛无法改变事物的颜色/当我将自己发颤的声音传向远方时　流出的血/已经老化　我真的像飞鸟一样无法深刻起来"，心理知觉在一定程度上保护了生命个体存在的真实性，但却限制了生命个体价值的增加和发挥。此时此刻，诗人对生命的个体存在提出了最后一个疑问：自我生活的依赖在哪里？

当物的意义和价值在人的生活中完全呈现出来，人的个体生活一定是获得了一个认识"极限的真理"的最高支点，"破旧的卡车"位置被抬高，作者无意去美化和粉饰生活，而是要剔除物的阴影和黑暗，使物从人的知觉中理性地撤退，回到它自身应有的位置，让人们看得更清楚：它"苍白，带有一层厚厚的污斑"。生活本身就是这种质地，看清楚之后，人还要活着，他会嫌弃这种质地的事物吗？若是嫌弃，依赖在哪里？日常状态的生活，或许更接近生命存在的本质，"我的平常生活/并不经典　就像奔跑在黑暗里的那辆破旧的卡车一样/既不绝望　也不乐观地存在着　整天不知为什么奔跑着"，这就是生活的原色。在这里，卡车完成了一次华丽的转身，它从生命体验的内容和对象飞跃到哲学的高峰，俯视个体知觉，以思辨的方式清洗了诗歌语言的源头，让诗歌更干净、简洁、健康！

"奔跑在黑暗里的那辆破旧的卡车"穿行于梦境和日常生活，这就是新诗最具先锋性的语言的创造力，尖锐地突破了传统诗歌的修辞壁垒，把事物本身的形象和意义呈现在阳光之中，让生命的个体存在更为真实，更接近本质。

雨田的诗歌大气磅礴、浑厚深沉，源于他的诗歌语言释放出来的巨大能量。他诗歌语言的内驱性、个体性、日常性、经验性和思辨性渗透在诗歌作品的整体之中，形成一种独特的创作风格，具有超越年代、不可复制的艺术价值。

在新诗创作千奇百怪的网络时代，各种时髦的理论和流派甚嚣尘上，可雨田一直坚持着抒情诗的创作倾向。为什么雨田如此执着于抒情诗的创作？在雨田《雪地中的回忆》的自序中能够找到答案："这里，我可以肯定地说，诗歌创作我坚持下来的二十多个年头里，写出了一些人们喜爱的作品。但我不知道那究竟是我苦难的生活经历还是我的创作本身在打动他们？有一点我非常自信，我所创作的诗句是我吟咏我对生活的感受，是发自我内心世界的一种无声的声音。"雨田的诗句是对他自己生活的感受的吟咏，仅仅表达感受是不够的，必须是能够吟咏的，必须是能够转换成可以吟咏的语言。也就是说，雨田的诗歌是适合朗诵的，他的诗歌必须进入朗诵的境界才能品味到诗歌的意味。

古典诗歌把吟咏作为诗歌实现其社交功能的第一要素，诗人自然能够恰到好处地平衡诗歌在书面语和口语之间的微妙关系，也能够全面地体现诗歌的审美能力。然而到了现代社会，随着信息化时代的到来，人们普遍乐于以摄取信息的方式消费古老的文学艺术，因而，新诗从被动边缘化逐渐向主动边缘化的方向演化发展，很多新诗更像是迎合智力游戏爱好者的编码或解码程序，追赶时尚的诗人们仅仅把诗歌的语言作为表达意义的符号，完全不考虑诗歌的语言还有声音的美感，极大地削弱了新诗的审美能力，这无疑是新歌创作的误区。

20 世纪新文学运动的先贤们意识到中国古典诗歌作为旧式士大夫阶层个人修身养性和日常社交的一种仪式感特别强的工具，严重阻碍着社会现代化进程中平民阶层对诗歌审美趣味和功能的需求，便以现代汉语作为手段来拓展新诗的审美边界。现代汉语天然地亲近口语，又接纳了现代翻译家们从欧美语言那里借鉴来的语法和语用知识经验，使得新诗创作从开始就陷入口语化和欧化的分裂和僵持状态。欧化的新诗创作偏向于从语言到语言的铺陈演绎，罔顾事实和个人内心，而口语化的新诗创作偏向于脱口秀般的话语机锋和思维急智的演绎，这两种倾向的新诗创作都不能充分地实现诗歌的审美功能。不可忽视诗人对诗句吟咏的重要作用，那就是诗人在芜杂粗俗的口语和典雅规范的书面语之间进行精巧的调试。从这个角度而言，雨田坚持新诗的抒情诗创作方向不只是在捍卫诗歌吟咏的优秀传统，更重要的是处理新诗长期以来存在的欧化和口语化两者之间的矛盾和弊端，这是难能可贵的。

在我看来，张口大声诵读新诗，不仅仅是一种欣赏方式，而且更能折射出我们创作新诗的诗人对自我角色的定位和诗歌价值的期许。在《雪地中的回忆》的自序中，雨田认为："就诗人的写作姿态来说，历史早就告诉我们，诗歌要有为历史作证的使命意识，这也是做诗人的最起码的准则，现代诗歌是生命力的强烈表现，随着诗人潜意识的冲动，我们的良心和使命已构成了艺术的真实"，"诗人的特别任务除维护语言纯洁外，还应该充当人民的代言人和历史的见证人"，这是雨田几十年来诗歌创作坚持的主张和实践的经验。当诗坛上盛行着通篇都是象征、隐喻之类的语言技巧而隐藏或缺失了诗人真实情感的新诗之时，雨田却从不讳言他对生活的真实感受和理解。他的抒情是充盈而剔透的，他的每一个句子都贯穿着他的心灵与世界的密切联系。无论是广播电台、电视台，还是自媒体的音视频栏目；无论是诗会现场，还是朋友聚会，雨田的诗歌都具有朗诵的美感和倾听的共鸣感。

熟悉雨田诗歌的读者都知道雨田以擅写长诗著称，而且雨田的诗歌还有一个显著特征是以长句著称，这是雨田在当代诗歌创作上的一种特色。阅读雨田 20 世纪 80 年代创作的著名长诗《麦地》，我们不得不钦佩他在新诗中呈现出来的充沛的情感和高超的抒情能力。众所周知，在中国诗歌史上，除了叙事诗的篇幅较长，抒情诗从来都是应景即兴式的短篇短句，这与汉语的象形特征密切相关。一个词语通常指称一个独立的事物，汉语这种语词的独立指称功能赋予了中国诗人强大的妙悟能力，在很多时候，这种能力被称为诗歌创作上的灵感现象。几千年来，中国诗歌创作便遵守着这一由语词为感发基点或核心的创作传统，从而形成了中国古典诗歌稳定的诗歌形式。新诗创作一百年，比较成功的抒情诗都是短诗，能够经受住时间考验的抒情长诗凤毛麟角。

像雨田这样执着于抒情长诗创作且有业绩的当代诗人并不多见。雨田的长诗气势宏大、汪洋恣肆，让人读起来酣畅淋漓，这不仅与他博观约取、兼容并包的学习方式有关，更与他诗歌创作的经验和主张有关。在《雪地中的回忆》的自序中，雨田认为："它是出自诗人内心世界的精神，也可以说是诗人的超前意识，而不是外在谁都能看见或感觉得到的东西……内心世界的精神，实际上是诗人在感受生活时必须有一个先前的潜意识意向性结构，它决定着诗人的存在方式和思想，先前的潜意识意向性结构才能使艺术生命的意义构成一个完整的精神世界。诗人的写作，就是从先前的潜意识意向性结构直接进入历史，去创造人生的意义，寻找自己民族的根，探求艺术生命的实质"。正是雨田坚持诗歌创作源于主体精神世界的超前结构，他的抒情诗才能收放自如、不拘一格、豪放不羁，极大地扩充了抒情的形式、内涵和容量。长诗和长句体现的就是雨田这种诗歌创作主张和创作能力。

纵观雨田的诗歌，不管是长诗还是短诗均保持了长句的特点。这些诗歌虽然创作时间不同，但在创作风格上却是一致的。无论是乡村还是城市、家园还是异乡、灾难事件还是日常生活，无论是追忆往事还是直临当下，每一首诗中诗人都在现场，诗人向着熟悉或是陌生的世界敞开自己的灵魂，这样的抒情诗不仅可以抵达生活现场而且可以抵达生命的本质，这就是雨田的抒情诗展示出的艺术力量。当代诗坛一度掀起了"不及物"的流行风，沉溺于取消语言能指的尝试，以为这样的努力能够使新诗在口语中产生一种神性写作的光辉，却不想这样一条路径让新诗脱离现实、脱离生活、脱离生命，这事实上是把新诗带入了绝路。而另外一种新诗创作流行风是在批判这种脱离现实的倾向上产生的一种矫正行为，强调新诗要干预生活、干预现实，要赋予新诗表现现实的能力，以戏剧性和悖谬来建立新的新诗美学意义。雨田的抒情诗完全不受同时期诗坛的众多流行观念的影响，他以自己的诗歌创作诠释了新诗应当坚守现场的立场，并且申明了新诗诗人的责任。雨田在《雪地中的回忆》的自序中说，"但现代诗歌作为语言的艺术并不仅仅是反映历史的真实性，更重要的是造就一个有意味的世界，人们可以在其中得到启迪"，这反映出诗人在处理现实和诗歌两者关系时体现出来的专业精神和责任感。诗歌表现的真实应该是诗人表现出来的生活的真实，诗人作为诗歌的第一责任人和终极责任人，任何时候都要告诉读者诗歌是什么。也就是说，在任何时候，诗人都必须保证他的诗歌必须是诗歌。当然，如果一个诗人一直坚持这样创作是要付出代价的。雨田借用另一位诗人的话说，艺术其实是天才的一种自我惩罚，一次创作就是一次精神的"放血"。

在雨田的诗中，随处可见他对自然景物精确细致的观察和表现，或者说，雨田的抒情诗的美感很大一部分表现在他对自然和世界万物的书写之上，这是雨田诗歌的优势之一。随着工业化和城市化进程的加快，越来越多的诗人已经丧失了对自然世界的观察力和表现力，在一些诗人眼中，热衷于表现自然世界仿佛是诗歌观念和手法落后过时的一个代名词。甚至有诗人和诗评家公然喊出当代诗人要从书写自然世界转向书写城市世界（人造世界），并且把这种转换视为新诗发展和进步的一种标志，这更是荒谬绝伦的。在诗人眼里，自然世界和城市世界（人造世界）只有诗意多少的差异而不存在诗意先进或落后的差异。城市世界（人造世界）的时间和空间范围狭窄，而且因为是人造之物，所以城市世界（人造世界）已经人为植入了制造者(设计者)的观念，这对于最讲究创造力和想象力的诗歌艺术而言，书写时容易使读者出现"意图谬误"，从而给诗人带来意外的麻烦。相反，自然世界的事物天然地具有极其宽广的精神视域，更适合诗人主体精神的展现，更有诗歌书写的空间。

在大量游记类的诗歌中，雨田将步履所及的山川地理纳入诗歌的写作视野，从江苏太仓的南园、金仓湖、沙溪古镇到杭州西湖，鄂尔多斯的响沙湾、乌兰木伦湖、康巴什大街、成吉思汗陵，云南个旧的小蔓堤、哈尼梯田、老阴山和加级寨，德令哈的柯鲁可湖，青海的日月山和塔尔寺，济南的趵突泉……，这些具有时间长度和空间广度的自然世界或人文世界的出现仿佛印证了诗人广阔的精神世界的存在，诗人并未因为与这些他乡的陌生事物偶尔相遇产生一种疏离和隔阂，而是非常自然地将它们转化为自我精神实现的一种路径。马克思在《1844 年经济学—哲学手稿》中认为，音乐是人的创造物……作为人的创造物，其本质体现着"人"的本质。换句话说，艺术的美就是人的本质力量的对象化。雨田在《雪地中的回忆》的自序中说，"现代诗歌不是写出许多读后即忘的分行汉字，现代诗歌的力度与深刻就在于诗歌里有没有诗人自己的血和骨头"。在诗人对万千自然事物的书写之中，深深地融入了诗人的生命意志和力量，可以这么说，雨田诗歌里的山川地理是作为实现诗人生命意志和力量而显现的，具有鲜明的个性和创造性。

在雨田的诗歌中，频频出现"疼痛""刺痛""伤痛"这样的诗句，这引起了我们对雨田诗歌表现主题的关注和探究。这里有一个基本问题值得探讨，那就是日常生活和事物书写的价值是什么？日常生活是大多数人的生活状态，其特征是波澜不惊、平淡乏味，但换一个角度看，日常生活是岁月静好，是我们竭尽全力想要获得或保持的一种生活状态。诗人在对日常生活和事物的书写中频频出现痛感的句子是不是有无病呻吟之嫌？这里涉及一个问题，诗人在诗歌中呈现的精神品质是否等同于维系日常生活的道德伦理？在日常生活中，我们追求的是物质的富有、秩序的稳定和肉身的满足和安全，而在诗歌之中，诗人追求的是人的内在精神的充盈和情感的愉悦，这两者分属于两个维度的存在，绝对不能用日常生活的圆满来取消精神世界的存在，而诗人也许正是在大家习以为常的日常生活之中发现了精神世界的种种缺陷而引发了隐伏的痛感。在日常生活中，也许诗人和周围的人一样被日常生活的种种麻烦困扰，很少有时间和精力探讨精神世界的问题，或者周围的人习惯于把解决日常生活的问题混同于解决精神世界的问题，这样的生活状态让诗人陷入无可言说的孤独状态。而精神世界的伤痛当然不可以显示于人，自然山水万物以不言为言，诗人的语言以无声为声，诗歌的创作正是在诗人处于孤独状态才获得的抵达精神世界的能力。

许多人读不懂雨田的诗歌，除了雨田的诗歌以关心精神世界为宗旨这个原因，另一个重要原因与雨田诗歌的表现手法相关。在抒情诗的表现手法上，雨田的抒情诗迥然有别于贺敬之、郭小川那种以宏大叙事为基调的政治抒情诗，也有别于北岛、舒婷、食指那种貌似个体化的朦胧诗，其实仍旧是以代言人身份进行宏大叙事的政治抒情诗。中国抒情诗的历史悠久，从屈原到杜甫，再到现代的郭沫若、徐志摩、戴望舒，直到当代的贺敬之、郭小川、北岛、舒婷，无不是一种独白式的抒情方式。独白式的抒情穷尽修辞仍然避免不了单薄贫乏和相互雷同，在新诗现代化的进程中遭到广泛的质疑，自然也激发诗人们创新抒情的手法。在雨田的抒情诗中，我们发现诗人的抒情从独白式演变成了复调式，他的抒情诗通常不只有一种抒情基调，而像是多声部的音乐演奏，我们阅读的时候感受到的是"众声喧哗"的繁复和变化。

在此，我们借用苏联学者巴赫金创设的概念"复调小说"来诠释雨田诗歌的复调抒情现象。巴赫金认为，独白型小说的全部事件和主人公都是作者意识的客体，这些主人公的声音全部经由作者意识过滤之后并不形成独立的"声部"，主人公的意志统一于作者意识，丧失自己独立存在的可能性。在诗歌创作尤其是在独白式的抒情诗创作过程中，诗人摹写的事物完全服从于一种情感和思想的节制，毫无独立存在的地位和价值。这样的抒情诗容易为读者理解和接受，但也容易在诗人之间形成相互模仿和抄袭，导致诗人德性的衰败和诗歌品质的退化。

雨田的抒情诗中存在大量复调式的抒情手法，长诗《麦地》就是复调式抒情的典范之作。不仅是长诗，雨田的短诗也具有复调式抒情的特征。现从诗集《东南西北风》中摘选一首《乌兰木伦湖》进行文本细读：

> 我从遥远的巴蜀来看你　也许我的自由多么苍白无力
> 但我记得你　在鄂尔多斯比沙漠、骆驼和战马还要恒久
> 今日　我带着荣耀在这里漫步　秋风弥漫着光芒
> 与其说你的宁静　不如说你的存在就是风景
> 我凝视着种种忧伤更为幽深的一棵枯树时
> 归来的群雁呱呱地叫着　声音悲凉　而我觉得亲切

独白式的抒情诗通常会以诗人的某种显性的、强势的情感或判断来统摄整首诗描写或叙述的事物的语意方向，比如感叹、骄傲、欣喜或悲凉、亲切，但这首诗通过抒情呈现的情感主体并非只有诗人自己，而是有诗人、乌兰木伦湖、枯树、群雁，甚至还有鄂尔多斯、沙漠、骆驼、战马、秋风。换成是独白式的抒情诗，诗人的情感和意志一定是诗歌的主宰者，诗中的事物自然成了诗人意识和情感过滤筛选过的景物，它们全都为诗人的情感意志而存在，这样的抒情诗因为单一而统一，但也会因为单一而贫乏。

"我从遥远的巴蜀来看你　也许我的自由多么苍白无力"，第一句张扬的是诗人作为游客和旅行者置身于广袤荒远的鄂尔多斯的自卑感，承认了人的个体生命在自然世界中的渺小。带着游客的谦逊，诗人把乌兰木伦湖推上焦点的位置，"但我记得你　在鄂尔多斯比沙漠、骆驼和战马还要恒久"，从时间的角度，乌兰木伦湖显现出另一种独特的生命品质，这是诗人匮乏的，也是整个人类匮乏的。接下来，诗人显现了自己的生命品质，"今日　我带着荣耀在这里漫步　秋风弥漫着光芒"，作为人，相对于大自然最可贵的存在就是生命拥有一种活动的自由，这是诗人为了显示人与自然的平等关系而产生的一种自尊反应。诗人的荣耀是什么？也许是在时间和空间双重尺度上显得渺小但仍然因为拥有行动的自由而有的一种荣耀，也许是因为拥有书写世界的能力而拥有的另一种荣耀。更进一步，诗人再

次聚焦于乌兰木伦湖的生命品质，"与其说你的宁静　不如说你的存在就是风景"，乌兰木伦湖的宁静仅仅是游客的一种肤浅的感受，但乌兰木伦湖的存在从物质的角度对于沙漠、骆驼、战马甚至诗人是一种供养关系，这种供养关系改变了乌兰木伦湖与周围事物特别是与众多生命的关系。显然，风景不是一种物质状态的存在，而是一种精神状态的存在。"我凝视着种种忧伤更为幽深的一棵枯树时/归来的群雁呱呱地叫着　声音悲凉　而我觉得亲切"，诗人调近了乌兰木伦湖的焦距，枯树和群雁从微小的时间和空间单位里涌现，作为乌兰木伦湖畔当下存在的渺小的生命，它们自身携带着的忧伤和悲凉已经命中注定，诗人似乎更愿意尊重这种自然的安排，因此，诗人出人意料而又符合情理地说"我觉得亲切"。

《乌兰木伦湖》这么短短的一首诗却仿佛上演了一支多声部的乐曲，从表面上看，这首诗无主题、无中心，充满了矛盾之感，在众声喧哗中有着不相协调的嘈杂，但事实上，作品中多个主体有多种情感，它们围绕着生命存在的话题而显现情感，无异于举行一场圆桌会议时相互对话，开展一场辩论，从而最终呈现出生命存在的复杂性和本质性。在雨田笔下，万物皆有意志，万物皆有情感。在鄂尔多斯这个巨大的空间里，诗人与周围的事物之间构成平等并列的主体关系，各有存在的意志和自由，各是一种生命状态。诗人与周围事物相互注视，而诗人的写作带着极大的敬意，他并不以自身的喜怒哀乐统治和压制周围的事物。

让我们再次返回到新诗创作的一个焦点话题，就是新诗如何面对日常生活和事物。也许，日常生活的杂乱多变如音符，总是多声部的，真实的当下生活必然是众声喧哗的复调人生。复调式的抒情有助于诗人从宏大叙事中解放出来，观照诗人自身独特的日常经验。从真实性的角度审视，日常生活包含了人类生活的全部内容，所有人都拥有日常生活的经验，复调式的抒情将会因为兼顾众人的情感而增强抒情诗的艺术力量。在雨田近年创作的诗歌中，《断章：崂山村纪实》《纪实唐家河深秋》因为采用复调式抒情而创造了抒情长诗的结构，诗歌收放自如，意趣盎然；而《回到村庄》《寻找当年丢失的花狗》这一类短诗因为采用复调式抒情使诗意高度浓缩，隽永深刻。

　　总之，雨田的新诗充分体现了他在诗歌创作成熟期的强大实力，在新诗创作硕果累累的今天，诗人对新诗创作的贡献一定会引起更多诗歌评论家的关注，让我们对新诗创作保持足够的敬畏之心和更加美好的期待。

［作者单位：绵阳中学］

个人化经验的突破与当代汉语诗写作

——卢文丽诗歌创作简论

张德明　丁　峰

今天，我们可以比较轻松地发现一个普遍的写作景象：文学家们的气象、胸怀不仅影响甚至决定着他个人的成就，从大的方面说更关乎整个文学史的格局。众所周知的 20 世纪 90 年代以降的"个人化写作"在各体文学尝试中充分施展身手后以毁誉参半的局面草草收场，文学理想乌托邦诸多可疑的操作经验暴露了某些社会文化存在状态的局限性，"个人化写作"——一个本身很好的文学标识，却意外地导致了个体写作经验的逐渐弱化甚至完全丢失，读者不难从近 30 年的所谓"个人写作"经验的实践看出众声合唱的喧嚣狂欢留下的难堪。"任何的个人经验只有被贴上巨大的历史标签或成为特殊的新闻事件之后，它才能被关注和获得意义……尽管现在的作家们都在强调'个人性'，但他们进入的恰恰是一个个性模糊、经验不断被公共化的写作时代"①。当下，个人体验的改写与公共社会价值需要之间形成了一个很无奈的悖论，文学的精神空间正被堂而皇之地浅表化。本文正是在这样的背景之下对卢文丽诗歌有效性写作进行的讨论。

一、个人经验与诗歌语境

当下的诗歌成就虽然与 20 世纪 80 年代诗歌的成就不可同日而语，其人文深度和使命理念同样无法与那个时代相提并论，但有一点却又与那个时代有着惊人的相似，即当今的诗坛依然是"诸侯"四起，热闹非凡。很多诗人在自己的创作领域和言说习惯中尽情比画，表现得空前卖力，有一分的本事往往会被他们吹出十二分的能耐。

---

① 谢有顺：《重回"孤独的个人"——写在 2004 年的小说随想》，《天津师范大学学报》（社会科学版）2005 年第 1 期，第 56—57 页。

但究其原因，很多人追逐和享受的仅仅只是物欲和实利的乐趣，他们已经写不出或者不再写让读者信任的善和希望，诗人似乎缺少本该有的独立精神品格，读者在他们那里看到的只有物化时代浮躁的、混乱的美。在当下，保持较高精神追求和清晰自省意识的诗人其实并不是特别多，甚至保持最基本的诗歌良心与写作伦理都已经变得不易，一些曾经无比清高的诗人已经不写人性之光与善良希望，而是前呼后拥地参与向商业功利和市场效应妥协迎合的集体合谋。诗歌的品质呈现出了前所未有的退化，精神空虚和情感钝化已确凿地成为一种诗歌症候，充满着文本虚荣和文化虚荣，经验世界变得模糊和不堪，生活真相在诗歌表达中竟又是如此的轻浮和花哨，朴素的民间关怀显得是那么的遥远又是那么的珍贵，方式与技巧又是那么的简单与贫乏。其背后显然昭示着一种令人心惊的写作危机：我们曾经赖以存在的文学理念和引以为傲的文学理想正在丧失。

在商业功利与精神彼岸的夹击之中饱受折磨的卢文丽，顽强地固守诗歌个性而拒绝向市场与主流和解，持久地表达生活真相且真诚地将写作视为自己必需的生活方式。她从没有对写与不写犹疑，她对诗歌写作有效性的内中堂奥显然早已悟透；同时，她又是一位普通女性，日常角色使她明白写作与生活那种平静充盈的幽微关系。因此，卢文丽才能在很长时间以来女性写作普遍存在的逼仄与自我迷恋的迷惘态势中，以不可多得的个性化想象能力为读者提供一个别致而又充满差异的情感世界。她没有在取得骄人成绩（迄今她已出版 7 本诗集）后持续不断的掌声中被一拥而上的欢呼所迷惑，在谎言无处不在的语境中，她清楚沉默和超脱比什么都重要和迫切。动人的诗歌良知和纯粹的写作伦理使她的文学行为具有一种尊严感——自觉地捍卫道义情怀和理性意义的精神使命。

卢文丽从 20 世纪 80 年代开始诗歌写作，经历了新时期以来的历次诗歌变革，她的作品一直产生着不俗的阅读效应。独具亲和力的语感魅力和民间意识，使她的每一次出场都引起读者的关注。卢文丽的诗歌写作将个人经验极其智慧地融入群体经验之中，很机警地调适自己与新时期以来涌动的历次诗歌浪潮的互动频率，既深入其中又出乎其外，表现出了一个成熟的个性诗人很好的自控能力和人文学者的信义与激情。同时，她卓有成效地将诗歌介入生活的职责与文学的民间审美视野无痕地结合起来，表达出了一种时代良知和现实伦理，其中呈现的人道主义情怀和底层意识完美地体现了一位人文主义诗人的现代性追求。

20世纪60年代末出生的卢文丽历经了中国新时期新现实主义、朦胧诗、第三代诗歌、民间写作、网络诗歌写作等不同阶段，借助阅读，我们"可以感知她的诗意从生成到成熟的历程"①。卢文丽诗歌写作的几乎所有阶段都是激情饱满、生命充盈，她坚持着一个人文主义知识分子的书写原则，对每一种喧哗和亢奋无一例外地保持着距离和谨慎态度，不惜成为潮流写作的逆行者。她生活在俗世的潮流之中，但她决不妥协，她始终恪守自己写作的庄严和典雅。萨义德说："在世俗的世界里……知识分子只能凭借世俗的工具；神启和灵感在私人生活中作为理解的模式是完全可行的，但在崇尚理论的人士使用起来却成为灾难，甚至是野蛮的……知识分子必须终生与神圣的幻景（sacred vision）或文本的所有守护者争辩，因为这些守护者所造成的破坏不可胜数，而他们严厉残酷不容许不同意见，当然更不容许歧异。在意见与言论自由上毫不妥协，是世俗的知识分子的主要堡垒：弃守此一堡垒或容忍其基础被破坏，事实上就是背叛了知识分子的职守。"②卢文丽具有萨义德化知识分子（编辑、记者、诗人、作家、管理者等）全部身份，其诗歌所体现的卓然挺立的风骨，去潮流化写作的傲立品格，正好借用萨氏的这段话来作为评价。正是卢文丽执意放弃了那种诗歌帮派画地为牢或"拜把子"式的帮交纠合，才使她找到了一种真正属于自己的得心应手的独立空间和表达方式。温婉独立的卢文丽在20世纪80年代以来的诗人群落中出类拔萃，而30余年的写作历史与过人成就也使她有足够的理由得到认可和尊重。

二、灵魂描摹与生活隐喻

卢文丽是一位早慧的传统的理想主义者，相比她同时在进行的

---

① 谢冕：《倾听卢文丽：读〈礼——卢文丽诗选〉》，《文艺报》2018年3月28日。
② ［美］爱德华·W. 萨义德：《知识分子论》，单德兴译，生活·读书·新知三联书店2002年版，第76页。

其他文体创作而言，诗歌写作似乎是她最幸福的享受。数十年来，她歌咏的都是生命之中永恒的美——精神灵魂之美。孩童生活乃至青年求学的特殊经历有益于她更深刻地认识人生，也使她更具有典型的人文气质。如果她不再写诗，绝对是当代诗坛的一个损失。卢文丽是在浙江乃至全国都非常突出的女诗人，她触类旁通，其唯美情结从诗歌中飘逸而出，她在散文、小说写作中游刃有余，甚至旁及她谋职的媒体，就此而言，她是颇具灵性的创作者。她有着非常灵敏的感受力，她倾力关注的是日常生活中人们内心细微的震颤或感受。作为一个本色书写者，她在奔涌嘈杂的生活乱象中表现的宁静安详常常让人深感意外。作为一名新一线城市报业集团的高管，卢文丽的忙碌可想而知，但令人惊讶的是，从她那一首首走出办公室后优雅唱响的诗歌中，我们根本看不到一个职业报人的案牍劳形、力倦神疲，恰好相反，读者看到的更多是青山烟波、画船轻舟、神闲气定、风轻云淡。她一次次开启少年时期即已潜藏于心的瑰丽的文学之旅，在家园、友朋、亲人、理想、事业、爱情乃至无限的自然山水之间反复游走，不懈寻梦。读者甚至可以直接从她已经出版的诗集名中看出诗人的诗心文意。

在诗歌远离读者、诗人与现实生活关系日益紧张的时候，卢文丽却能沉静于心，从内视点出发，表现日常生活中充满戾气的人们难以发现的精致无比的美丽，显示出优秀诗人对人类的精神关怀和良知担当；从个人写作出发却又远远超越了个人，表达的是一种普遍化的声音和平静而丰盈的诗意光彩。

> 这阵飘忽的风温柔又疲惫
> 像风尘仆仆的行者历经长途
>
> 它吹过低矮的屋檐和王侯的高墙
> 让天井废弃的柱础长出养眼青苔
>
> 它唤醒做梦的耳朵，地下的荠菜
> 让家家户户，小窗灯明，沐汤燃香

它的衣袍宽大，沉静舒展，所到之处
万物像一件件被细细擦亮的银器

它给迟迟未雪的南方捎来一枝红梅
命令樱花桃花杏花梨花们加紧排练

用不了多久一场永恒的盛典即将来临
大地燃烧的歌声让人类今夜无法入眠

它带着似曾相识的气息也吹过你
让你双目微闭，心头滑落两滴鸟鸣

念及物华天宝，斯世足堪留恋
所有美好的事物都将翩然抵临
　　　　　——《所有美好的事物都将翩然抵临》

在商业狂潮席卷四海的百般无奈之中，卢文丽以卓然高拔的姿态捍卫诗歌的高贵和心灵的尊严，用柔和而执拗的歌谣为"出窍"的世人"招魂"，她希望自己的写作可以让读者拷问灵魂、冥想人生，甚至希望用诗歌的诚恳和想象构筑现代人生活的白日梦。这种来自生命原初的深沉焦虑与啼血呼唤，自然有别于那些浪迹于市井的蝇蝇名利者，诗人维护着诗歌的崇高和价值，彰显的是一个大美诗人的本分。

诗歌语境的变化和不少诗人的滥竽充数让诗坛成为一些沽名钓誉者的福利院和收容所，诗歌比任何时候都急需正直守则的诗人参与清理和秩序重建。卢文丽在文学精神上是一个有"洁癖"的女性，她始终抱有一种对现实经验、生活、灵魂、思想反复发问的忠直态度——一种朴实、庄重的态度，不闪缩、不苟且，温柔敦厚，一往情深。

请允许我写一首雨水之诗
在这个雨季即将过去之时
风在悬崖盘旋

一只鸽子披着白霜起飞

这狂野的一生我从未狂野
在现实与梦想之间
播下小麦，收获玉米

雨水将一切过得多么匆促！
远方之远一片苍茫
尘埃一样上升的人间
倾圮的酒杯已空空荡荡

而我依然怀恋雨水
如同怀恋某种不确定之物
洋溢着生之愉悦
死之眷恋

这是我所能觉察的荒凉
当一个人聆听雨声
所有射出去的箭
都会回到自己身上

请允许我写一首雨水之诗
在这微凉的薄暮时分
这首无以名状的安魂曲
献给同样已是老年的你

——《安魂曲》

实话说，对于卢文丽的坚持我最初是不太敢完全相信的，但事实证明，她数十年小心翼翼、一如既往地呵护着自己生活判断的精神底线，随时提醒自己从那些快乐的写作人群中抽身而去，直面蛙声一片的纷乱世界。卢文丽总是对人性投以慈祥的目光，用微弱却持续不绝的诗文之火温暖着那些逐渐冷却的脊背，像精神麦田的守护者。她如圣徒般坚守着最原始的诗歌伦理和智性，信任并期待着诗歌，维护一种肃穆庄严的人类文化价值。

三、日常还原与人文观照

优秀的诗人不仅要看到生活中被人遗忘的诗意韵味，更应以新的视点触发种种潜在之美，在虚伪、卑怯、自私、狭隘的持续检举中，尽可能地储存值得珍视的雅洁的东西。卢文丽在深刻感受精神殿堂在动摇、人们的归属意识逐渐淡薄的同时，以孤独而清醒的斗士形象忘情地表达着她的终极关怀。这种多姿和优雅，很好地昭示了诗人可贵的写作耐心。在此，诗歌已成为卢文丽重要的精神调剂品与情感慰藉，更是一种灵魂皈依和生命图腾。为了更好地凸显这样的哲学情绪，卢文丽诗歌中采撷了数量可观的，类似"故乡""童年""乡恋""故居""家园"等抒写意象，它们一度成为卢文丽诗歌的主题线索。卢文丽对寻常巷陌的烟火气始终有一种亲近感，对安宁无忧的愿望感同身受。对斑斓世界进行温情表达甚至足够的理想化，恰好是卢文丽为当下的时代变化和精神大地燃亮的一支烛花。它不是对那些令人落荒而逃的精神景象的简单凭吊，而是深刻寄寓着诗人对历史记忆和生存现场的无比伤恸之情，在祈祷众生灵魂入定为安的同时，体现了一种肃穆的人文焦虑。

这种时候
你不妨去田里走走

应该是春天
麦垄很软很湿润
你的思绪在空气里徜徉如风筝
那些苗们一律随风招摇
仿佛与你关系很微妙
这些都令你高兴

……

歌声吹在脸上滑腻得很
你记不清那管芦笛
怎么丢的了
现在，你只想脱了鞋下田
种一些自己想种的作物
……

你看到某种快乐的疼痛
像麦子被收割一样溢满全身

你就这样走着
走在田垄上走在意念里
炊烟离你很近
鱼雁离你很近
抬起头，有蛙声十里

——《乡恋》

这首诗写于 1989 年 3 月，全诗充满温情，对生命、对自然的表达深刻而纯真。卢文丽没有肤浅地表演性地吟唱乡土大地，她对田野自然的匍匐倾听不仅敏感，而且在错杂、浮艳的时代语态中显示了少见的镇定和耐心。

四、回归现实与创新求变

诗人田原说："真正的诗人和不朽的诗篇超越着时代，穿越着时空，昭示着一个时代的精神向度。它拒绝陈腐和媚俗，拒绝虚伪和逃避（包括情感、思想、现实、心灵、理想和生存空间的逃避），拒绝着各种各样冠冕堂皇的命名。"[①]卢文丽在这个令许多人晕头转向的世界中用一种朴素求善的哲学方式书写自己难以忘怀的温暖、遗憾、爱意，在柔美的文字里糅进苍凉梦幻的色彩，将那些美好、易逝的

---

① 田原：《我的诗歌国际观》，《文论报》2001 年 6 月 15 日。

情感悄悄包裹起来，希望给行色匆匆、方向无定的人们带去福音。

芳菲在此，在田涧
在水涯，在古诗词
翻开的首页
一抹纯粹的宁馨
于如雨蝉声中脱颖

......

便想与你采莲，与你濯泉
共赴前世之约
羁旅的人
倾心合掌，徜徉复徜徉

芳菲在此，在眉间，在心头
在莲乡女子的足尖
迎风而蹈，灼灼若焰

在浪迹的长途，与我策马同行

——《百里荷花》

在这首写于 2016 年 6 月的作品里我们看不到一丝这个时代特有
的躁动不安与歇斯底里，有的是恬静和舒缓，诗人恰似一个古老的
陶器，安静地注视着那一方流光溢彩的人世间。诗人的明净清澈是
参透生活之后的超然与达观，这是一种境界，更是一种内省和修养。
卢文丽的宁静安详源自于对时代的反馈，她希望借助诗歌的名义重
组人们的精神世界，让赢弱的个体充满乌托邦的无限可能。迟子建
曾经说："我觉得生活肯定是寒冷的……所以人肯定会有一种与生俱
来的苍凉感，那么我们所能做的，就是在这个苍凉的世界上多给自
己和他人一点温暖。在离去的时候，心里不至于后悔来到这个苍凉

的世事一回，我相信这种力量是更强大的。"①迟子建的这段创作谈有助于我们更好地理解卢文丽诗歌精神特质。

与卢文丽的诗歌精神一脉相承，其写作姿态表现出了诗人中难得的温婉谦和，读者看不到一泻千里似的激情挥洒，也没有意象营构的煞费苦心，但这并不妨碍她对当下生活的精准判断和记录。她时刻关注着那些在拥挤而嘈杂的环境中生存着的疲惫的灵魂，赤诚地表达着他们的苦恼与欢乐。她是一个智慧而宽容的写作者，对生活中那些不能承受之轻以"太极云手"的方式予以合理消解，其间不乏对主体从肉体到灵魂的关注与悲悯。这是一个优秀诗人必备的素养。卢文丽的诗歌属于大众，她的几乎所有诗歌都不约而同地面对平凡普通的人生，面对俗世理想与生命核心，她有对于人文道德的基本信心和深刻理解。她的诗歌唯美、古典、精致、缠绵，各方面都称得上老练。她抒写自己钟情的甜美意愿，坚信真情与善良可以守卫人间的平安与幸福，所以她诗歌的情境总是让人着迷，那是一个女诗人的灵魂沉醉了几十年的神奇世界，它背后有郁郁葱葱的草木和百态丛生的真实生活做依托，清新温润。这种选择很好地把控了情绪与现实的适当距离，为浪漫留下了理想的余地。

> 披覆雨水行走楠溪江畔
> 湍急的音韵似一首古曲
> 漫不经心的风舔舐面颊
> 细弱虫鸣有若缕缕梵音
>
> ……
>
> 灵魂在纸页上窃窃私语
> 一草一木都是如此深情
>
> ……
>
> 披覆雨水行走楠溪江畔

---

① 迟子建、郭力：《现代文明的伤怀者》，《南方文坛》2008 年第 1 期。

任凭风光一路牵绊脚步

一道激流侧身而过

呵，惟有柔美的事物让大海持续澎湃

——《惟有柔美的事物让大海持续澎湃》

这首诗如一种声音，深沉而委婉，又极其浪漫。诗人在现代人的生存真相中找寻神性的光点，以个人化的倾诉表达群体性的理想。这种灵魂的歌吟灵气十足，显示出可贵的独立思想。卢文丽是浙江当代诗坛的代表之一，学养丰厚。她和诗友们苦心努力共同促进了浙江诗坛的发展；她的诗歌立足于自己的母语和文化背景，这在当下的诗人中是特别值得提倡的；她的作品具有一种绵绵的气势，暗示出她重构秩序打造经典的努力；她勤勉低调，出手不凡，有史诗理念，有大家风范，当年她的100首西湖印象诗让读者彻底记住了她；她始终追求着美和善，始终对柔软的人性表达着真诚的敬畏。这种种内向性的个人化姿态已呈开放书写风格，构成了卢文丽诗歌书写的文本意义和文化意蕴。

五、结语

行文至此该结束了。望着窗外烈日炎炎下行人稀少的大地，我不禁思考：那个曾经令无数诗人引以为豪，也带给诗人们无比荣耀的灵魂世界为何看似离我们越来越远。卢文丽却能将对记忆和现场的表达嵌入热浪翻滚的时代之中，用自己并不那么有力的手臂托举着那些诗界"大力神"们不屑一顾的现代灵魂世界，抵达春暖花开之处。她承续一种伟大而卓越的记忆，将光怪陆离的生活现场映照得通体透亮，在信仰逐渐弱化亟待召回的时代，她渴望人们精神健康指标体系的不断完善。面对卢文丽，当她作为卓有成就的诗人如此孤绝执着，带着一种宿命般的坚韧毅然写作时，除了由衷的祝愿和钦佩，我无话可说。

［本文系西南科技大学"2017龙山学术人才科研支持计划"（项目批准号：17LSX407）与"18龙山人才计划第四层次"（项目批准号：18lsx408)阶段性成果］

［作者单位：西南科技大学文学与艺术学院］

外国诗论译丛

民族传统中的女诗人

[爱尔兰]伊文·博兰著　赵睿译

[译者前言]

伊文·博兰（Eavan Boland，1944—2020）是爱尔兰当代女诗人，共有十余部诗集问世。博兰的诗歌以平凡、真实、充满苦难的女性经验为中心，颠覆了爱尔兰传统诗歌对女性形象的单一化想象与建构，为女性在爱尔兰文学与历史中长期被压抑、被抹杀、被遗忘的不公命运发声，并最终改变了爱尔兰诗歌的面貌。

博兰的早期诗集《新领地》（*New Territory*）、《战马》（*The War Horse*）等主要描写了作为妻子和母亲的女性的日常生活经验。诗集《她的自视形象》（*In Her Own Image*）为博兰赢得了国际认可与赞誉，之后她的诗歌更加关注爱尔兰文学与社会对女性不准确的、压抑性的描写等问题，对女性经验的书写也更加广泛和深刻。此后，博兰出版的诗集有《夜间哺乳》（*Night Feed*）、《历史之外》（*Outside History*）、《暴力时代》（*In a Time of Violence*）、《异于爱情诗》（*Against Love Poetry*）、《家庭暴力》（*Domestic Violence*）、《一个诗人的都柏林》（*A Poet's Dublin*）、《没有国家的女人》（*A Woman Without a Country*）等。博兰的诗歌在还原真实女性经验的同时，对爱尔兰民族意识与诗歌传统中对女性虚幻的理想性建构进行了彻底的批判和反思，将民族的、个人的、家庭的历史编织为一体，逐步构筑起一个处于历史、现实与神话共同影响下的女性个人世界。博兰的最后一部诗集《历史学家》（*The Historians*）在她去世后出版。在诗集中的同名诗里，她写道："阻止记忆成为历史。/ 阻止语言治愈不该被治愈的。"而博兰正是这样一位诗人历史学家，她用诗歌书写真实的女性，让读者看到女性被遮盖的伤口，留存下鲜活的女性记忆，阻止了诗歌与历史对她们的背叛和掩埋，并进而为人们重新认识爱尔兰民族提供了新的可能。

本文发表于 1987 年，讲述了一位女性诗人和民族概念之间的冲突，冲突的开端始于诗人女性意识的觉醒，根源则在于爱尔兰民族传统对女性的简化书写。可以说，这一冲突贯穿博兰诗歌生涯的始终，尝试解决这一冲突的过程也是诗人自我发现、不断成长的过程。从对自我女性身份的反思开始，博兰审视爱尔兰诗歌传统，对爱尔兰的民族概念提出异议，并找到了属于她自己的诗歌声音。博兰常说，她是一名女性主义者，但不是一名女性主义诗人。本文恰恰表明，博兰诗歌写作的一个重要原则不是女性主义，而是诗歌伦理。她告诉我们，把真实的女性经验写入诗歌，还诗歌以真实，不只是女诗人的责任，而是所有诗人的责任。

一

我写作本文是为了探究民族概念的重要性和必要性，不是对概念本身的探讨或孤立的探讨，而是审视它与一种特定的诗歌遗产的丝缕交织，以及这种遗产对身为女性和诗人的我产生了怎样的影响。有些交织是个人的，有些回忆或许是痛苦的，几乎所有的交织都是难以言喻的，很难用任何确切的方式去描述。不过，如果恰当地审视这些交织，那么我相信，对于诗歌、民族主义，以及身处民族传统束缚中的女诗人所面临的困境等问题，我们会获得某些启示。

当然，本文的讨论都是地方的、个人的，根植于一个特定国家和一个特定的诗歌传统，而两者都属于我。尽管如此，我想如果改变一下名字，变换一下情形和地点，那么此处涉及的问题也许并没有那么为时空所限制。

在我将要描述的感受以及由这些感受而来的推论中，几乎没有一点和诗歌最普遍的方面——美学相关。本文讨论的不是诗歌技艺，而是一个常常被忽略但却对诗歌具有几乎同样影响的方面：诗歌伦理。诗歌伦理很难确切说明，任何技巧性问题都比它清晰明了得多，然而诗歌伦理却往往是一个诗歌传统的隐秘方案。这一点并非总是显而易见。在一些国家，诗人与故土之间的张力代代传承并确立下来，伦理或许仍然是一个抽象概念。但在其他地方，如东欧、正在兴起的非洲国家，以及美国黑人中，这种关系仍处于转变阶段，他们会更早、更强烈地意识到伦理的存在。至少他们会辨认出本文所讨论的问题。他们会用其他称谓代替爱尔兰，代替女性，但潜在的真相是相通的。

在我成为诗人的早期阶段，即我二十多岁时，我意识到，爱尔兰民族作为爱尔兰诗歌中已然存在的建构物对我而言并没有存在的意义。这一发现并不令人舒服。我的感受难以言明，从一开始就充满了矛盾的民族情感和疑虑。不过即使在当时，我也清楚地认识到等待我的是怎样的冲突：作为一个诗人，摒弃民族的观念是行不通的，任何一个国家的诗歌均有赖于此。但另一方面，作为女性的我又难以接受爱尔兰诗歌及其传统所构想出来的那个民族。看起来好像我只能待在那个诗歌传统之外，隔绝其能量源泉，远离其历史收藏，除非在某种意义上，通过某种途径，我可以重新占有它。本文正是关于这种冲突和重新占有的书写。

二

"民族"在某种程度上是最为脆弱和虚幻的概念。然而对于一个坚定的、弥合了所有创伤的爱尔兰的想象是爱尔兰历史及文学中无法化简的存在。当然，在某种意义上，这一概念及其实现抗拒任何界定。其构想显然不是出于埃德蒙·伯克①所谓的"理性自由精神"。当一个民族像 18、19 世纪的爱尔兰那样被历史践踏时，民族的概念便承载了分外的重负。原本的政治理想变成了集体幻想，幻想本身充满了愤怒和虚构。近几个世纪的歌曲和民谣所呈现出的爱尔兰民族是一系列即兴创造的形象。这些歌曲和形象，或美妙，或可怖，或令人难忘，都给这个民族提出了一项不可能完成的任务：在记录一系列失败的同时，还要绘制出一幅补偿的图示。

然而孩提时的我很喜欢这些歌。即使现在，在某些时刻或某种心境中，我仍会发现难以抗拒歌中那些临时的愤怒。这不足为奇。其中最优秀的歌是在绞刑架前写下的，带着刚刚挣脱了绞索的气息。

---

① 埃德蒙·伯克(Edmund Burke, 1729—1797)，具有爱尔兰血统的英国政治家、哲学家，保守主义思想的奠基者。

我花了很多年去摆脱它们的影响，最终，我做到了。这得益于我认识到这些歌是一种结果而非起因。它们是民族想象的收藏者，而非创造者。当回顾过去，我谴责这些歌以及简单化的想象。那时，就像今天一样，我在这些歌曲所成就的与爱尔兰诗歌应当谋求实现的之间做出了伦理划分。歌中的态度和愤怒使抵抗和行动显得激动人心。然而爱尔兰经验，就诗歌意图而言，只有偶然的行动和抵抗。在更深刻的层面上，爱尔兰经验是失败的。载着棺材的船只，等待汤粥的队伍，没收财产，种种背叛，那些循循善诱、声调悠扬的歌曲可以一厢情愿地摆脱这一切，但诗歌不能。

三

像很多出生于自由邦建立之后、共和国成立之前①的孩子一样，民族问题是我童年中无所不在又难以捉摸的一部分。但与他们又有所不同，就我而言，距离使一切更糟糕。我的父亲是外交官，浆过的衣领和因父亲的公职而错位的童年扭曲了我心中的爱尔兰形象。我的窗外没有爱尔兰风景。我们在 40 年代末去了伦敦。无意中听到的对话、零散的记忆和来访者是我流放生活的折射，它们塑造了我童年时代的爱尔兰形象。我倾听、吸收，因此，早在成为我的国土之前，爱尔兰已经成了我的民族。那时以及后来的民族是一系列形象：失败和牺牲，以及看不见但正在发生的个人反抗。歌曲强化了这些形象：《上帝保佑爱尔兰》《在峡谷旁》②《短发男孩》③，没人向我推荐过这些歌，我怀疑当时我身边是否有人曾经听过或者认同这些歌，但我当时并不在意，我用它们探测那个我已然遗失的地方：沉没的宝藏。

---

① 1922 年，根据一年之前签订的《英爱条约》，爱尔兰岛南部 26 郡成立爱尔兰自由邦(Irish Free State)；1937 年采用新宪法，定名为"爱尔兰"(Ireland)，仍隶属英联邦；1949 年爱尔兰正式宣布成立共和国(The Republic of Ireland)。本文作者生于 1944 年。

② 《在峡谷旁》(Down by the Glenside)是一首爱尔兰抗英歌曲，大概作于 1916 年复活节起义之际，创作者皮达尔·科尔尼(Peadar Kearney)也是爱尔兰国歌《战士之歌》的词曲作者。

③ 《短发男孩》(The Croppy Boy)是一首爱尔兰民谣，歌曲背景是爱尔兰人为反抗英国统治而发起的 1798 年起义。Croppy(剪短发的人)指参加起义的反抗者，因将头发剪得极短而得名。

还有人的形象。男人和女人，我父母的熟人，他们看起来几乎是那些歌曲的化身。当他们走出某个房间，身后的谈话声随之而起。那些闲言碎语掺杂着矛盾的感情和好奇心："血色星期天"①的时候他们有没有出门；他们有没有趁诺森伯兰街的英国特务对着镜子刮胡子时当场冲他开枪。我花了很多年才摆脱掉这些印象的恶意，跨越过从暴力认知到对暴力的认知之间艰难却必要的距离。

四

后来，我进入（都柏林）三一学院学习拉丁文和英文。那时的都柏林是个迥异的世界，至今我仍然感到那个城市有着亨利·詹姆斯②所说的"猛虎突袭般的乡愁"。古老的传统还好好保留着。在比尤利③，人们用沸水煮荷包蛋，然后用勺子把鸡蛋叠放在厚厚的、没有酥皮的烤面包片上；没有迪斯科舞厅；黄昏时灯会亮起；秋季会飘起连绵不断的、紫罗兰色的毛毛雨。上完一天的课，我在学院外坐上公交车。路程很短。家是一套顶楼公寓，位于一个刚刚开始扩张的小镇边缘。在厨房里一张铺着油布的桌子上，我写着我最早的真正的诗——刻意模仿的、形式化的、故作姿态的诗。

之所以说刻意模仿，是因为作为一个诗人，当时的我极少对我周围的世界和自己发问。我是爱尔兰人，我是一个女人，但夜复一夜，我伏在桌上，用几百年前就已经被男性英语诗人们探索并固定下来的形式写着东西。我看不出有什么矛盾。鉴于我并未想过这个问题，我相信技巧是伦理和美学的前提。也许这并不奇怪。那是 60 年代中期，英国运动派诗歌正值鼎盛时期，整齐的诗节、完美的断行是诗歌身份的根本。我从未质疑过。我怀疑当时的我知道该如何质疑。我吸收一切，完全没有意识到会产生什么影响，就像一个 30

---

① "血色星期天"（Bloody Sunday）事件发生于 1972 年 1 月 30 日英国北爱尔兰德里市博格赛德（Bogside），当时北爱尔兰天主教民众为反对英国政府施行的"未经审讯即行关押"政策（Internment Without Trail）进行抗议游行，遭到英国政府武力镇压，部分未携带武器的平民遭到英国士兵枪击，14 人死亡。

② 亨利·詹姆斯（Henry James, 1843—1916），小说家、文学批评家，出生于美国纽约，长期旅居欧洲，于 1915 年，即去世之前一年，加入英国国籍。

③ 比尤利（Bewley's）是都柏林一家历史悠久的咖啡馆，成立于 1840 年。

年代的科学家不断用中子轰击铀核①。

后来我变了。为了便于讨论和节省文字空间，我只得用这三个词把几年的时间一笔带过。变化的原因很多，看起来也很简单，"时间""婚姻""孩子"，其中任何一点都不能完全解释我的变化，但每一点都与之有关。不可避免地，我通过写作走进了属于我自己的现实。不可阻挡地，爱尔兰性、女性身份，这些曾经安全地待在诗歌边缘的东西，开始向中心危险地逼近。"或许可以简单地解释为，"艾德丽安·里奇②谈论自己的作品时说，"与其说诗歌是关于经验的，不如说我的经验就是诗歌。"

那时其他事物也都变了。油桌布不见了，不断扩张的小镇变成了贪婪的城市，顶楼公寓变成了郊区的独立院落。我年龄更大，也更现实了。我不得不接受，作为一名女性和诗人，我身处一种最难将这两个概念联系在一起的文化之中。"没有诗人，"艾略特说，"没有任何艺术家独自拥有完整的意义。"不管我是否愿意，我都置身于一张大网、一个交织的迷宫中，其中有过去的诗、现在的诗、当代的诗、爱尔兰诗。

五

爱尔兰诗歌是由男性主导的。偶尔你会发现一首善辩的小诗，比如艾米丽·劳莱斯③的《奥赫里姆战役之后》（*After Aughrim*）④中不时地会出现一个女人的名字。但是这个活生生的职业，一个用人的生命见证的行业，却杳无她的痕迹。我怀念她。也许最初没有，但是后来，当关于女性身份和爱尔兰性的思考开始引导我的写作时，

① 1934—1938年间，很多科学家进行用中子轰击铀的实验，直到1938年，德国人哈恩在一系列严格的实验中首次发现了原子核的裂变现象。二战时期制造并投入战场的原子弹便建立在这一发现的基础上。

② 艾德丽安·里奇（Adrienne Rich，1929—2012），美国女诗人，女性主义者。

③ 艾米丽·劳莱斯（Emily Lawless，1845—1913），爱尔兰女性小说家、历史学家和诗人。

④ 奥赫里姆是爱尔兰高威郡（County Galway）一个村庄名。1691年，拥护被废英王詹姆斯二世的爱尔兰军队与英王威廉三世的军队在此展开一场决定性战役，爱尔兰军队战败。像很多爱尔兰诗歌一样，《奥赫里姆战役之后》一诗中的爱尔兰被比作一位女性，但不同的是，面对为爱尔兰牺牲的战士，她表现出无动于衷的冷漠。尽管劳莱斯认为英国对爱尔兰造成了历史伤害，但她并不认同爱尔兰社会激进狭隘的民族主义观。

　　我强烈地怀念爱尔兰诗歌中的女性声音。我怀念她可能会写下的任何诗歌，但最让我遗憾的是没有任何关于她的诗歌生活的记录，而那样的记录会给我的生活带来尊严和启示。

　　我只能量布裁衣。我愿意尽我所能，在爱尔兰男性诗人的作品中找到一位女性诗人可能给予我的尊严和启示。但我在此处陷入了困境。我把自己视为一个爱尔兰诗人，我想在爱尔兰诗歌传统中寻找自己的位置。我的诗歌主题的危险性和关注点促使我更加努力地为它们寻找一个语境。如果能像同辈男性诗人们那样早早地轻易就能寻找到归属的话，我一定会喜不自胜。但我没有找到，其中的原因并不容易说清楚。如果说我与爱尔兰诗歌之间的融洽关系出现了裂痕，那是因为爱尔兰诗歌对女性的简化书写。与事实情况相比，这种解释听起来太过直接。开始我只是感到不安，慢慢地，随着我个人的女性身份向我的创作中心移动，不安强化成一种批判。而这是另一个批判的基础：爱尔兰男性诗歌中的女性往往是象征性的、被动的，被赋予一种纯粹装饰性的地位。当然不可一概而论，还有一些例外、特殊情况。当男性诗人们书写私人空间中的女性时，她们的形象常常是温暖而可信的。然而，一旦他们诗歌中的女性形象与民族概念相融合，两者就都变得简化、单薄。

　　这种情形比比皆是。大多数爱尔兰诗人都以女性作为他们诗歌的母题，通过女性去探索他们有关爱尔兰性的看法。把民族和女性两者融合，以一个阐释另一个，这是爱尔兰诗歌中通行的惯例。你会立刻想起胡里翰的凯瑟琳①和黑发罗莎琳②。这更是神圣的习俗。这种惯例和习俗早于 19 世纪歌曲和诗歌的简化书写，可以一直追溯到吟游传统本身。丹尼尔·科克里③在《隐藏的爱尔兰》中分析艾

---

　　①　胡里翰的凯瑟琳(Cathleen Ni Houlihan)(字面意思是"胡里翰的女儿凯瑟琳")是爱尔兰文学艺术中的神话人物，爱尔兰民族主义的象征。她常被描写成一位流离失所的老妪，劝说爱尔兰男青年为拯救英国殖民统治下的爱尔兰去战斗，直至献出生命。在叶芝的独幕剧《胡里翰的凯瑟琳》中，当一位即将成婚的青年在她的劝说下离开家人准备投入战斗时，凯瑟琳变成了一个女王一般高贵美丽的年轻女人。

　　②　黑发罗莎琳(Dark Rosaleen)也是爱尔兰文学中用来象征爱尔兰民族的一位女性形象。

　　③　丹尼尔·科克里(Daniel Corkery，1878—1964)，爱尔兰政治家、作家和学者，其著作《隐藏的爱尔兰》(The Hidden Ireland)是对芒斯特(今爱尔兰南部一省)18 世纪爱尔兰语诗歌的研究。

斯令①传统时曾论及此种惯例。他写道："诗人看到的幻象，总是爱尔兰精神幻化而成的一个高贵璀璨的少女形象。"

爱尔兰诗歌中的这些形象看得越多，我就越不安。我不认识这些女人，这些形象永远不可能成为我的起点。在她们和我的诗之间没有任何联系。怎么可能有呢？我是个女人。我与人类生活之间有着直接、明确的关联，而这种关联对男性诗人而言只是隐喻。在我看来，正是女性在诗歌传统中的缺席导致了诗歌对女性的简化。如果能有一个女性诗人的声音，我相信，就会阻止这样的扭曲。但是没有。与此同时，我只能构思自己的计划以抗拒这些原有的形象，我不接受这样的策略作为我的真理，我不会把她们视为我的诗歌遗产。

六

我最好讲得具体些。我会用两个例子来说明我的观点。我特意选取了雄心勃勃且技巧高超的诗歌，否则只会使讨论变得啰唆又无法说明任何问题。第一首诗出自帕特里克·卡文纳②之手，题目是《皮格马利翁》③，下面是完整的诗歌：

> 我在田野看见她，石头般骄傲的女人
> 拥抱着怪兽激情的花岗岩孩子，
> 被罗斯康芒④的沟渠环绕，
> 沟渠像毒蛇一样缠着她的腰。
> 她的嘴唇冻结成欲望的
> 印记，她的发被永远固定，

---

① 艾斯令(aisling)或幻象诗(vision poem)，是 17 世纪晚期至 18 世纪发展起来的一种爱尔兰语诗歌形式。在艾斯令中，爱尔兰以一个女性形象在幻象中向诗人显现，这个女人有时年轻美丽，有时老迈憔悴，她为爱尔兰的现状哀叹，并预言爱尔兰的复兴。

② 帕特里克·卡文纳(Patrick Kavanagh, 1905—1967)，爱尔兰诗人、小说家。

③ 皮格马利翁(Pygmalion)是希腊神话中的塞浦路斯国王和雕刻家。在古罗马诗人奥维德的《变形记》中，他爱上了自己雕刻的一尊象牙雕塑，并向爱神阿佛洛狄忒祈祷能拥有一个像雕塑一样的妻子。当他回到家亲吻雕塑时，发现雕塑的嘴唇变得柔软温暖，原来爱神应允了他的愿望，赋予了雕塑生命，于是皮格马利翁得以和自己的雕塑结婚。

④ 罗斯康芒(Roscommon)，爱尔兰中部的一个郡。

没有哪个希腊女神的脸比她更可怜，

扭曲的脸，我觉得就像"苦难"的脸。

从巴拉德林到博伊尔①

我询问每一个人她是谁

所有人都说：一个曾被皮格马利翁

亲吻出灰色完美笑容的石头。

我说：明天清晨她会变得

像黏土一样柔软，但他们只冲我一笑。

　　这首诗中有一个主体和一个客体，但二者却和表面看起来的不一样。主体本应是诗中的女人、她的苦难及其复杂性，但取而代之的是诗人的才智、诗人的信念——想象具有一种类似征服女性的力量。就其本身而言，这让诗歌变得丰富。卡文纳的声音嬉戏于诗歌之上，以一种充满情色和神秘意味的语言探索着他与土地的关系，而他所描述的这种关系具有典型性。但问题在于，那个本应是诗歌主体的女人被置于客体的地位，仅仅成为一个投影。这不是因为卡文纳的声音与迷恋主导了诗歌，而是因为他与之争论的形象，借用艾略特的话说，并非与其迷恋相适应的对应物。而这是有原因的。

　　毕竟卡文纳在其作品中不止一次表明——《塔雷·弗林》②只是其中一个例子——他可以创造出温暖和谐的女性形象。这首诗中的女人是平面化的，其原因在于，她与"爱尔兰"的概念合而为一。她不是胡里翰的凯瑟琳或黑发罗莎琳，但她体现了她们所象征的传统。她是遭受屈辱的田园，是倾覆了的浪漫主义神话中的爱尔兰。因此，为了服务于这个主题，她不再是一个关键的诗歌形象，而变成了一个被动的密码。

　　第二首诗是弗朗西斯·莱德维奇③的《乌鸫》（*The Blackbirds*），

---

　　① 巴拉德林（Balladreen）和博伊尔（Boyle）是罗斯康芒郡的两个城镇。

　　② 《塔雷·弗林》（*Tarry Flynn*）是卡文纳创作的一部小说，以 20 世纪 30 年代的爱尔兰乡村为背景，以作者青年时期的生活经验为基础，描写了一位年轻农民诗人对人生意义的求索。

　　③ 弗朗西斯·莱德维奇（Francis Ledwidge，1887—1917），爱尔兰诗人，有时被称为"乌鸫诗人"，也是一战时期战争诗人之一，于 1917 年阵亡。

以下仍将引用全文:

> 我听见那愁苦老妇说
> "破晓时分猎鸟人来了
> 带走了我欢唱的乌鸫
> 历尽屈辱磨难它们依然爱我。
> "不会再从美丽的远方传来
> 它们的歌声祝福我一程又一程
> 也不会呼唤我到洁白的阿什伯恩①
> 再戴一会儿我的王冠。
> "天使折下花枝为云雀
> 标示他们的安息之所。
> 从那里他们的小小后代
> 将第一次振动羽翅飞上高天。
> "当第一次飞翔的惊喜
> 激扬起甜美的歌声,从遥远的黎明
> 将飞来乌鸫为爱高唱,
> 消逝的歌者的甜美回音。
> "但在黄昏孤独的寂静中
> 我只能为沉默的鸟喙哀伤哭泣"
> 我听见那愁苦老妇说
> 在丘陵遍布的德里。

　　同样地,这里也发生了主体和客体的易位。乌鸫在诗歌中至关重要。它们从"美丽的远方"呼唤,它们用"甜美的歌声""激扬"并"祝福"。像所有富有感染力的诗歌意象一样,它们在诗歌之外获得了生命。作品结束了,它们的活力却在延续,而女性又一次成为密码,成为主题的物化装饰品,她是诗歌结构的一部分,却不分享诗歌想象的力量,只能被简化。

---

　　① 阿什伯恩(Ashbourne),爱尔兰一城市,位于莱德维奇的故乡米斯郡(County Meath)。

尽管我的讨论不得不简短一些，但这两首诗可以表明，一旦"民族"的概念对女性形象与现实进行剪辑，爱尔兰诗歌中的女性会发生怎样的改变。"民族"的概念，代代沿袭的习俗的力量，它所储备的丰富象征和叠句在隐蔽之处静静地等待着每一位诗人，随时准备用简单伏击和战胜复杂。在爱尔兰，"民族"被赋予了女性的轮廓和引起共鸣的吸引力，诗人的任务就变得更加艰难了。

七

本文要讨论的不是爱尔兰诗歌中的女性简化书写。当然，这是其中的一部分。这种简化使作为年轻女性和诗人的我感到被孤立、被疏远。但真正的问题不止于此。一切好诗均有赖于想象与意象之间的伦理关系，这在根本上关乎诗歌的真实。对作为女性和诗人的我而言，这种关系遭到了爱尔兰诗歌女性简化书写的侵犯。而这种侵犯比简化书写更加让我感觉被孤立。

诗歌想象绝不能将意象看作一种暂时的美学技巧，而必须视之为诗歌之真不可或缺的部分。一旦意象被扭曲，诗歌之真也会遭到贬损。在我看来这是问题的核心：在利用这一古老惯例时，在把女性当作装饰性符号和虚幻的民族表达时，爱尔兰诗人不只是在运用某种象征，他们也在回避真实历史中的真实女性。他们的诗歌本该打破女性的沉默。在他们使用的装饰与那些装饰所掩盖的人类真相之间有不可分割的联系。真实的女性承受着饥饿与愤怒，经历了漫长的抗争，勉强维持着奄奄一息。那些女性存在于我们所有人的过去，我们是幸存下来的她们的后代。她们是历史和家族档案中的幽灵和受害者、记忆和鬼魂。她们的苦难是我们的共同财产。那么，她们又是如何在爱尔兰诗歌中成为女王，成为缪斯，成为一个空虚胜利的便捷幻象的呢？这是如何发生的呢？只有当爱尔兰诗人顺从爱尔兰民族主义一厢情愿的想法时，只有当女性被看作装饰和美学惯例，而不是活生生的人时，这才会发生。

然而，我相信，没有哪一个诗人和那些女性、那个过去之间是一种纯粹的美学关系，一定还存在着一种伦理关系，两者都无法独立存在。爱尔兰诗人没有权利把那些女性变成风格的元素而非真相的表达。但是，在某些情形下，诗人们正是这样做的。他们遵循自己的民族传统，本能地将痛苦的见证者变成了空虚的装饰物。

八

如果我看起来像是在谴责爱尔兰诗歌的伦理缺失，那么至少在一方面，我是有理由这样做的。那些被简化的女性，那些惯例性的反应和将民族经验女性化的本能做法，以及那些静止的、被动的、装饰性的人物，使得一个在其他方面激进、革新、包容、富有同情心的诗歌传统并不值得称赞。但是这些简化是如何发生的呢？它们的发生，我相信是因为民族传统——爱尔兰只是其中一个例子而已——具有删减人类复杂性以符合其自身规划的能力。

"我是隐形的，"拉尔夫·埃利森的小说《隐形人》①开篇犀利地写道，"我是隐形的，要明白，因为人们拒绝看见我。就像你有时在马戏团杂耍中看到的没有身体的脑袋一样，我似乎被坚硬而扭曲的玻璃镜子围绕着。当他们走近我，他们看见的只有周围的环境，他们自己或者他们凭空想象的东西——没错，除了我之外的每件东西，任何东西"。

一个社会、一个民族乃至一种文学传统总是处于依据可见事物编造其可供传播的遗产的风险之中，而爱尔兰女性的可见度恰巧不是那么高，事实上她们在爱尔兰文学经典中很不起眼。多年前我在发表一首诗歌时意识到，人们在我身上看到的，给我带来认可的（如果我真的得到了认可的话），是诗人这个身份。我的女性身份，总的来说是隐形的。这是个令人不安的发现，不过我逐渐相信我作为女性的不可见是一种伪装的恩典。我感到它有一股力量将我拉向更巨大的不可见，拉向隐藏在爱尔兰历史表层之下和种族意识之外的苦难。

处于传统边缘，无论多痛苦，却也带来了某些优势。它给了作家清澈的双眼和敏锐的批判意识。也许，这种批判的视野会进而帮助他在那个最初孤立他的传统中重新找到自己的位置，我想在爱尔兰诗歌传统中重新找到自己的位置，我感到这样做的必要。一个女

---

① 拉尔夫·埃利森(Ralph Ellison, 1914—1994)，美国黑人小说家，《隐形人》(In-visible Man)是其最著名的作品。

诗人几乎从未被视作一个民族诗歌传统中自然存在的一部分。在过去的几年间，学者和批评家越来越倾向于将女性诗歌作为一个大传统下的亚文化来讨论，从而剥夺了两者彼此充实丰富的可能。像我一样的女诗人应该与"民族"概念建立对话，应该使他们意识到在女性经验与民族历史之间存在的这种象征关系，我想这至关重要。

女性经验的真相和一个民族的挫败史不可能有交集？乍一看也许是。然而，我思考得越多，就越感到如果我可以发现前者的诗歌真相，那么仅凭这一点，我就可以重新占有后者。如果这样，那么爱尔兰性和女性经验，那些青年时代令我痛苦的碎片，最终将会成为彼此的隐喻。

九

我描述观点和感想就像在描述事件一样，但它们不是事件。我在本文中提出的思想、见解过去没有发生过，也不可能发生。为便于讨论，我赋予它们以坚实的形状和清晰的轮廓。但这样的事、这样的概念不会发生在一个诗人的真实生活中，当然也包括我的。

我强调这一点是为了防止这一论述的最后阶段走向一种不真实的对称。本文讨论了一位女性诗人和"民族"概念——一个世代相传、常常具有简化作用的概念——之间的冲突，但也讨论了如何重新占有这个概念，以及更重要的，重新占有这一概念的必要性。这并不意味着我从一种立场轻松地转向了另一种。我没有，我只是在经历了一次次精神风暴后又一次次抵达临时的避风港。马拉美①曾写道："每一个新发现的真理的诞生都是以一种观点的燃烧而后熄灭为代价的，只有熄灭了，它那独有的黑暗才会被分辨出来"。我非常赞同他的想法。

我作为一个爱尔兰诗人所独有的黑暗正是本文的主题。它源于一系列因素：我是女人，生于一个将女性简化的传统之中；我是诗人，缺乏先辈的爱尔兰女诗人作为我的先例和典范。这两种情形改变了我对自己与爱尔兰诗歌中的爱尔兰历史和现实之间关系的认识。所有这一切迫使我做出一系列新的考量。进而，在经历了几乎无数

---

① 马拉美（Stéphane Mallarmé，1842—1898），法国象征主义诗人、批评家。

的曲折后，给我带来新的信念和新的开端。

对有些作家而言，"民族"的概念是无意义的，他们在社会与历史的对称中探讨他们的身份和语境，但社会与历史全然是两回事。他们可以对"民族"传统的说法不屑一顾，认为与他们毫不相干。我没有那么自由。尽管我对"民族"的概念非常不满，但事实上正是因为这些不满，我才需要找到并以某种平静的心态重新占有这个概念，并且在此过程中坚持我的诗歌和女性身份不妥协。但是为什么？为什么这个国家和其他国家的诗人们要回到这个概念中汲取营养呢？对我而言，答案随着时光流逝变得越来越清晰。我需要重新占有我的民族，因为我隐隐地感到自己是它苦难经历的一部分，因为它的碎片延伸进了我的生命之中。因此，对我，对其他人，这变成了认识自我的行为。

这并不意味着我无视困难。这将永远是充满不安的休战。作家不应在一种民族传统中安居，无论他多么警觉，民族多么开明，危险总是存在。作为一名女性和一个诗人，我对"民族"概念提出了异议。因此，比我年轻时想象的更多的时间是在困惑和矛盾中，在伦理的薄暮中度过的，即便有时阴暗散去，不确定的感觉依然存在。

对任何民族和任何在其影响范围内的作家而言，将历史变为装饰，将失败改为成功，将耻辱说成胜利的诱惑会反复出现。每一个时代，语言都会为这个目的提供麻痹和遗忘的途径，但这样的胜利最终是无法持久的。

一切又回到了伦理问题。如果一个诗人不讲述时间的真相，那么他的作品便经不起时间的考验。无论过去或现在，时间必然拥有人性的维度，时间中人的声音和时间注定的人的悲苦，我们的现在会变成其他男人和女人的过去。我们所承受的此刻的复杂性依赖于他们以同样的复杂性去记忆，就像曾经的人们依赖于我们一样。

[作者单位：哈尔滨工业大学（威海）]

CONTENTS

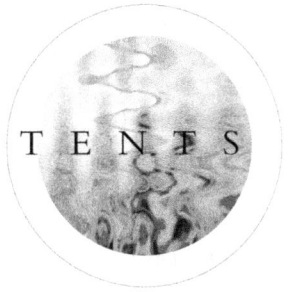

Poetry Exploration
(1ʳᵈ Issue, 2023)

STUDY OF POETIC NARRATOLOGY

COMMEMORATE
THE 110ᵀᴴ ANNIVERSARY OF
THE BIRTH OF XIN DI

SELECTED PAPERS OF THE SYMPOSIUM
ON TAN XIAO'S PEOTRY CREATION

(Translated by Min Lian)